LA GITANE AUX YEUX BLEUS

Mamen Sánchez

LA GITANE AUX YEUX BLEUS

ROMAN

Traduit de l'espagnol
par Judith Vernant

MERCVRE DE FRANCE

BIBLIOTHÈQUE ÉTRANGÈRE
Collection dirigée
par Marie-Pierre Bay

Titre original :

LA FELICIDAD ES UN TÉ CONTIGO

Pour Maru, mon amie, ton roman

1

Le bureau de l'inspecteur Manchego n'était pas à proprement parler un bureau, mais plutôt un plateau divisé en quadrilatères séparés par de fines cloisons en Placoplatre, très pratiques au demeurant, où chacun était libre de punaiser sa composition personnelle de coupures de presse, photos, post-it urgents, cartes de vœux, rapports et listes de numéros de restaurants livrant à domicile. L'agencement rappelait celui des cabines d'essayage de certains grands magasins, où l'absence d'isolation phonique permet de surprendre des commentaires imagés relatifs à l'anatomie féminine boudinée dans des vêtements trop étroits. À la différence près qu'ici on ne parlait pas catastrophes esthétiques, mais agressions et sévices, vols avec violence, braquages et bagarres de rue. Des mots tels que « plainte », « accusation », « audience » et « verdict » sautaient d'un bureau à un autre comme des puces sur un matelas infesté.

À vrai dire, l'inspecteur ne s'appelait pas non plus Manchego (son nom était en réalité Alonso Jandalillo), mais il se plaisait à s'imaginer une ressemblance avec l'immortel Don Quichotte de la Manche, non seulement par le nom, mais aussi par les exploits – dont son propre palmarès était pour l'instant totalement exempt. Il avait donc adopté ce pseudonyme au cours des deux ou trois opérations de terrain auxquelles il avait participé. « Manchego » : trois syllabes qui sonnaient particulièrement bien sur fond du grésillement des talkie-walkies.

En homme d'action – même s'il avait pris un peu de ventre ces derniers temps –, il déplorait parfois la vie sédentaire à laquelle le contraignait son confortable travail de bureau dans ce commissariat de quartier où il avait été muté le jour de ses cinquante ans, privé de patrouilles dans les rues de Madrid. Il regrettait les montées d'adrénaline au volant de sa voiture officielle, sirène hurlante et haut-parleur comminatoire : « Écartez-vous, madame, allez ouste, dégagez-moi cette camionnette de là, on est en mission top secrète ! »

C'est pourquoi l'irruption de M. Marlow Craftsman et de son interprète, M. Bestman, dans les trois mètres carrés qui constituaient son domaine, tous deux vêtus de costumes trois-pièces en tweed, avec serviettes en cuir noir, chaussures de luxe et gabardines grises, lui rendit la foi en ce métier exaltant, qui était cependant la plupart du temps davantage source de contrariété qu'autre chose.

Il fut tenté de se lever pour les accueillir, mais se retint à temps. Un inspecteur de police n'est pas un représentant de commerce, se souvint-il, il ne serre pas de mains, ne sourit pas, n'interrompt même pas le rythme mécanique de sa frappe sur le clavier. Le mieux qu'il puisse faire en termes de politesse est d'ôter sa cigarette de sa bouche, la tapoter une ou deux fois au bord du cendrier, s'éclaircir la gorge et dire : « Asseyez-vous, je vous prie. » Alors, une fois que les yeux des visiteurs se trouvent à la hauteur des siens et qu'ils n'ont plus le moyen de l'intimider en le regardant de haut, il peut lever la tête et dire : « En quoi puis-je vous aider ? »

À en juger par les rides d'expression qui entouraient ses petits yeux de rongeur, Marlow Craftsman avait la soixantaine. Il était pâle ; sa peau avait la couleur exacte du jambon cuit et ses lèvres étaient si fines qu'elles semblaient avoir été tracées au crayon.

L'interprète était un peu plus jeune, mais tout aussi rose. Ses cheveux poivre et sel étaient moins clairsemés, et il portait des lunettes pour voir de près.

— Permettez-moi de vous présenter mon employeur, dit Bestman dans un espagnol grammaticalement impeccable et acoustiquement horripilant : Mister Marlow Craftsman, de Craftsman&Co.

L'inspecteur afficha un visage sans expression. Il en fut parfaitement conscient. Vu l'emphase avec laquelle l'interprète avait prononcé ce nom, suivi d'un silence prolongé où l'écho de sa voix résonna sur le Placoplatre, l'homme était selon toutes probabilités un magnat de la finance. Craftsman&Co, ça faisait très banque. Une banque du genre à appartenir à la même famille de lords anglais depuis cent cinquante ans. Car il ne faisait aucun doute que les deux spécimens qu'il avait devant lui étaient des fils de la Perfide Albion ; d'où leurs airs supérieurs et leurs montres Hamilton – une fine observation dont Manchego se targuerait plus tard en se rappelant la scène.

— Hum hum, répondit-il sans plus de commentaire, puisqu'il n'avait pas la moindre idée de ce que tout ça pouvait bien signifier.

— M. Craftsman a fait le voyage de Londres pour signaler la disparition de son fils, Atticus Craftsman. La dernière résidence connue du jeune Craftsman se trouvant au numéro 5 de la rue de l'Alamillo, Scotland Yard nous a recommandé d'initier les démarches ici même, dans votre commissariat, qui est le plus proche de son domicile.

— C'est Scotland Yard qui vous envoie ?

Voilà qui était prometteur.

— Pas exactement, monsieur Jandalillo.

— Inspecteur Manchego, le coupa le policier.

— Pas exactement, inspecteur Manchego, répéta l'autre. Nous avons simplement été orientés ici par le bureau de là-bas.

— Je vois.

— Le fait est que M. Atticus Craftsman n'a pas donné signe de vie depuis trois mois. Il a communiqué avec son père pour la dernière fois le 10 août, par un message téléphonique.

— Est-ce que je peux écouter le message ? demanda Manchego.

— Il est en anglais, répondit l'interprète en ouvrant sa serviette dont il sortit un smartphone de dernière génération.

Il appuya sur diverses touches et approcha l'appareil de l'oreille de l'inspecteur en retenant sa respiration. Manchego entendit une voix nasale, comme celle d'une personne enrhumée, sur un bruit de fond rythmique, une sorte de lamentation ou de prière, et les accords d'une guitare. Naturellement, il ne comprit pas un traître mot de ce que disait l'interlocuteur, mais il devina qu'il ne s'agissait pas d'un appel au secours, car la voix ne trahissait aucune peur. Ce soir-là, en se rappelant ce détail, il se féliciterait une fois encore de ses talents d'enquêteur.

— Qu'est-ce qu'il dit ?

Manchego dut reconnaître que l'anglais n'était pas son fort.

— Il dit textuellement : « Papa, laisse-moi faire. Je maîtrise la situation. »

L'inspecteur adressa automatiquement un regard inquisiteur à Craftsman. En retour, celui-ci planta ses petits yeux rougis dans ceux de l'inspecteur.

— Et donc ? l'interrogea-t-il. Vous savez de quoi il parle ?

L'interprète traduisit. Craftsman répondit.

— Mon employeur dit qu'il fait probablement référence au travail dont il était chargé à Madrid.

Manchego recula. En fin de compte, ce serait comme d'habitude : drogue et règlement de comptes. Une sale affaire de plus.

— Monsieur *Crasman*, dit-il d'un air sévère, votre fils est-il impliqué dans un trafic de stupéfiants ?

— Grand Dieu non ! répondit Bestman sans prendre la peine de traduire. Le jeune Craftsman, tout comme son père ici présent, feu son grand-père ainsi que tous ses ancêtres en lignée paternelle depuis le XVIIe siècle, se consacre à l'activité éditoriale.

— Je vois, dit Manchego.

— C'est un jeune homme respectable, qui a fréquenté Exeter College, à Oxford, avec un dossier universitaire brillant et un parcours professionnel irréprochable. Jamais il n'a été impliqué dans quelque activité illégale que ce soit. Il est la victime, pas le suspect.

L'inspecteur Manchego tira longuement sur sa cigarette. Il avait fait un faux pas, certes, mais comme il l'expliqua aux deux Anglais, dans le cas d'une disparition, il était nécessaire d'explorer toutes les pistes, même les moins vraisemblables.

— Il faut écarter certaines possibilités, affirma-t-il.

— M. Craftsman envisage plutôt l'éventualité qu'il s'agisse d'un enlèvement, répondit le traducteur.

— Pourquoi ? voulut savoir Manchego. Vous avez reçu une demande de rançon ? Quelque chose vous fait dire que ce jeune homme est retenu contre sa volonté ?

— Non, en effet.

— Alors, tenons-nous-en aux faits et ne nous égarons pas, messieurs.

Il était essentiel de garder le dessus sur l'Anglais, pensa Manchego. Il ouvrit le programme informatique qui contenait les formulaires de dépôt de plainte, cliqua sur l'onglet « nouveau document » et écrivit « Affaire Crasman », avant de rectifier par « Craftsman » à la demande du traducteur.

Le plaignant, Marlow Craftsman, signale la disparition de son fils, Atticus Craftsman, âgé de trente ans, un mètre quatre-vingt-sept, de constitution plutôt robuste, blond, yeux verts, légère claudication liée à une ancienne blessure d'aviron...

Il s'interrompit et fronça les sourcils.

— D'aviron ?

— C'est cela. Une rupture de tendon.

Manchego s'imagina le jeune homme ramant dans un canot sur la Tamise. Le dos puissant, les épaules carrées, les bras musclés, mais les jambes ? On n'utilisait presque pas les jambes, dans un canot. Il nota mentalement : « Vérifier la fonction des jambes dans la pratique de l'aviron. »

... la dernière adresse connue de M. Craftsman étant le deuxième étage à droite du numéro 5 de la rue de l'Alamillo, Madrid, et son dernier contact avec son père remontant au 10 août 2012 à huit heures du soir, heure de Londres.

Il s'interrompit un instant. Hésita. Puis tapa la dernière phrase :

Rien n'indique que l'affaire soit liée à un trafic de stupéfiants.

— Très bien, messieurs, dit-il après avoir pris une inspiration. Je traiterai votre plainte dès ce soir et l'enquête débutera dès que possible. Vous recevrez des nouvelles dans les meilleurs délais.

Il fit mine de se lever pour mettre fin à l'entretien, mais voyant que les deux hommes ne bougeaient pas, il se rassit aussitôt. Craftsman donnait des indications au traducteur. Un tas d'indications.

— Mon employeur s'étonne que vous n'ayez besoin d'aucune autre information.

Manchego haussa un sourcil.

— Ici, ça se passe comme ça. Les délais sont les délais. On n'accepte pas d'argent, pas de dessous-de-table ni rien du tout pour faire accélérer les choses, je suis sûr que vous comprenez.

— Mais de quoi parlez-vous ? dit Bestman, stupéfait. Nous voulions parler d'échantillons d'ADN, de photographies de la victime, de ses relevés bancaires, de la localisation de ses appels, du numéro d'immatriculation du véhicule qu'il conduisait quand il a été vu pour la dernière fois...

L'inspecteur toussota. Il se retourna sur son siège. Puis contre-attaqua.

— Donc vous m'avez caché que M. *Crasman* conduisait une voiture quand il a été vu pour la dernière fois.

— On ne vous a rien caché du tout ! protesta Bestman. C'est vous qui ne nous avez pas posé la question.

— Vous n'êtes pas en train d'insinuer que je ne sais pas faire mon travail, n'est-ce pas ?

Garder le dessus, se rappela Manchego, garder le dessus.

— Bien sûr que non.

— Alors, dites-moi une fois pour toutes tout ce que vous savez sur l'affaire. Et je vous préviens que si je découvre que vous m'avez caché une information importante, c'est sur vous deux que j'enquêterai.

Les Anglais échangèrent quelques phrases à voix basse. Puis ils ouvrirent leurs serviettes en même temps et en sortirent chacun un dossier qu'ils posèrent devant l'ordinateur de Manchego. La nuit sera longue, déplora l'inspecteur ; il lui faudrait lire tout ça avant de rédiger la plainte.

— Ce dossier contient toutes les informations en anglais, et celui-là, la traduction en espagnol, expliqua l'interprète.

— Très bien.

— Puisque nous ne disposons pas d'un échantillon de l'ADN du jeune M. Craftsman, peut-être serait-il utile que vous préleviez celui de mon employeur, son père.

Manchego se gratta la nuque. De sa vie, jamais il ne s'était trouvé dans une situation comme celle-ci.

— Je vais vous demander de patienter un instant, annonça-t-il.

Il se leva et quitta son bureau à toute vitesse. Il sortit dans la rue, traversa au feu, entra dans la pharmacie d'Adelina et demanda des cotons-tiges, qu'il paya en liquide. Puis il regagna le commissariat, franchit la cloison derrière laquelle les deux hommes l'attendaient, intrigués, et dit :

— Allez, monsieur *Crasman*, ouvrez la bouche.

2

Atticus Craftsman se rappelait parfaitement le son qu'avait produit le tendon de son genou en se rompant, au beau milieu d'une régate contre Cambridge, ainsi que le bruit de la rame frappant l'eau. Pour la septième fois consécutive, à cause de sa blessure, l'Université d'Oxford arriva seconde – autrement dit dernière puisque la compétition ne comptait que deux équipes participantes. La rivalité entre bleu foncé et bleu clair était l'une des centaines de grandes et petites traditions ancestrales en vigueur sur le campus, avec la cravate à rayures, le serment – sur la Bible – de s'abstenir de mâcher du chewing-gum à la bibliothèque Bodléienne, boire du champagne et manger des fraises dans les jardins de Christ Church, ou encore l'interdiction de marcher sur la pelouse du parterre central du *college*, avec pour conséquence de devoir en faire le tour complet si l'on voulait le traverser.

Toutes ces règles semblaient choquantes de prime abord, toutefois, après avoir survécu à la première année, non seulement les étudiants les respectaient scrupuleusement, mais ils les perpétuaient à leur tour, car elles faisaient partie de l'esprit collectif du troupeau.

Atticus n'avait pas oublié non plus ce qu'il avait ressenti en contemplant pour la première fois la plaque commémorative vissée à la porte de sa chambre : « Ici résida le célèbre écrivain J. R. R. Tolkien. »

Ce n'était pas un hasard. Marlow Craftsman, propriétaire de la maison d'édition Craftsman&Co, avait beaucoup insisté auprès du recteur pour que soit attribuée à son fils Atticus la chambre où avait été rédigé *Le Seigneur des anneaux* – à ses yeux l'une des œuvres les plus emblématiques de la littérature universelle –, souhait qui fut exaucé sans délai eu égard à son statut de mécène et de bienfaiteur de la bibliothèque. Avant Atticus, son frère aîné, Holden, avait occupé la même chambre où il avait conçu son premier fils, Oliver, au grand déplaisir de sa mère, qui aurait préféré un mariage en blanc sans bébé en route. Marlow lui-même, son père Dorian et son grand-père Sherlock, membre fondateur des Apolaustiques, avaient en leur temps vécu dans cette chambre, devenue aussi sacrée pour les Craftsman que la vieille coutume de donner aux enfants des prénoms de héros de roman.

En réalité, ce que ressentit Atticus face à la porte de sa nouvelle vie ne fut pas la fierté dont son père lui avait rebattu les oreilles, mais une insupportable pression au creux du ventre en comprenant que cette plaque exigeait de lui des qualités intellectuelles et artistiques dont il était cruellement dépourvu.

À tel point qu'après quelques journées d'angoisse devant son incapacité à rendre justice à Tolkien, il recouvrit le rectangle argenté d'un autocollant aux couleurs du club de Chelsea, et intégra les équipes de football, de *punting* et d'aviron, trois disciplines où il se distingua notablement.

Il prit aussi un petit boulot de guide au musée du campus, même s'il n'avait pas besoin d'argent et que l'uniforme était une sorte de costume médiéval ridicule, mais la fille de ses rêves – qui, elle, avait besoin d'argent – vendait des entrées au guichet. C'était le meilleur moyen qu'il avait trouvé de l'approcher sans éveiller ses soupçons.

La fille s'appelait Lisbeth et ce jour-là, celui de la rupture du tendon, elle suivait la régate depuis le haut du pont, un foulard bleu marine autour du cou. Quand le canot d'Atticus perdit le rythme, elle s'éloigna, consternée, au bras d'un étudiant de Lincoln College.

Atticus Craftsman passa les six semaines qui suivirent son opération du genou dans la résidence familiale du Kent. Entourée de vertes prairies, la « ferme », comme s'obstinait à l'appeler son père, était en réalité une maison de campagne, avec sa demeure victorienne, ses écuries, ses jardins et sa mare aux canards.

Elle renfermait une bibliothèque d'acajou où s'alignaient plus de huit mille volumes reliés en cuir, dont certains étaient de véritables trésors. Ce fut le lieu favori d'Atticus, durant sa convalescence solitaire, pour regarder tomber la pluie, se remémorer Lisbeth, alimenter le feu dans la cheminée et fureter parmi ces livres qui, jusque-là, n'avaient été pour lui que des objets décoratifs. Il découvrit des philosophies antiques, des idées d'avant-garde, des gravures inestimables, des cartes postales en noir et blanc de lieux qui n'existaient plus, d'incroyables perversions, la vie des saints, Byron, Keats et Beckett, tous confondus dans sa bibliothèque et dans sa tête en un mélange doux-amer.

Les week-ends, la maison s'emplissait de vie. Ses parents revenaient de Londres avec leurs invités, Holden amenait le petit Oliver dans son porte-bébé, et la bibliothèque devenait un salon où l'on prenait le thé et où l'on parlait fort.

Le dimanche soir, Atticus ressentait une inexplicable impatience, attendant le moment où tout le monde reprendrait sa voiture et disparaîtrait sur la route bordée de châtaigniers pour le laisser enfin reprendre le contrôle de son armée de récits et de poèmes.

Son genou guérit tandis que sa tête se remplissait et que son esprit absorbait les sentiments exprimés par d'autres, qu'il faisait siens.

Quand il rentra à Oxford, il était un autre homme. Plus brave.

Il alla chercher Lisbeth au musée, l'arracha à son guichet et la mena par les rues pavées jusqu'à la petite église de son *college*, qui était toujours vide. Une fois sur place, il ferma la porte, ouvrit le couvercle du piano, joua *Bridge over troubled water* de Simon et Garfunkel, en souvenir du jour fatidique de la régate ; il joua *Raindrops keep fallin' on my head*, il toucha la main douce de Lisbeth, ses cheveux et son visage. Il lui demanda : « Tu veux voir ma chambre ? »

Ils dormirent enlacés dans son lit étroit. Les visites féminines étaient interdites à Exeter College, mais Mr Shortsight, le gardien, qui avait le cœur sur la main et savait fermer les yeux, était capable de feindre un sommeil profond dans le fauteuil de sa guérite et aimait entendre soupirer les amoureux. La seule règle incontournable, que tous les étudiants sans exception connaissaient, était que les visiteurs clandestins devaient avoir quitté les lieux avant l'aube : le surveillant du jour débarquait à sept heures pile, lunettes sur le nez et liste d'infractions à la main.

Lisbeth avait le sommeil léger. Elle s'éveilla avant Atticus. Assise contre l'oreiller, elle attendait qu'il ouvre les yeux quand elle se trouva nez à nez avec un homme d'environ quatre-vingts ans, l'air d'un vieux sage, fumant la pipe et accompagné d'un minuscule Hobbit. Il lui dit bonjour, traversa la pièce, boutonna son gilet et disparut.

— Je crois que j'ai vu le fantôme de Tolkien, murmura-t-elle à l'oreille d'Atticus.

Mais il la fit taire d'un baiser.

Quoi qu'il en soit, il était sans doute vrai que les fantômes de quelques vieux professeurs se promenaient dans ces chambres. Il y avait des courants d'air inexplicables, des murmures dans la nuit, des pianos qui jouaient tout seuls, des pas étouffés, et certains matins la pelouse du parterre central était couverte de traces de pas.

La cérémonie de remise des diplômes fut solennelle et conforme au protocole, avec étudiants en toge et chapeau, touristes persuadés d'avoir fait un voyage dans le temps et joyeux carillon effréné des cloches.

Les adieux furent poignants. La fin de l'année sonnait aussi celle de bien des amitiés, de bien des projets et de bien des amours.

Lisbeth retrouva son îlot de Guernesey, perdu dans la Manche ; Atticus parcourut le monde, sac au dos : il visita l'Europe, l'Arabie, l'Inde, Istanbul. Puis il s'installa à Londres, près de Knightsbridge, dans un appartement aux murs couverts de livres, à deux pâtés de maisons des bureaux de Craftsman&Co, où il commença à travailler sous les ordres de son père. Il laissa peu à peu derrière lui les doux souvenirs de son premier amour, qu'il remplaça par des saveurs plus variées : acides, piquantes, riches et exotiques. Il s'acheta une Aston Martin classique, comme celle de James Bond, au volant de laquelle, tous les dimanches, il retrouvait sa bibliothèque du Kent où l'attendaient ses milliers de livres classés par ordre alphabétique et sa cheminée allumée. Il n'avait besoin de rien de plus.

Jusqu'au jour où Marlow Craftsman l'appela à son bureau.

3

— Atticus, mon fils, nous avons un problème désagréable à régler qui nécessite une solution urgente. J'ai besoin de toi.

Le jeune Craftsman venait alors d'avoir trente ans. Bien installé dans la vie, il avait des amis fidèles, un compte en banque confortable, un physique enviable et une totale liberté de mouvement, sans autres obligations que celles que lui imposaient son plaisant travail du lundi au vendredi, ses amours du samedi et ses livres du dimanche.

— Viens, assieds-toi, dit son père en désignant l'un des deux fauteuils en cuir de son bureau.

Atticus se sentait aussi à l'aise dans cette pièce que dans son salon. Il y avait les mêmes portraits au mur, les mêmes photos de famille dans des cadres d'argent, et son patron était ce même héros qui chassait ses cauchemars quand il était petit. Il fut tenté de poser les pieds sur le bureau en acajou, mais l'expression préoccupée de son père l'en dissuada. Il choisit d'adopter une posture plus formelle, les jambes croisées à la hauteur des chevilles, la main sur le menton. Comme grand-père Dorian sur son portrait.

— Vois-tu, Atticus, commença son père avant d'endosser le rôle du patron, tout d'abord, je tiens à te féliciter pour ton travail. Tu es devenu une pièce maîtresse de cette maison et je suis très fier de toi. Tu sais que l'année prochaine, quand M. Bestman prendra sa retraite, tu seras nommé directeur du développement.

— Hum hum, acquiesça Atticus, qui entendait régulièrement ce genre de discours dans la bouche de son père : félicitations et rappel d'une promotion prochaine comme prélude à une mission délicate.

Et maintenant, la surprise.

— Bien.

Pause. Toussotement.

— Hum hum ?

— Il s'agit d'un problème désagréable.

— Oui.

— Qui nécessite une solution urgente.

— D'accord.

Marlow prit une grande inspiration. Il se leva et se mit à déambuler dans son bureau.

— Je vais commencer depuis le début, dit-il, pour que tu comprennes bien les enjeux. Tout cela remonte à l'année 2006. – Pause. Toussotement. – Tu auras donc déduit que le problème a débuté il y a six ans. Même si, à l'origine, il ne s'agissait pas d'un problème, mais d'un investissement.

Décidément, il avait du mal à se lancer. Atticus eut envie de se lever et de secouer son père comme une boule à neige, pour voir si les flocons allaient enfin se décider à tomber.

— À l'époque, la maison était en plein essor, expliqua-t-il. Nous avions ouvert des bureaux dans plusieurs capitales européennes. L'un d'entre eux, comme tu le sais, se trouve à Madrid, en Espagne.

Atticus hocha la tête.

— M. Bestman a eu une idée visionnaire. – Il fronça les

sourcils. – Il s'est dit que, pour pousser les ventes de nos livres, il serait intéressant que Craftsman&Co publie également de petites revues littéraires dans chaque pays, afin de promouvoir nos titres.

— Très astucieux, reconnut Atticus.

— Le fait est que nous avons lancé ces projets, et je dois dire que, pour l'heure, ils ont correctement accompli leur mission. Tu l'auras compris, ces entreprises ne rapportent pas grand-chose, mais ce sont des outils appréciables. Certaines de ces revues, comme *Krafts*, en Allemagne, se sont même hissées parmi les publications littéraires les plus prestigieuses du pays.

Marlow retourna derrière son bureau. Il se laissa lourdement tomber dans son fauteuil.

— Toutes sauf une.

Ce soir-là, après la réunion, Atticus Craftsman ressentit le besoin de boire en solitaire. Il s'arrima au comptoir d'un pub du quartier et commanda une pinte glacée. Puis il la but d'un trait. Il rota.

Dans sa serviette reposaient les documents que son père lui avait confiés. Le sujet était effectivement épineux, d'où les réticences de Marlow à l'aborder de front. Pour la carrière d'Atticus, cela signifiait une promotion, sans aucun doute. Il s'agissait d'un problème requérant l'intervention d'une personne expérimentée, en qui la maison pouvait avoir une confiance aveugle. Mais ça impliquait aussi un changement majeur de ses habitudes. Atticus devrait nécessairement quitter l'Angleterre durant une période indéterminée et remettre à plus tard d'autres projets qui mobilisaient tous ses efforts.

Il commanda une autre pinte.

Au bout du compte, la tâche était simple. Déplaisante, certes, mais simple. Elle consistait à se rendre à Madrid et fermer la revue *Librarte*, mettre à la porte tous les salariés, distribuer des indemnités, serrer des mains, endurer les pleurs, expliquer aimablement les raisons d'une décision aussi radicale et tout leur mettre sur le dos : les pertes financières, l'absence de vision, les dégâts irréparables pour l'image de la marque Craftsman, etc.

— Il y a encore un petit détail que tu dois connaître, lui avait dit son père entre une pause et un toussotement. La revue *Librarte* compte cinq salariés à plein temps. Cinq. Et il se trouve, mon fils, que le hasard a voulu que ce ne soit que des femmes.

Ça ne pouvait pas être si compliqué que ça, pensait Atticus, au comptoir du pub. Pourtant, pour une raison qui lui échappait, il ressentait l'impérieuse nécessité de s'injecter de l'alcool dans le sang. Quatre pintes plus tard, il rentra chez lui en titubant. C'est peut-être pour cela qu'il oublia de mettre dans sa valise tant de choses indispensables qui lui manquèrent dès son arrivée à Madrid.

4

L'inspecteur Manchego était parvenu à convaincre ses amis que le *mus* était un jeu de péquenauds. Surtout, expliqua-t-il, à cause de l'utilisation des pois chiches pour compter les points. Quelqu'un suggéra qu'on pourrait peut-être les remplacer par autre chose : des cailloux, des osselets ou des morceaux de sucre – des trucs faciles à trouver dans le bistrot ou pas loin –, mais Manchego insista : ils n'avaient quand même pas surmonté tous ces obstacles pour faire leur trou à la capitale et pour tout ruiner à cause du *mus*. Il leur interdit aussi de continuer à boire des godets de vin et de commander des tapas de salade russe. Foutue bande de ploucs. En ce qui le concernait, déclara-t-il avec gravité, il apprendrait à jouer au poker et boirait du whisky.

Malgré quelques voix discordantes, au début, le petit groupe adopta rapidement cette nouvelle habitude des soirées poker du jeudi. Ce que Manchego ignorait, c'est que ses amis se relayaient pour guetter son arrivée au coin de la rue et prévenir les autres, qui cachaient précipitamment les cartes et séchaient leur verre de rouge d'un trait, s'étranglaient avec les *croquetas* et les calamars avant de l'accueillir, très sérieux, jetons sur le tapis, avec des airs de croupiers.

Ils toléraient ces petits désagréments pour deux raisons : un, parce qu'ils l'aimaient bien, et deux, parce qu'il était le seul flic de la bande, et que dans le quartier, c'était chacun pour soi contre les truands, les toxicos, les arnaqueurs et les amendes de stationnement. Manchego les avait tous aidés plus d'une fois à se tirer d'un mauvais pas ou à protéger leurs affaires. Et sans jamais rien demander en échange, se rappelaient-ils, hormis cette manie du poker, pauvre de lui. Alors en fin de compte, ça ne leur coûtait pas grand-chose de lui faire ce petit plaisir.

Si bien que ce jeudi-là, un peu après neuf heures, fidèles au poste, Macita, Josi, El Carretero et Míguel (avec un accent sur le « i ») l'attendaient avec whisky et glaçons.

Manchego avait un je-ne-sais-quoi dans le regard, un demi-sourire, les yeux brillants. Il les salua d'une bourrade dans le dos, comme toujours. Puis il s'assit, jambes écartées.

— Devinez quoi, leur dit-il, haussant et baissant les sourcils pour marquer le suspense.

Il apportait des nouvelles.

— Je suis sur une affaire, poursuivit-il sans leur laisser le temps de sortir des niaiseries du genre « T'as été augmenté » ou « On t'a enfin mis l'ADSL ».

— Drogue ? demanda Josi.

— Ça se pourrait, Josi, ça se pourrait. J'exclus rien, tu sais bien, répondit-il, satisfait de la perspicacité de son ami, qui possédait un garage et était son meilleur élève. Mais non. On dirait que cette fois, c'est pas ça. C'est une affaire internationale qui dépasse nos frontières.

— Des immigrés, n'en dis pas plus, trancha Macita, gérant d'une épicerie et obsédé par les boutiques tenues par des Chinois qui fleurissaient un peu partout.

« Ces gens-là, disait-il, ils dorment debout. Je l'ai vu de mes yeux, ma parole. »

— J'enquête sur une disparition, révéla Manchego. Un

lord anglais, snob comme pas deux, qui a perdu son fils et le cherche partout. Il est venu au commissariat hier. Envoyé par Scotland Yard.

Il paya sa tournée de whisky.

— Vous allez voir, annonça-t-il.

Il sortit son portable de sa poche et composa un numéro. Tous écoutèrent attentivement.

— *Manchego espikin*, dit-il. *Not in jospital*, ajouta-t-il.

La personne qui se trouvait au bout du fil n'avait pas dû comprendre la phrase que Manchego avait écrite sur un bout de papier car il dut s'y reprendre une deuxième fois.

— Manchego, répéta-t-il. *Polís, Espein. Yes, yes. Not in jospital.* – Puis pour la troisième fois : *In jospital not.*

Ses amis le regardaient, intrigués. Personne n'osait demander quoi que ce soit.

— Je viens d'informer monsieur *Crasman*, le lord, qui est un homme d'affaires très important à Londres et aussi un ami de la reine, d'ailleurs, que son fils n'a été admis dans aucun hôpital.

Il recula et allongea les jambes.

— Quand on enquête sur une disparition, expliqua-t-il à son auditoire admiratif, on commence toujours par s'assurer que la personne disparue n'a pas été victime d'un accident quelconque ou d'un vol avec violence. Pour ça, on appelle tous les hôpitaux d'Espagne par la ligne spéciale de la police. Il y en a des milliers. On leur donne les informations sur l'individu et on attend.

— Et donc rien, conclut Macita.

— Rien quoi ?

— Ben, vous l'avez pas retrouvé.

— Exact, il n'est dans aucun hôpital.

— Du coup M. *Crasman* doit être bien soulagé, suggéra Josi.

— Pas du tout, Josi, réfléchis, corrigea Manchego. Qu'un

individu disparu réapparaisse, même blessé, dans un hôpital, c'est ce qui peut arriver de mieux. Le pire, c'est de ne pas savoir où il est ni dans quel état. S'il n'est pas à l'hôpital, ça peut vouloir dire qu'il est mort, par exemple au fond d'un puits. Ou qu'il a été enlevé.

Il prononça ce dernier mot sur un ton différent, étirant à l'infini la dernière syllabe dans un souffle. « Enlevééé. »

— Et t'es sûr que c'est pas une histoire de drogue ? insista Josi.

5

Marlow Craftsman était au lit, plongé dans la lecture de *La Terre vaine*, à la poursuite du Saint Graal, imaginant cimetières déserts et autres cruautés poétiques, quand il fut agressé par la sonnerie du téléphone de sa table de chevet.

Il décrocha le combiné.

La voix de l'inspecteur Manchego, étouffée par le joyeux tintement des glaçons, les rires des habitués et la musique de fond, lui fit le même effet qu'un coup sur la tête. L'homme lui criait des mots inintelligibles dans un anglais épouvantable.

— *Not in hospital?* décrypta-t-il enfin.

Il prit une inspiration, puis expulsa lentement l'air de ses poumons en se massant les tempes avec les doigts, suivant une vieille technique orientale de relaxation.

Naturellement, avant de s'adresser à la police, Marlow Craftsman, aidé de deux secrétaires de direction de la maison d'édition dont il exigea le secret le plus absolu, avait appelé tous les hôpitaux d'Espagne, sans obtenir le moindre résultat. Il avait aussi appelé les commissariats, les prisons, les hôtels et l'ensemble des lieux publics où il imaginait pouvoir trouver un début de piste qui permettrait de localiser son fils. En vain. Puis il avait vérifié qu'Atticus n'avait pas loué de voiture ou de yacht, et qu'il n'avait pris ni vol commercial, ni train, ni ferry. L'une des secrétaires suggéra qu'ils pourraient peut-être aussi regarder du côté des campings, mais Marlow l'assura que la seule explication possible à la présence de son fils dans un endroit pareil serait qu'il ait été enlevé, auquel cas leur petite enquête prendrait une autre dimension – du genre qui requiert l'aide de professionnels.

Suivant cette même logique, Marlow, accompagné de Charles Bestman, son homme de confiance, s'était présenté au bureau central de Scotland Yard, où un aimable inspecteur de police avait insisté pour faire transférer le dossier en Espagne, parce que, lui dit-il, « dans les affaires de disparition, il est toujours préférable d'enquêter in situ ».

M. Bestman parlait anglais, français, allemand et espagnol à la perfection, il pourrait donc sans problème faire fonction d'interprète.

Charles Bestman sursauta lui aussi, quand le téléphone sonna chez lui, à Chelsea Gardens, peu après vingt et une heures. Il était déjà en pyjama. Il vérifia l'heure à la grande horloge du salon, qui ne se trompait jamais. Elle avait appartenu à son grand-père, survécu aux bombardements, aux répartitions d'héritage et autres catastrophes familiales, et donnait toujours l'heure avec une parfaite exactitude.

— Mon chéri, comment est-il possible que le téléphone sonne à une heure pareille ? s'extasia Victoria, son épouse, depuis le dressing.

Charles décrocha le combiné. Il écouta en silence.

À l'autre bout de la ligne, on entendait des voix, des tintements de verres, une musique de fond. Il écouta plus attentivement. Son pouls s'accéléra. Si, comme il le soupçonnait, le jeune Craftsman avait été enlevé, il fallait s'attendre tôt ou tard à recevoir l'appel fatidique de demande de rançon. Il imaginait la conversation depuis des jours : « Pour l'instant, l'otage va bien, diraient les ravisseurs, mais si vous ne payez pas sur-le-champ, on lui coupe une oreille. Apportez l'argent dans une mallette et ne prévenez pas la police. » Puis ils lui donneraient les instructions nécessaires pour se rendre jusqu'à un terrain vague dans les faubourgs, sans armes ni entourloupe. Enfin, le pire de tout : il devrait apprendre la mauvaise nouvelle à Marlow Craftsman.

— Qui est à l'appareil ? demanda-t-il après quelques secondes de suspense.

Rien.

Il se couvrit l'oreille droite et pressa le combiné contre la gauche. Les voix parlaient en espagnol. Il ne faisait aucun doute que l'appel était lié à l'enlèvement d'Atticus Craftsman.

— Allô ?

Au milieu du brouhaha, il parvint à saisir une phrase. Il ne reconnut pas la voix, mais comprit aussitôt qu'il s'agissait d'une personne en relation avec la police.

— Et t'es sûr que c'est pas une histoire de drogue ? disait l'homme.

On entendit le son d'une bouteille de whisky qu'on débouche, suivi du glouglou du liquide s'écoulant dans un verre.

— Manchego, t'as laissé ton portable allumé, dit quelqu'un d'autre.

— Distribue, Macita, allez grouille ! s'impatienta l'inspecteur Manchego avant de couper la communication.

6

Où qu'il aille, Atticus Craftsman avait coutume d'emporter avec lui sa petite bibliothèque érotique. Elle se composait de cinq livres reliés en cuir rouge, sans aucun nom imprimé sur la couverture. Ce n'était pas des éditions très longues, elles occupaient à peu près autant de place que sa trousse de toilette. Elles n'avaient pas de préface ni d'appareil critique, aucune note de bas de page ou d'index. Juste le texte, sans commentaires.

C'était, à la vérité, son unique perversion. Il n'avait jamais vu de film pornographique ni acheté de revue cochonne, et les sites internet à contenu sexuel ne l'intéressaient pas. Il n'avait pas le goût du vice ni de la débauche. Pourtant, inexplicablement, il se sentait incapable de faire un pas sans sa bibliothèque portative.

Ce fut la première chose qu'il sortit de sa valise quand le bagagiste eut refermé la porte : les cinq livres, enveloppés dans du papier de soie. Après avoir pris soin de déplacer le téléphone et la lampe, il les déposa sur la table de chevet, dans l'ordre alphabétique comme toujours : Duras, Lawrence, Miller, Nabokov et Sade. Cinq façons de comprendre la sensualité féminine.

— Ces choses-là ne s'apprennent pas dans les livres, l'avait averti Lisbeth durant l'une des nuits clandestines qu'ils passèrent dans la chambre de Tolkien. Ce sont juste des fantasmes issus de l'esprit tordu de leurs auteurs. Rien à voir avec la réalité.

Atticus avait sauvé chacune de ces œuvres de l'oubli. À un moment donné, un membre de sa famille, homme ou femme, les avait achetées, lues et dissimulées parmi les milliers de livres de la bibliothèque de la maison du Kent. Quel meilleur endroit pour enterrer une mauvaise conscience ? Le plus curieux était que les cinq livres faisaient exactement la même taille, étaient imprimés sur le même papier, aussi fin que du papier à cigarette, et possédaient la même élégante reliure. Peut-être s'agissait-il d'un présent osé destiné à Dieu sait qui.

Toujours est-il qu'ils étaient finalement arrivés entre ses mains. Presque par hasard.

Le premier fut *Lolita*. Le livre apparut un dimanche pluvieux, alors que les douleurs au genou d'Atticus étaient encore insupportables, et vint le soulager. Il lui changea les idées, détendit son corps et peupla ses rêves de scènes inavouables où Lolita revêtait le visage de Lisbeth. Puis vint *L'Amant*, plus torturé, plus violent, avec qui certains rêves se changèrent en cauchemars.

C'est alors qu'il se rendit compte de la coïncidence de taille et d'édition entre les deux volumes. Il se hissa sur ses béquilles, s'approcha comme il put de la bibliothèque et la parcourut tout entière, de haut en bas, de droite à gauche, jusqu'à ce qu'un à un, comme des lucioles rouges, les trois autres romans lui sautent aux yeux. Lisbeth disait que la chair ne s'apprenait pas dans les livres, mais elle gémissait et contorsionnait son petit corps comblé grâce à Miller et Nabokov, tout en attribuant son plaisir aux seuls fantasmes d'Atticus.

Le récit des prouesses érotiques du jeune Craftsman se

répandit comme une traînée de poudre dans les couloirs de *colleges* féminins. Sa célébrité devint vite légendaire. Les femmes le cherchaient du regard, le suivaient dans les ruelles obscures, le coinçaient contre les murs, le dévoraient. Un jour, une fille très jeune lui demanda, avec le plus grand sérieux, de lui faire l'amour dans le canot. Ils voguèrent de nuit sur la Tamise, elle à califourchon sur lui, de l'avant vers l'arrière au rythme des rames.

Jamais il ne dit rien de ces amours occasionnelles à Lisbeth. À quoi bon, puisque au bout du compte, c'était elle qui bénéficiait de toutes les expériences nouvelles qu'il accumulait.

À la fin de la troisième année, entre ce qu'il avait appris dans les livres et ses découvertes dans la vraie vie, Atticus aurait pu écrire son propre roman érotique. S'il ne le fit pas, ce fut par égard pour Tolkien. Le fantôme du vieux professeur assistait à chacune de ces leçons dans le silence le plus absolu, sans jamais effrayer les maîtresses de l'élève, les yeux un peu écarquillés, certes, mais avec une tolérance respectueuse qui faisait de lui, pour le meilleur ou pour le pire, le complice de son secret. Quel manque de correction ç'aurait été de raconter au monde les tendances voyeuristes de Tolkien !

Sa bibliothèque installée, Atticus sortit de la valise sa bouilloire électrique pour le thé. C'était un peu casse-pieds de l'emporter partout, mais moins que de devoir attendre que le room service lui apporte de l'eau chaude. Il avait besoin d'un thé toutes les quarante minutes précisément.

Il voyageait toujours avec deux ou trois boîtes d'Earl Grey – même si tout le monde l'assurait qu'on pouvait trouver le produit en question dans presque tous les pays –, parce qu'il était authentiquement terrifié à l'idée de se trouver privé de son remède universel. Cette manie ne datait pas d'hier.

En intégrant Eton, à treize ans, Atticus Craftsman était un jeune garçon à la santé fragile, constamment malade de la grippe, souffrant de maux de tête et d'estomac. Il eut la chance d'atterrir entre les mains du docteur Hamans, un médecin d'origine hollandaise occupé à rédiger sa thèse sur les vertus curatives des infusions d'herbes. Celui-ci adopta Atticus comme cobaye et réussit, grâce à l'Earl Grey, là où la médecine conventionnelle avait toujours échoué : à faire du garçon délicat un chêne. S'il avait mal au ventre, il lui prescrivait une tasse de thé chaud. Si c'était la tête, une tasse de thé froid ; s'il tombait en jouant au cricket, un peu de thé sur du coton suffisait à nettoyer l'écorchure ; et s'il avait de la fièvre, il la faisait baisser en lui appliquant des compresses imbibées d'Earl Grey. Le traitement fonctionna avec une efficacité surprenante. Durant les cinq années qu'il passa à Eton, Atticus prit trente centimètres, ne fut jamais malade, devint capitaine de l'équipe de cricket et obtint six fois le tableau d'honneur.

Hamans souhaitait étudier son cas en profondeur grâce à une bourse octroyée par la société Twiningsal à la faculté de médecine de Londres, mais Marlow refusa de voir son fils utilisé comme rat de laboratoire. Finalement, il lui permit de donner à la science quelques échantillons de sang et de tissus, sur lesquels Hamans travailla avec acharnement pendant des mois sans obtenir aucun résultat concluant. Un fiasco. Atticus, pour sa part, convaincu que le thé était un remède à tous les maux, développa une dépendance plus psychique que physique à l'Earl Grey, et décida d'emporter partout sa bouilloire avec lui, de la même façon que certaines femmes voyagent avec leur sèche-cheveux.

Seul dans sa chambre, il brancha l'appareil, le remplit d'eau, attendit l'allumage du voyant et se maudit d'avoir fait sa valise à la hâte, la tête ailleurs, avec quatre pintes de bière dans le sang. Il avait oublié la tasse. Sa tasse.

Il n'était pas maniaque. Ni fétichiste. Mais il éprouvait à l'égard de cette tasse la même dévotion que d'autres ressentent envers leurs animaux domestiques. La tasse s'appelait Aloysius, en hommage à l'ours en peluche de Sebastian Flyte dans *Retour à Brideshead*, et il avait fait imprimer son nom en lettres noires sur la porcelaine blanche par un artisan de Kensington. Il sortit un verre du petit placard du minibar. Versa l'eau frémissante sur le sachet. Le verre s'embua. La barbe. Il se brûla le bout des doigts.

Puis il défit le reste de ses bagages : trois costumes, six chemises sur mesure, trois paires de chaussettes de laine, six caleçons Ralph Lauren, deux ceintures, un trench-coat Burberry totalement inutile à en juger par le soleil de mai, deux paires de souliers italiens, une écharpe – absurde –, l'écrin des boutons de manchette, six mouchoirs en tissu, quatre cravates – toutes rayées –, et sa trousse de toilette contenant son eau de Cologne à la lavande, sa mousse à raser, son bain de bouche mentholé et du fil dentaire.

Au fond de la valise, plié en deux, restait son vieux traversin, compagnon de route depuis ses sept ans, rapiécé, élimé, presque vidé de son duvet. Très propre, par contre, dégageant une agréable légère odeur de savon. Il ne pouvait vivre sans lui. Littéralement.

L'unique fois où il lui fut infidèle et dormit sur l'affreux oreiller d'une de ses conquêtes d'un soir, il fut puni par un sévère torticolis qui ne passa que grâce aux compresses de thé chaud et aux douces attentions prodiguées par la propriétaire du coussin en question.

Il déposa le traversin sur l'oreiller de l'hôtel. Sur la taie, on pouvait lire, brodé en grosses lettres rouges : « Propriété d'Atticus Craftsman », suivi du numéro de téléphone de ses parents qui, par bonheur, n'avait pas changé en vingt-trois ans. Ce n'était pas une lubie, ainsi qu'il l'expliquait aux femmes qui avaient partagé le traversin avec lui, mais uniquement une question de santé.

Il jeta un coup d'œil à la luxueuse chambre de son hôtel madrilène. Elle était vaste et lumineuse, classique et climatisée. Ses deux fenêtres donnaient sur une large avenue bordée de marronniers. Il était deux heures de l'après-midi, ce dimanche ensoleillé de la fin du mois de mai. Son estomac lui réclamait un sandwich, de préférence au saumon fumé et fromage frais aux fines herbes. Il se demanda s'il pourrait trouver cela à Madrid, ainsi qu'un parc ressemblant à Hyde Park pour déjeuner à l'ombre d'un arbre.

Armé de cet espoir, le visage fendu d'un sourire jusqu'aux oreilles, il sortit dans la rue et se mit à marcher.

7

Berta Quiñones, la pauvre, n'avait pas fermé l'œil de la nuit. Debout depuis six heures du matin, elle tuait le temps en attendant de pouvoir appeler les filles, réfléchissant à la manière dont elle leur annoncerait la mauvaise nouvelle, tout en lançant une machine, astiquant le sol de la cuisine, arrosant les plantes et passant l'aspirateur.

Ce n'était pas son programme habituel du dimanche. Berta était l'exact inverse d'une maniaque du ménage. Les jours de congé, elle oubliait tout et tout le monde pour traîner au lit jusqu'à pas d'heure, comme une fillette solitaire et heureuse. Puis elle se préparait un café au lait, sortait sur le balcon et adressait son plus beau bâillement à sa rue déserte avant de passer le reste de la matinée à lire.

La concernant, la solitude avait été un choix délibéré et avisé. Bien entendu, comme toutes les célibataires de la littérature, elle avait vécu dans sa jeunesse sa propre histoire d'amour non partagée. Et pas qu'un peu. En vérité, et Berta avait un peu honte de se l'avouer, le garçon de ses rêves n'avait même jamais soupçonné l'amour qu'elle lui portait. Jamais ils n'avaient échangé un seul mot. Ils ne se voyaient que de loin, et l'on peut penser qu'après les cinq années que dura leur « histoire » – au cours desquelles il ne leva qu'une fois la tête pour la regarder –, il n'eut pas la moindre pensée pour la fillette à lunettes, aux longues nattes, qu'il aperçut un matin en train de l'observer depuis le balcon de sa maison, la première du village, face au bureau du télégraphe.

Faute d'oser lui demander son nom, Berta lui attribua celui d'un de ses héros : Robin, le bandit qui détroussait les riches pour donner aux pauvres. Elle lui inventa aussi une voix douce, des mains expertes, une bravoure digne de celle de son homonyme de fiction, des lèvres charnues, de longs baisers et une clairière dans les bois où elle pourrait l'aimer en secret, loin des maléfices des sorcières et des sortilèges des fées.

Ponctuel, Robin arrivait tous les matins à huit heures avec les sacs du courrier. Berta l'attendait à la lucarne du grenier, deux yeux rêveurs derrière les verres de ses lunettes, et le regardait garer la 2 CV – son blanc destrier tout cabossé – près de la porte du bureau de poste. Il entrait, sortait, démarrait, disparaissait.

Berta sentait alors son cœur exploser et devait prendre quelques minutes pour se calmer, le temps que ses genoux cessent de trembler et qu'elle trouve la force de se lever, de ramasser ses livres, de descendre l'escalier et de rejoindre en courant la place où ses camarades de classe attendaient le maître, prêts à réciter leur leçon.

Elle était toujours dans les nuages, se plaignait sa mère. « Bien au contraire, madame », la rassurait le maître. Berta était tout sauf dans les nuages.

Elle était une bibliothèque vivante. Berta avait lu tant de livres, elle avait tant rêvé et si souvent fait de Robin le héros de ces histoires merveilleuses que dans sa tête fiction et réalité s'étaient fondues en un alliage d'une grande pureté.

Elle obtint une bourse pour aller étudier à Madrid : documentaliste *cum laude*, philologue, docteure en littérature et professeure de langue, multidiplômée. Un prodige.

Lorsque six ans plus tôt, M. Bestman, directeur du développement des Éditions Craftsman&Co, la reçut en entretien dans un élégant bureau, il passa de longues minutes à examiner son CV. Il lui posa trois ou quatre questions piège : ce qu'elle pensait d'Harold Pinter, si elle avait lu Yates et quel était son avis sur le *boom* latino-américain et sa persistance au XXIe siècle. « Pensez-vous que Vargas Llosa obtiendra un jour le prix Nobel ? »

Après une demi-heure d'intense discussion avec l'Anglais, Berta Quiñones devint la nouvelle directrice de la revue *Librarte*. Elle démissionna de la bibliothèque de l'université et arriva à la conclusion qu'on ne sait jamais ce que la vie nous réserve.

À l'époque, elle avait déjà la cinquantaine et plus aucun espoir de recroiser son Robin des bois de pacotille qui, d'après ce que lui raconta une amie, avait disparu du village avec trois millions de pesetas en timbres-poste, le sale voleur, et avec la fille du télégraphiste, sa complice et petite amie depuis leurs quinze ans, la garce. Elle se rappelait le mélange aigre-doux de crainte et de bonheur qu'elle avait ressenti le premier jour, en prenant les rênes de *Librarte* : son impatience avant l'arrivée de ses collègues, ces quatre femmes avec qui elle partagerait joies et craintes, pause-café du matin et tracas du quotidien, succès, échecs et, pourquoi pas ? peut-être aussi une amitié sincère qui dépasserait les murs du bureau. En chemin, elle acheta quatre rosiers nains en pot qu'elle déposa près des quatre ordinateurs sur les quatre bureaux de la pièce principale, accompagnés de petites cartes sur lesquelles elle écrivit : « Bienvenue à la maison. »

Les locaux, quatre-vingt-dix mètres carrés au dernier étage d'un vieil immeuble de l'historique Calle Mayor, avaient été jusque-là l'appartement d'un couple d'amoureux – Berta le devina aussitôt en observant la manière dont le soleil filtrait par les rideaux –, et consistaient en un petit bureau – l'ancienne chambre, où l'on apercevait encore l'ombre de la tête de lit : un contour gris sur le mur blanc –, un salon carré avec deux fenêtres, qui abritait dorénavant quatre bureaux face à face deux à deux, un couloir avec une salle de bains à baignoire encastrée et une cuisine vieillotte mais encore fonctionnelle, avec un fourneau comme celui de sa grand-mère.

En dehors des bureaux, les seuls meubles étaient deux bibliothèques en pin, vides pour l'instant, et une effrayante photocopieuse de la taille d'un frigo, qui occupait la quasi-totalité du mur près de la porte. Peut-être qu'avec un tissu aux couleurs gaies, pensa Berta, ou bien un napperon en crochet avec des pompons en passementerie, elle ferait une jolie table d'appoint.

La première à arriver fut Soleá.

— Soledad? lui avait demandé Berta en hésitant entre une bise chaleureuse et une froide main tendue.

— Soleá, comme le chant, répondit l'autre avec l'accent de son Andalousie natale : Grenade, l'Albaicín, un *carmen* blanchi à la chaux, un jardin de lauriers sauvages, une ruelle escarpée.

Elle était très jeune, très féminine, très brune. Elle venait de terminer ses études de journalisme et voulait conquérir le monde.

— Un jour, j'écrirai un roman, confia-t-elle à Berta. J'ai déjà l'intrigue, je dois juste ordonner mes idées et me concentrer un peu. Cette ville est tellement grande que j'en ai le tournis.

Puis vint María. Elle arriva avec un problème accroché à ses bras.

— C'est ma fille, dit-elle. Elle s'appelle Lucía et je vous promets que je ne l'amènerai plus.

Mais elle la ramena, et pas qu'une fois, dans son couffin, dans sa poussette, avec de la fièvre ou une mauvaise toux. Lucía devint l'une d'entre elles : la mascotte du journal. Berta lui installa un fauteuil à bascule blanc dans un coin de son propre bureau. Dans la cuisine, elles réchauffèrent biberons et bouillies ; l'hiver, elles lui tricotèrent des écharpes en laine rose. Un an plus tard, María annonça qu'elle attendait des jumeaux. Elle s'absenta six mois, dont deux qu'elle passa au lit sous la menace d'un accouchement prématuré, mais Lucía occupa son espace, son fauteuil à bascule, son coin. Tous les matins ou presque, à neuf heures pile, le père de la fillette sonnait à la porte, jurait à Berta qu'il allait chercher une nourrice, que c'était la dernière fois qu'il leur confiait Lucía, qu'il savait que c'était une entreprise sérieuse et pas une garderie, mais le lendemain, il était de nouveau là.

À la naissance, Manolito et Daniel pesaient deux kilos cinq cents chacun ; ils refusèrent le sein, développèrent une intolérance au lactose, contractèrent la varicelle quinze jours après Lucía – au total trente jours de boutons et de pleurs, de crèmes, antihistaminiques, croûtes et démangeaisons. Au cas où, elles remplacèrent le fauteuil à bascule par un matelas. Berta devait enjamber les enfants pour s'asseoir à son bureau. Elle découvrit à cette occasion qu'elle possédait l'incroyable capacité de travailler en chantant, ou de chanter en travaillant, et de raconter des histoires entre deux factures.

— Si on ne se donne pas un coup de main entre femmes, je ne sais pas qui le fera, répétait-elle comme un mantra quand les autres se plaignaient.

Asunción arriva la troisième. Énorme. Au régime.

Elle les prit chacune dans ses bras, et la première chose qu'elle leur dit avant de s'installer à son bureau fut qu'elle n'avait pas de problème de santé ni de diabète ou rien de ce genre, mais que c'était la ménopause qui passait mal, avec des bouffées de chaleur à crever.

La dernière fut Gabriela – « Mais appelez-moi Gaby, comme le clown » –, la seule qui remarqua les fleurs.

— Toi ma petite, tu es amoureuse.

— Comme une dingue, les filles. Je l'ai dans la peau.

Elles assistèrent toutes au mariage, huit mois après le lancement de la revue.

Gaby en blanc, radieuse, son fiancé magnifique, l'église remplie de fleurs. Lucía portait les *arras*, les treize pièces de monnaie destinées à la future mariée ; Asunción attrapa le bouquet.

— C'est toi la prochaine, Asunción.

— Dieu m'en garde, dit-elle en rougissant. Je me suis déjà mariée et démariée.

Les six dernières années avaient passé à toute allure. Berta éteignit l'aspirateur, rinça sa tasse de café, s'assit dans un coin du canapé et prit le combiné du téléphone. Elle ne pouvait plus repousser le moment fatidique. En souvenir de cette première matinée, elle les appela dans leur ordre d'arrivée, Soleá, María, Asunción et Gaby, ses meilleures amies, pour leur annoncer la pire des nouvelles.

— Je sais que c'est dimanche, répéta-t-elle à chacune sur le même ton d'excuse. Mais on doit se voir, c'est important. Au bureau à onze heures. Non, María, cette fois-ci, tu ne peux pas amener les enfants.

8

Quelques jours après l'inquiétant appel de l'inspecteur Manchego, Marlow Craftsman décida, à son grand regret, que l'heure était venue d'avouer à Moira que leur fils avait disparu depuis trois mois. S'il ne l'avait pas fait plus tôt, c'est parce qu'il gardait l'espoir que le problème serait résolu avant Noël, ce qui lui paraissait de plus en plus improbable. Quand Moira lui demandait comment se passait le séjour d'Atticus en Espagne, Marlow fournissait une réponse évasive du genre : « Bien, chérie, bien. » Et comme son mari était plutôt laconique, elle s'en contentait. Elle se retournait dans son lit et s'endormait comme un loir.

Lorsque arriva le mois de novembre et avec lui le calvaire des préparatifs de Noël, Moira se fit plus insistante. Elle voulait des détails.

Elle avait besoin de savoir combien de nuits Atticus passerait dans le Kent, quel jour il arriverait, avec qui, s'il était toujours végétarien, s'il avait changé d'eau de Cologne ou s'il utilisait toujours celle à la lavande, et surtout la date et l'heure de son départ, puisqu'elle comptait prêter sa chambre aux beaux-parents d'Holden, qui passeraient le réveillon du Nouvel An avec les Craftsman.

Moira notait tout dans un énorme agenda noir. Depuis les cartes qu'ils recevaient et les cadeaux qu'ils envoyaient jusqu'à la quantité de bœuf pour le roast-beef que la cuisinière devait commander à la boucherie de Seven Oaks.

L'incertitude la tuerait.

Marlow lui porta une tasse de Horlicks chaud au lit sur un plateau d'argent. La gouvernante le préparait avant d'aller se coucher et avait l'habitude d'y dissoudre un demi-comprimé de son propre anxiolytique, considérant que sa patronne était pour moitié responsable de ses symptômes. Ce soir-là, son époux, ignorant ce détail, y ajouta deux comprimés de Diazépam dans l'intention louable de lui rendre la mauvaise nouvelle plus supportable.

Naturellement, la dose se révéla excessive.

— Moira, chérie, commença Marlow très doucement en lui caressant le dos. J'ai bien peur d'avoir quelque chose à te dire à propos d'Atticus.

— Atticus ? marmonna-t-elle.

— Comment t'expliquer ça, mon amour ?... N'aie pas peur, essaie de voir le bon côté des choses. Depuis quelques jours... on ne sait pas où il est.

Voilà. Il l'avait dit.

Moira ne fit aucun commentaire. Elle restait allongée sur le côté, le visage écrasé contre l'oreiller.

— Il est sûrement dans un endroit où il n'y a pas de réseau, tu sais, l'Espagne est un pays très montagneux, avec la mer tout autour, et aventurier comme il est, il est sûrement parti en voyage. Je l'imagine bien dans un bateau de pêche, ma chérie, ou sur un sommet enneigé, ou bien peut-être sur une de ces îles que les Espagnols ont gardées en Afrique.

— Afrique ?

— Oui, du côté de la Mauritanie.

Silence.

— Mais il va vite revenir. Il ne manquerait Noël à la maison pour rien au monde. C'est un bon garçon, notre Atticus. Juste au cas où, ajouta-t-il à toute vitesse, j'ai prévenu la police. Ils le cherchent, Moira, et ils m'ont assuré qu'on aurait des nouvelles sans tarder.

Nouveau silence.

— Pour l'instant, on sait qu'il n'est dans aucun hôpital, ce qui est une information rassurante. Il n'a pas eu d'accident ni de problème de santé, grâce à Dieu. Il n'y a pas non plus de plainte le concernant : ça signifie qu'il ne s'est pas mis dans le pétrin. Il s'est tout simplement évaporé. Sans laisser de trace. Comme il y a dix ans, tu te rappelles ? Quand il avait pris son année sabbatique. Il n'avait pas donné de nouvelles pendant des mois. On ne s'est pas inquiétés à l'époque et on ne s'inquiétera pas cette fois non plus, Moira, parce qu'il y a forcément une explication rationnelle à tout ça. En tout cas, moi, je ne suis pas inquiet du tout. Il est majeur, maintenant, il prend ses propres décisions. Il n'est plus obligé de nous consulter. S'il a eu envie de partir à la pêche au thon, grand bien lui fasse. S'il a décidé de devenir ermite et de se nourrir d'insectes, c'est son choix. C'est sa vie.

Moira commença à ronfler. La dose d'anxiolytique avait fait son effet. Le plus probable, pensa Marlow, était qu'elle ne se souviendrait de rien le lendemain. Dommage, regretta-t-il, parce que pour un homme aussi laconique que lui, son discours avait été mémorable.

Tranquillisé et pleinement convaincu de l'absence de motifs d'inquiétude grâce à la cohérence de sa propre théorie, il se mit au lit à son tour, s'enveloppa dans la couverture de laine écossaise et s'endormit profondément.

9

Contrairement à ce qu'avait craint Berta qui, en les voyant ensemble la première fois – la fougue et la jeunesse de l'une face au sérieux et à la maturité de l'autre –, s'était représenté un impossible tandem sans freins, aux pneus crevés, Soleá et Asunción s'entendirent à merveille. Sous la mention « poste occupé dans l'entreprise », leur contrat indiquait la même fonction de « rédactrice », mais chacune en avait sa propre interprétation. Tandis que Soleá ne tenait pas en place et passait sa vie dehors à la recherche de bons sujets, Asunción préférait le calme du bureau pour rédiger articles et critiques.

Dès le premier jour, elles se répartirent le travail selon leurs centres d'intérêt : Soleá assistait aux avant-premières, aux présentations, aux festivals ; elle jouait des coudes pour faire ses interviews, ses photos étaient floues et ses chroniques légères. Asunción lisait, se documentait, comparait, brodait patiemment son ouvrage. Au bout du compte, à deux, elles parvenaient toujours à assaisonner parfaitement leurs articles.

Une fois par semaine, elles se réunissaient en conférence de rédaction pour définir le contenu du numéro suivant. Chacune présentait une liste de propositions que Berta analysait avec la neutralité du roi Salomon, régulièrement époustouflée par les idées de ses deux rédactrices.

— Soleá, tu veux vraiment aller couvrir ce festival de musiques tribales africaines ?

— C'est gratuit, Berta, la moitié de l'Espagne y va.

— Dans le désert de Monegros ?

Elle clignait des yeux, toussotait et finissait presque toujours par céder.

— Et toi, Asunción ? Un article de fond sur les perversions esthétiques du surréalisme, vraiment ?

— Il y en a eu plein.

— Je n'en doute pas.

Puis elle répartissait le travail par rubriques : toi le ciné, toi les livres, toi l'agenda culturel, toi les arts, etc. La composition du cocktail variait chaque semaine pour traiter tous les sujets.

C'était Berta qui donnait le feu vert aux articles et établissait les budgets, organisait les déplacements, engageait des photographes et se débrouillait pour trouver quatre ou cinq annonceurs qui couvraient le gros des frais de chaque numéro. Habituellement des producteurs de cinéma, des opérateurs de téléphonie mobile, des salles des ventes, des restaurants et des hôtels. Conformément à la politique de l'entreprise, *Librarte* n'acceptait pas de campagnes publicitaires d'autres éditeurs que Craftsman&Co, ce qui limitait sérieusement les possibilités de Berta pour recruter des annonceurs.

María assumait la comptabilité de la petite entreprise comme elle tenait les cordons de la bourse chez elle, avec la même minutie. « C'est facile, disait-elle. Ce qu'il faut, c'est arriver à l'équilibre : un sou gagné pour un sou dépensé, et le tour est joué. » Elle accumulait les factures que Berta signait dans une infinité de dossiers et de classeurs, et conservait chaque ticket, chaque justificatif et chaque note de frais dans des boîtes à chaussures, qu'elle recouvrait elle-même de papier crépon et de cellophane. Une couleur par année. C'était aussi elle qui achetait les billets de train et d'autocar pour les déplacements des rédactrices (jusque-là, les finances de *Librarte* ne leur avaient pas permis de prendre l'avion), l'encre de l'imprimante, les cartouches de toner de la photocopieuse et le reste des fournitures.

Elle se montrait aussi incroyablement économe au bureau que chez elle : le papier était recyclé, les stylos utilisés jusqu'à la dernière goutte, les ordinateurs débranchés la nuit et la lumière éteinte au moindre rayon de soleil. On n'allumait pas le chauffage avant la mi-novembre et jamais l'air conditionné, car María affirmait qu'en plus d'être cher, c'était malsain et inutile. Probablement parce qu'ayant grandi dans un village écrasé de chaleur près de Tolède, elle était immunisée contre les outrages du thermomètre.

Cela entraîna quelques prises de bec au début, car tandis que María se contentait d'un éventail et d'eau fraîche en été, Asunción étouffait sous les bouffées de chaleur et les suées.

Berta dut intervenir : elle accorda à María le mois et demi de congé sans solde qu'elle réclamait pendant les vacances scolaires et, en échange, permit à Asunción de mettre la climatisation de mi-juillet à fin août, en diluant la dépense exceptionnelle dans le budget annuel de l'électricité.

Gaby, pour sa part, constituait à elle seule l'assistance technique de *Librarte.* Aucun programme informatique ne lui résistait. Elle était capable de retrouver des documents mystérieusement disparus du disque dur de Soleá ou de ressusciter le Mac d'une Berta en pleine panique chaque fois que « cette cochonnerie » lui claquait entre les pattes.

Elle importait et exportait photos et fichiers, maîtrisait Photoshop, utilisait InDesign, Quark et Adobe comme si c'était de vrais outils, savait transformer des maquettes en PDF et contrôler l'ordinateur des autres depuis chez elle.

Elle avait étudié la conception graphique à Paris, à l'époque où c'était encore une notion extraterrestre dans la péninsule Ibérique, et y avait rencontré son âme sœur en la personne d'un Argentin que tout le monde appelait par son nom de famille – Livingstone – faute de se rappeler son prénom.

Franklin Livingstone avait grandi à Santa Fe, dans la province de Córdoba, dans une ferme entourée de terres fertiles, bercé par les chants des gauchos, nourri de viande et de maté amer. Il y avait gagné son rude caractère, sa peau dure et ses mains calleuses. Sa mère, issue d'une bonne famille de Buenos Aires, lui avait imaginé un avenir glorieux au trentième étage d'un gratte-ciel de Manhattan, en tant que riche homme d'affaires, avocat célèbre, architecte reconnu ou banquier sans foi ni loi. Mais aucun de ces rêves n'était devenu réalité. Dans son université de Boston, assommé au-delà de l'imaginable par les chiffres et les graphiques, il découvrit que ses mains de cow-boy avaient été créées pour caresser des choses bien plus intéressantes que les comptes courants de ses éventuels clients. Les femmes et les pinceaux – dans cet ordre – se mirent à occuper la majeure partie de son temps.

Au grand dam de sa mère, il quitta son école de commerce pour une école d'art, et une fois ses études terminées obtint une bourse pour venir à Paris, ville d'art et de lumière, où il devint l'un des pionniers du design graphique.

Là, il rencontra Gaby, gaie comme un pinson, ses illusions intactes et la vie devant elle. Il la courtisa à l'ancienne, comme on le faisait à Santa Fe du temps de ses grands-parents, avec des cadeaux et de belles paroles.

Sur le portrait qu'il fit d'elle, on devinait les yeux perçants de l'artiste posés sur son modèle, de l'autre côté de la toile. Quelle plus belle preuve d'amour que ce travail de longue haleine, avec pour seules pensées la nuance de sa peau, la douceur de ses boucles, la courbe de sa poitrine ? Elle l'apercevait sans cesse qui l'observait depuis sa table, mesurant parfois avec un crayon la distance entre ses yeux ou la longueur de son cou.

Quand le tableau fut terminé, il l'invita dans son gourbi. Une chambre d'étudiant dans une résidence du XVe arrondissement. Leur histoire d'amour débuta là, aussi délicatement qu'une œuvre d'art. Il fut le pinceau et elle, la peinture.

Parfois, Livingston passait à la rédaction dans la matinée. Il apportait aux filles des gâteaux, des fleurs, des glaces ou des *alfajores*. Il disait à Gaby : « Je t'attends à la maison, *flaca*. » Et elle ne pouvait empêcher ses jambes de trembler.

Ils étaient mariés depuis cinq ans et quelque. Ils voulaient avoir des enfants. Qui n'arrivaient pas.

— Ça viendra le jour où tu t'y attendras le moins, Gaby, tu verras, la consolait Berta.

Mais chaque mois, au bureau, Gaby sortait de la salle de bains, le visage fermé.

— Tu verras, répétait Berta, le jour où tu t'y attendras le moins, ça viendra.

10

Au deuxième whisky, l'inspecteur Manchego perdait sa stabilité. Derrière son dos, Josi affirmait que c'était le manque d'habitude.

— Il a toujours été plus sangria qu'alcools forts, racontait-il aux autres quand l'inspecteur quittait la partie. Dans le garage de ses parents, on remplissait le tonneau : moitié vin, moitié Fanta citron, une bonne rasade de vodka – dans tout ce liquide, ça se sent pas –, plein de glaçons et plein de sucre. Dès qu'on ouvrait la porte, les gens faisaient la queue. On était les rois de la fête.

— Verre, gourde ou pichet ?

— Pichet, Macita, quelle question... Manchego, il buvait au goulot. Il avait une de ces descentes...

La rue était vide et sombre. Les réverbères et les trottoirs tanguaient un peu, comme s'il y avait eu des vagues au lieu du bitume. Manchego avait perdu quarante euros, nom d'un chien, quel manque de pot, à cause d'un foutu carré de rois battu par un carré d'as qu'El Carretero avait sorti de sa manche à la dernière minute.

Il rentra chez lui à pied histoire de prendre l'air, son arme de service à la ceinture au cas où, dans un harnais sur mesure qui faisait à la fois étui et bretelles. Il savait qu'il ne devait pas boire quand il était armé, mais il se trouvait des excuses en se disant qu'après tout c'était comme avec la sirène : on n'avait pas le droit non plus de la mettre sans raison, mais dans les embouteillages, tous les collègues le faisaient. Chacun son truc. Lui, avec la sirène, il était toujours réglo.

Il se raidit en entendant des pas derrière lui.

Un jeune homme avec des écouteurs le dépassa par la droite.

Il continua d'avancer.

Il entendit à nouveau des pas. Il s'arrêta. Les pas aussi.

Manchego s'accrocha au tronc d'un arbre chétif comme à une ancre.

Plus loin, entre deux voitures, quelque chose bougeait. Une ombre.

— Qui va là ? cria Manchego.

Silence.

Il porta la main à sa ceinture et s'assura que le pistolet était bien à sa place.

— Qui va là ? répéta-t-il. Pas de bêtises. Je suis policier. J'ai une arme.

Un grand type avec une sale gueule sortit de l'ombre. Il avançait d'un côté à l'autre du trottoir, au rythme des vagues. Ils étaient dans le même bateau. L'homme s'arrêta à quelques centimètres de Manchego.

— Vous avez du feu ? demanda-t-il.

— Calmos, mon gars, répondit l'inspecteur. Je viens de dire que j'étais armé.

— Je voulais dire une allumette, monsieur l'agent.

— Inspecteur, si c'est pas trop demander.

— Inspecteur.

Manchego sortit un briquet de sa poche. L'autre prit un

paquet de cigarettes et lui en tendit une. Ils fumèrent ensemble en bavardant.

— Moi, si je devais enquêter sur une disparition, dit l'homme après avoir écouté avec attention toute l'histoire d'Atticus Craftsman, je commencerais par interroger ses copains. Après, j'irais fouiller chez lui.

— Le problème, c'est que sans mandat, je ne peux pas défoncer la porte. Et ça peut prendre un bon bout de temps.

— Il est peut-être mort dans l'appartement, signala l'autre.

— Peut-être.

— Et y a pas d'autre moyen d'entrer ?

— Pas légalement.

— Mais…

— Bon, nuança Manchego, mettons que si quelqu'un, un voleur, par exemple, entrait par hasard pour cambrioler et qu'un policier en civil passait justement à ce moment-là…

— Improbable.

— Très.

— Je suis serrurier.

— Quel hasard !

La rue tanguait. La faute au whisky bon marché.

Ils se séparèrent avec la promesse de se retrouver un de ces jours si nécessaire, près du même arbre. L'homme s'appelait Lucas. Il ramassa un bout de papier pour noter son numéro.

— Appelle-moi quand tu voudras, dit-il. Il est peut-être mort dans l'appartement, lui rappela-t-il.

11

Soleá ne répondait jamais au téléphone fixe. À quoi bon ? Si elle était à la maison, elle décrochait le combiné. Sinon, elle le laissait sonner indéfiniment. Elle ne supportait pas l'idée du répondeur automatique, qu'elle considérait comme une intrusion dans sa vie privée. Elle soutenait que répondre au téléphone revenait à ouvrir sa porte pour laisser entrer n'importe qui.

— Imagine, disait-elle, que tu sois en train de manger des céréales devant la télé, mettons, et là, le foutu téléphone se met à sonner. Tu es censée faire une place sur ton canapé à cette personne qui se pointe chez toi, entre la cuillère et ta bouche, entre ton oreille et la fin du film ?

— Et si c'est important ?

— Ça attendra.

— Et si c'est urgent ?

— Écoute, Berta, dans quatre-vingt-dix pour cent des cas, c'est juste urgent ou important pour celui qui appelle.

— Mais moi, je suis ta patronne, Soleá, il faut que je puisse te joindre.

— Alors, donne-moi un portable. Mais de la boîte, hein, avec ce que je gagne, je ne peux pas dépenser un sou de plus.

Résignée à l'entendre râler au bout du fil, Berta composa le numéro du portable et attendit que Soleá veuille bien se réveiller. Neuf heures. Un dimanche. Heureusement qu'elle ne l'avait pas devant elle, cette fille serait capable de lui faire bouffer son téléphone.

À la quatrième ou cinquième tentative, elle entendit sa voix à moitié endormie. Elle murmurait.

— Berta, je vais te tuer.

— Tu es où ?

— Au squat des *okupas* de Zurita.

— Mais, que... ?

— Rien, mon chou, c'est juste que la soirée a été un peu plus compliquée que prévu. Je suis allée à la première de la pièce dont je te parlais, au Triángulo. En sortant, il pleuvait, et c'est le premier endroit que j'ai trouvé pour m'abriter. Je suis entrée, il y avait un gars de chez moi qui jouait super bien de la guitare. Un genre de concert, quoi. Ça a duré, du coup je me suis endormie sur des sacs de couchage.

— Ça ne sent pas la pisse ?

— Oh, Berta, la ferme !

Elle lui parla de la réunion sans lui laisser la possibilité de trouver une excuse pour y échapper. À onze heures au bureau. Soleá ne discuta pas. C'était la première fois que Berta lui donnait un ordre aussi catégorique.

Elle réussit à joindre María chez elle par miracle. Elle était debout depuis sept heures, parce que les enfants avaient le sommeil léger et que le bruit de l'ascenseur les réveillait. Ils s'apprêtaient à partir à la campagne. Le pique-nique était prêt : tortilla de pommes de terre, escalopes panées et salade. Elle avait passé l'après-midi du samedi à cuisiner, repasser, faire la vaisselle, raccommoder des pantalons, donner le bain aux enfants, réchauffer la soupe, ranger, et comptait profiter du dimanche pour se reposer, allongée sur une couverture, à l'ombre, pendant que les enfants joueraient à la balançoire. Elle avait même pensé à prendre un DVD pour les coller devant l'écran – Dieu merci, il y avait les ordinateurs portables – pendant l'heure et demie de sa sacro-sainte sieste.

Le dimanche, Bernabé jouait au foot puis déjeunait au bistrot avec les copains de son équipe. Le soir, il rentrait attendre le retour de María et des enfants devant la télé, et voulait presque toujours dîner tôt, vu que le lundi il faisait le service du matin au café. Quelle vie de chien !

— Et qu'est-ce que tu veux que je fasse des enfants, Berta ? Je les bouffe ?

— Tu n'as pas une voisine qui peut te les surveiller un petit moment ?

— Non, ma grande, non. J'ai une vieille commère, un ivrogne et une dingue. Voilà ce que j'ai.

— Et un loyer symbolique.

— C'est pas faux.

Finalement, elle parvint à convaincre Bernabé d'emmener les enfants au football.

— Attache-les aux buts, allez, rends-moi service.

Au ton de Berta, elle avait compris qu'il était arrivé quelque chose de très grave au bureau. Elle imagina le pire et se mit à trembler. Si elle perdait son boulot, toute sa vie allait s'effondrer.

Asunción répondit aussitôt. Elle dit à Berta qu'elle était levée depuis longtemps et lisait. Que les garçons étaient en vadrouille, comme d'habitude. Qu'elle ne les attendait pas avant le déjeuner.

— Figure-toi que ça me fait plaisir de t'entendre, avoua-t-elle. Les dimanches, ça me rend toujours un peu morose. Si ça te va, je vais à la messe de dix heures près du bureau et je suis là-bas à onze heures. Tu veux que j'apporte des croissants ?

Avec Gaby, ce fut plus compliqué. Dans un murmure, elle lui expliqua qu'elle était en pleine ovulation – « tout juste, Berta, on peut dire que tu tombes pile » – et qu'elle devait rester couchée au moins une heure après le coït. Comme le coït en question n'avait pas encore eu lieu, elle tâcherait de réveiller Franklin en douceur et sans sous-vêtements, histoire de boucler l'affaire en un quart d'heure, vingt minutes.

— Mais je ne pourrai pas être là avant onze heures et quart. C'est le minimum pour un petit coup rapide et romantique. Désolée, Berta, je fais au mieux.

12

Asunción cessa de se peser le jour où elle passa la barre des soixante-dix kilos. Sa détermination à s'occuper de sujets plus intéressants que les fluctuations de sa splendide masse corporelle ne fut pas précisément une décision prise à froid, mais plutôt le résultat de la destruction en mille morceaux de la balance à énergie solaire offerte par ses enfants pour la fête des Mères.

— Tu dois recommencer à t'occuper de toi, maman. Sors, achète-toi des fringues, teins-toi les cheveux... Ça fait six mois que papa est parti. Admets-le, tourne la page.

À seulement quinze et dix-sept ans, ses fils avaient affronté la crise plus bravement qu'elle-même. Parce que soyons clairs, leur père les avait trahis, eux aussi. Il avait juré devant l'autel de prendre soin d'eux, de les protéger et de les élever avec amour, tout comme il avait juré d'aimer leur mère jusqu'à ce que la mort les sépare. Sauf qu'en fin de compte, ce n'était pas la mort qui les avait séparés, mais une hôtesse de l'air vivant à Barcelone.

Toutes ces navettes – deux par semaine – étonnaient Asunción, mais son mari l'assurait que sa boîte était en train d'ouvrir une filiale dans la cité comtale et qu'il n'avait pas d'autre choix, en tout cas au début, que d'aller et venir comme un boomerang.

Le plus étrange, c'était les nuits, après presque vingt ans à dormir dans ses bras.

Jusqu'à ce qu'un soir, à vingt heures, quelqu'un sonne à la porte. Asunción descendit ouvrir en pyjama, chaussons et robe de chambre. Elle s'était préparé un thé et lisait *Le Rouge et le Noir* en français, confortablement installée, les enfants près de rentrer de leur entraînement de foot, le poulet au four, la table dressée, avec musique romantique et bougie parfumée à la vanille.

Derrière la porte se trouvait une grande femme brune engoncée dans un uniforme de la compagnie Iberia. Si l'on avait été en temps de guerre, elle aurait été l'officier venu lui annoncer la mort de son époux au champ d'honneur. Mais on était en paix, hélas, et ce qu'était venu lui porter cette femme était le certificat de décès de sa famille, ni plus ni moins.

— Je peux entrer ? demanda-t-elle avec la douceur d'une personne habituée à composer avec les bizarreries du genre humain.

— Ça dépend.

— Vous êtes Asunción, n'est-ce pas ?

— Elle-même.

— Je suis la maîtresse de votre mari.

L'âme ne pèse rien. Son poids, c'est juste une invention d'un producteur hollywoodien pour un titre de film. Elle ne pèse rien parce qu'elle n'est pas de ce monde. Comme l'amour ou la souffrance. Elle contient toutes les qualités qui rapprochent un peu l'homme de Dieu.

Pourtant, Asunción entendit parfaitement le bruit que fit son âme lorsqu'elle tomba au sol. Celui d'un ustensile en inox rebondissant sur le carrelage de la cuisine.

— Entrez. Asseyez-vous.

L'hôtesse de l'air lui raconta comment tout avait commencé :

un innocent jeu de « pourriez-vous m'apporter un autre Coca-Cola, pourrais-je avoir un coussin, une petite couverture, j'ai froid ». Comment la force d'attraction magnétique entre eux avait presque déstabilisé le vol. Comment ils s'étaient vus en cachette, à l'hôtel et sur la plage, avant de prendre la décision de s'acheter un appartement en commun. Comment ce secret n'en serait plus un dans quelques mois car, dit-elle, elle ne pouvait déjà plus fermer sa jupe et allait demander à travailler au sol, parce que voler, c'était trop dangereux pour le bébé.

— Je suis venue parce qu'il n'ose pas vous l'avouer, admit-elle en baissant les yeux. Il me dit que vous allez divorcer, qu'il ne vous aime plus. Que ça ne peut pas continuer. Mais tel que c'est parti, cet enfant va naître sans père, je le vois bien. Ou alors, on va se retrouver toutes les deux dans le journal à cause de sa bigamie. Parce qu'il est bien capable de se marier avec moi sans avoir divorcé de vous.

Puis virent les cris, les larmes et les grincements de dents. L'enfer. Les enfants souffrirent, firent des bêtises, leurs notes dégringolèrent à l'école. La maison partit à vau-l'eau, le loyer devint prohibitif et il fallut chercher un appartement plus petit. Asunción perdit tout contrôle. Elle se flétrit.

Jusqu'à ce dimanche 6 mai, à dix heures du matin, où ces deux adolescents à problèmes eurent l'incroyable idée de mettre tout leur argent de poche dans une balance électronique à énergie solaire pour l'offrir à leur mère qui n'avait pas quitté son lit depuis six mois.

Cet objet inanimé devint une sorte de conscience pesante qui la regardait de ses yeux de plastique depuis le sol de la salle de bains. « Pèse-toi, murmurait-elle, pèse-toi, et tu verras qu'en prime, se faire plaquer, ça fait grossir. »

Alors, quand elle rassembla le courage nécessaire pour hisser ses bourrelets sur le dos de son mauvais génie, confirmant ses soupçons – qu'elle était plus proche des soixante-dix kilos que de ses soixante habituels –, et fit face à la vieille harpie qui la regardait dans le miroir, elle se décida enfin à reprendre les choses en main. Bénis soient la balance et le miroir.

Elle rédigea un nouveau CV, expliquant ne pas avoir travaillé ces quinze dernières années pour des raisons familiales indépendantes de sa volonté, et alla demander une lettre de recommandation à son ancienne patronne, qu'elle trouva aussi décatie qu'elle-même, mais assise à la même place, au même bureau que quinze années plus tôt, quand Asunción, enceinte pour la deuxième fois, lui avait fait ses adieux les larmes aux yeux.

— Il y a un Anglais qui cherche des gens pour monter une revue littéraire. Ça peut peut-être t'intéresser. Il paie que dalle.

Les cheveux teints et les ongles peints, elle se présenta au casting de Bestman et décrocha le rôle haut la main. Elle avait passé quinze ans à se consacrer entièrement à la littérature, lui dit-elle, en autodidacte, certes, mais lectrice insatiable. Elle dévorait les livres comme des bonbons. Un vrai ogre, qui savait apprécier Lorca et Ezra Pound, les sœurs Brontë et les frères Grimm. « Tous ensemble, dans le gosier, monsieur Bestman, demandez-moi ce que vous voudrez, je connais tout. »

C'est ainsi qu'elle obtint le poste de rédactrice à *Librarte* et regagna le monde des vivants, avec huit kilos de plus. Peu à peu, elle laissa ses incertitudes derrière elle, ses craintes se dissipèrent, l'espoir revint et ses insomnies disparurent. Seul perdura, à son grand désespoir, ce surpoids accusateur et cruel, tenace et celluliteux, dont elle ne parvenait pas à se débarrasser malgré tous les régimes dissociés et tout le lait de soja du monde.

— Il s'agit d'une question de métabolisme, Asunción, dit son médecin. Mais pas d'inquiétude, ça passera, c'est lié à la ménopause. Vous constaterez aussi des bouffées de chaleur, une baisse de la libido, des suées nocturnes, une accélération du rythme cardiaque, une sécheresse vaginale, une incontinence, une irritabilité, des douleurs articulaires, des problèmes digestifs et des modifications de votre odeur corporelle, entre autres choses.

— Je vais sentir quoi ? demanda Asunción, effondrée, assistant à sa propre transformation kafkaïenne de femme en cafard.

Mais face au diagnostic redouté, Asunción, devenue une véritable Jeanne d'Arc en réaction à sa récente dépression, décida de lutter bec et ongles contre ses kilos en trop.

Elle échoua. Elle perdit la guerre. Elle pleura toutes les larmes de son corps, faisant couler son rimmel. Dans le miroir, elle vit un laideron hirsute et geignard, et cria : « Ça suffit comme ça ! » avec la même énergie que sa vieille nourrice de Malaga, quand elle et ses frères dépassaient les bornes.

Elle leva la balance au-dessus de sa tête et la lança de toutes ses forces contre le miroir de la salle de bains. Maudits soient la balance et le miroir.

Ce jour-là, elle fut définitivement guérie. Elle devint une grosse femme heureuse qui, quand elle ne s'aspergeait pas de parfum, sentait l'huile de moteur sous l'effet de la ménopause, passagèrement, espérait-elle. Qui, à la paroisse, aidait les femmes immigrées à trouver du travail. Qui cuisinait pour ses fils. Qui considérait sa patronne, Berta, comme sa meilleure amie, et qui était capable de dire des choses comme : « Je me suis déjà mariée et démariée, grâce à Dieu » sans pleurer.

Voilà pourquoi, quand Berta appela à neuf heures du matin, ce dimanche de mai, six ans et demi après sa première mort, elle se remémora le coup de sonnette de l'hôtesse de l'air. Elle sentit à nouveau le sol trembler sous ses pieds et entendit le bruit que fit son âme en tombant sur le carrelage de la cuisine. Elle pénétra dans l'église pour la messe de dix heures, se signa, s'agenouilla et mobilisa ses cinq sens pour prier de toutes ses forces. Une fusée de détresse, voilà ce qu'elle envoya à Dieu.

— Mon Père, si possible, que cette coupe s'éloigne de moi. Ne me laisse pas perdre mon travail, allez, mon Dieu, je t'en supplie. Que ta volonté soit faite, mais si tu pouvais éviter précisément que je me retrouve à la rue, enfin si c'est possible, quoi. Je sais bien que ta priorité, c'est la faim, la guerre et tout ça... Si tu es trop occupé, tu peux peut-être demander à un saint. Quelqu'un qui n'a pas trop de clients, saint Pantaléon, ou saint Lambert, ou saint Job, avec un nom pareil il devrait pouvoir m'aider. »

Une fois remise au bon vouloir de Dieu, Asunción traversa la rue et commanda une douzaine de croissants à emporter, quelques gâteaux et cinq *ensaïmadas*. Comme on dit, le pain adoucit la peine. Elle supposa que Berta avait déjà fait du café.

13

Ce dimanche matin, à onze heures et quart précises, ce ne fut pas une réunion entre cinq femmes civilisées qui se tint dans les bureaux de *Librarte*, mais un sabbat entre cinq sorcières déchaînées usant de mauvais sorts et de magie noire pour tenter d'échapper à la malédiction qui s'abattait sur elles.

Elles arrivèrent au compte-gouttes, dans l'ordre habituel – Berta, Soleá, María, Asunción et Gaby –, dissimulant leur angoisse comme elles pouvaient. Au lieu de se contenter du « bonjour » habituel, elles s'embrassèrent avec effusion, comme d'anciennes camarades de classe qui se seraient perdues de vue depuis vingt ans. Puis elles attaquèrent le café et les gâteaux en bavardant de tout et de rien pour retarder le moment fatidique où il leur faudrait affronter la vérité.

Berta dut finalement se résoudre à parler. Si elle les avait appelées aussi tôt le matin – désolée, les filles – et un dimanche, qui plus est, c'est parce qu'elle avait une très mauvaise nouvelle à leur annoncer et que ça ne pouvait pas attendre le lundi. Après mûre réflexion, elle était en effet arrivée à la conclusion qu'à elles cinq, elles pourraient peut-être trouver le moyen de résoudre tout ça afin d'éviter le désastre.

— Le désastre, c'est qu'ils arrêtent la revue, pas vrai ? dit María.

— J'en ai bien peur.

D'une voix plus aiguë que la normale, Berta leur raconta que la veille, dans l'après-midi, elle avait reçu un coup de fil de M. Bestman lui-même, l'informant de la visite imminente de M. Craftsman.

— Le boss en personne ? Marlow Craftsman ?

— Non, chérie. Le fils.

— Quel fils ?

Berta dut exposer aux filles la situation familiale des Craftsman. Elle leur parla de la grand-mère aristocrate ; de Marlow, le directeur délégué ; de Moira, l'élégante épouse ; et d'Atticus, le dauphin qui, à cette heure-là, devait avoir atterri à Madrid avec les lettres de licenciement bien pliées dans leurs enveloppes.

— Bestman prétend que la revue est un gouffre pour la maison mère, les informa Berta, navrée. Que les pertes sont injustifiables, démesurées. Il dit aussi que *Librarte* n'a pas réussi à se faire une place dans le paysage littéraire espagnol, qu'elle n'a aucune notoriété et aucune crédibilité. Qu'elle est lue par quatre pelés, et qu'au lieu de promouvoir les nouveautés de Craftsman&Co, elle les dessert.

L'atmosphère s'assombrit. Gaby s'éventa avec du papier recyclé. Asunción suffoqua. María eut les larmes aux yeux et Soleá éclata :

— Qu'il brûle en enfer ! cria-t-elle, avec toute la rage de ses ancêtres gitans, les uns derrière les autres en file indienne.

Alors, le silence se fit plus dense, prenant la consistance d'une épaisse gelée qui se glissa dans la bouche des cinq femmes, leur interdisant de parler et de déglutir. Elles étouffaient.

— Bon, il va falloir qu'on réfléchisse, dit Asunción, dont la langue se délia la première, sans doute par la grâce du Saint-Esprit.

— Tant qu'il y a de l'espoir..., dit Berta.

— Ou vingt poèmes d'amour, répondit Asunción avec ce qui lui restait de repartie.

La référence à Neruda parut allumer une lumière en Soleá. Elle se leva, prit une inspiration et s'écria :

— J'ai une idée!

Les autres la regardèrent, éberluées. Un petit quart d'heure de sabbat avait suffi pour que la sorcellerie fonctionne et que la chimie unissant les cinq femmes produise une réaction explosive.

Soleá baissa la voix. Comme si une personne étrangère à la rédaction pouvait écouter leurs manigances, elle fit signe à ses collègues de s'approcher pour former un cercle autour d'elle. Alors elle leur parla de la Grenade de son cœur et de ses poètes anciens, de son quartier de l'Albaicín, des nuits au parfum de jasmin et de menthe, de la blancheur de la chaux, des familles rassemblées autour des grands-mères, des histoires que tout le monde connaît et dont personne ne parle, des amours interdites et des cœurs brisés, des trahisons, des règlements de comptes et des malédictions gitanes.

— Ce *míster Crasman*, je vais lui raconter une histoire que ma grand-mère m'a racontée à moi quand j'étais petite. Un petit secret de famille qui devrait piquer sa curiosité. Après quoi, je l'embarquerai à Grenade pour détourner son attention jusqu'à ce que vous trouviez une solution.

Au centre du cercle s'élevait un puissant brasier où bouillonnait un chaudron empli de crapauds et de couleuvres. L'idée de Soleá plut aux autres. Au moins pourrait-elle leur laisser le temps de réfléchir à un plan, plus civilisé et moins ésotérique, destiné à convaincre Marlow Craftsman et Bestman de conserver *Librarte* quelques années encore.

— Pendant que tu distrais Atticus Craftsman, nous, on épluche les comptes, on parle aux annonceurs, aux libraires, à l'imprimeur et au distributeur. On réduit les dépenses, on assainit la boîte, pour que les comptes soient irréprochables quand il les passera en revue, c'est le cas de le dire. Finalement, il verra qu'il a tout à gagner à nous garder et il laissera tomber l'idée de nous virer.

— Demain, je veux que vous soyez toutes là à neuf heures pile, dit Berta pour clore la réunion. Et toi, Soleá, fais-toi belle.

14

Atticus Craftsman se considérait comme un citoyen du monde depuis qu'à l'âge tendre de vingt ans il avait parcouru la moitié de l'Europe sac au dos, grâce à l'argent du compte épargne que lui avait ouvert sa grand-mère lorsqu'il était enfant et dont il avait découvert, stupéfait, à sa majorité qu'il se montait à plus de vingt mille livres sterling. Apparemment, sa vie durant, grand-maman Craftsman avait versé chaque mois une certaine somme à ses petits-enfants, en prévision du sombre avenir qu'elle prédisait à l'affaire familiale. Ses craintes étaient pourtant injustifiées : Marlow Craftsman s'était révélé être un bon gestionnaire et la maison, une entreprise solvable. Cependant, pour une femme qui avait survécu à la crise de 1929 et à deux guerres mondiales, stabilité économique et paix dans le monde étaient des perspectives aussi improbables qu'une invasion extraterrestre ou l'invention de la machine à remonter le temps. Fervente adepte de Jules Verne, grand-mère Craftsman avait parfois du mal à discerner la frontière entre réalité et science-fiction : elle n'avait jamais souscrit à la théorie de l'évolution de Darwin ni, bien sûr, à celle du Big Bang, et refusait d'admettre que l'homme ait pu aller sur la Lune, comme les Américains prétendaient le faire croire.

Quoi qu'il en soit, grâce au scepticisme de sa grand-mère, Atticus put réaliser son rêve de voyager au Proche-Orient, explorer les pays arabes, s'immerger dans la mer Morte, visiter la Terre sainte et arriver à Istanbul par la mer de Marmara, l'Asie d'un côté, l'Europe de l'autre, à bord d'un cargo.

Il rentra de voyage sans un sou, sans Earl Grey ni la moindre envie de remanger de l'agneau, que ce soit avec des épices ou du riz, bouilli, rôti ou en ragoût. Par extension, il renonça aussi plus généralement à la viande. Ce n'était pas une philosophie de vie, expliqua-t-il à sa mère, juste une indigestion.

Dix ans plus tard, il ne supportait toujours pas l'idée de remanger de l'agneau au cumin. Pas plus que celle de renoncer au confort de son appartement londonien ou de sa maison du Kent. Il s'était habitué à dormir dans des draps propres, se doucher à l'eau chaude, s'habiller comme un dandy et ne se nourrir que de produits bio. Il n'avait pas non plus ressenti le moindre besoin de s'aventurer à nouveau hors d'Angleterre.

Aussi, quand son père lui confia cette mission qui devait le mener en Espagne pour une durée indéterminée, Atticus ressentit une peur aussi irrationnelle qu'inavouable de l'inconnu ; absurde, certes – l'Espagne était un pays d'Europe, moderne et développé –, mais bien réelle. Il avait un nœud au creux de l'estomac, comme si le cœur des ténèbres l'attendait et qu'il pouvait entendre son battement sourd, rythmique, inquiétant venir vers lui dans les feuilles mortes.

Atticus avait peine à le croire, mais ce dimanche de mai, à deux heures et quelques de l'après-midi, la chaleur était déjà suffocante. Accablante. Ajoutée à la fatigue du vol au petit matin, elle distordait sa vision de la réalité. À commencer par la lumière, si éblouissante qu'elle lui brûlait la rétine. Les yeux plissés, il avait la sensation de suer entre ses cils ; tout lui semblait liquide, ondoyant comme dans un mirage.

Il déboutonna le haut de sa chemise et remonta ses manches jusqu'aux coudes. Dans ses chaussettes en laine vierge, il sentait ses pieds rôtir. Il était totalement sonné.

À quelques rues de son hôtel, dans une ruelle ombragée, il tomba sur un café. À l'intérieur, ça sentait la friture. Il s'approcha du bar, remarquant que le sol était couvert de cure-dents, serviettes en papier, restes de fruits de mer et autres déchets indéfinissables.

— S'il vous plaît, dit-il avec son accent britannique parfaitement reconnaissable, je voudrais un sandwich au saumon et au fromage frais.

Les trois ou quatre clients installés au comptoir interrompirent leur discussion. Le serveur le regarda comme s'il venait de faire une plaisanterie.

— Désolé, expliqua-t-il, c'est pas le genre de la maison. Ici, on est plutôt classique. Style *pinchos* et tapas, voyez.

L'un des clients, le plus proche d'Atticus, vint à sa rescousse. Il se tourna vers le serveur : « Donne-lui donc des gambas à l'ail, Paco, tu vas voir s'il aime pas ça. Et un demi bien frais. » Puis il vint se placer à dix centimètres de son visage.

— Ici pas saumon, pas chichis comme ça ! brailla-t-il sous son nez. Ici, bière et gambas, mon pote !

Et il lui donna une bourrade dans le dos.

À cinq heures du soir, après six litres de bière, quatre portions de salade russe, deux de fromage, trois de tortilla, quatre de calamars frits et deux de jambon auxquelles il ne toucha pas, végétarisme oblige, le jeune Craftsman parvint à se débarrasser de ses nouveaux amis et retrouva la chaleur liquide de la rue.

Son estomac pesait des tonnes et la tête lui tournait. Le plus raisonnable aurait été de retourner à l'hôtel, prendre un thé et attendre que son corps assimile ce cocktail de graisses saturées. Mais en arrivant au bout de la rue, il se retrouva devant l'entrée du Retiro, et constata que ses pieds l'y menaient tout seuls.

À Londres – mettons à Hyde Park, par exemple –, il aurait trouvé un coin ombragé, pris l'un des transats qui pullulaient là-bas et fait une sieste mémorable avec pour bruit de fond les voix joyeuses des enfants et la compagnie silencieuse des écureuils. Mais ici, personne ne dormait paisiblement sur l'herbe. Pour une migraine comme la sienne, le brouhaha était insupportable. Il y avait de la musique, des cris, des gens qui couraient, des rollers, des vélos, des touristes, des artistes de rue, des marchands ambulants louches, des masseurs orientaux, de pseudo-diseuses de bonne aventure, des policiers à cheval, des jongleurs, des clochards et pléthore d'individus plus étranges les uns que les autres. Au milieu du chaos, Atticus distingua les eaux troubles d'un lac rempli de barques. Son instinct de rameur le mena vers l'entrée du club sportif municipal, où étaient entreposés quelques canots à peu près en état. Il entra se renseigner et se vit répondre qu'à cette heure-là, il n'y avait plus que le chat du responsable, et qu'il ferait mieux de repasser un autre jour, à une autre heure et en sentant moins la bière. Debout, dos au lac, il ne vit pas arriver les filles qui approchaient de l'embarcadère, fuyant une bande de garçons qui les poursuivaient pour les arroser.

— Hé, toi, le touriste, pousse-toi de là ! cria un garçon torse nu alors qu'il était déjà trop tard pour s'écarter et esquiver la douche d'eau sale qui le trempa de la tête aux pieds.

— Monte, blondinet ! lui cria l'une des filles.

Dans la barque s'entassaient cinq jeunes filles voluptueuses, T-shirt mouillé collé au corps. Derrière elles, trois ou quatre barques remplies de garçons surexcités tentaient de les rattraper pour les assiéger et les arroser à nouveau. Les filles avaient le rire facile, les cheveux trempés et la langue bien pendue.

Atticus prit les commandes du petit bateau. Il saisit les rames, mit en pratique ses centaines de milliers d'heures d'entraînement et parvint à ramener les jeunes filles saines et sauves à bon port, à la surprise et au déplaisir de la bande de garçons. Elles en profitèrent pour se moquer d'eux, remercier Atticus pour sa courageuse opération de sauvetage, essorer cheveux et T-shirts, partager cigarettes et chewing-gums et l'inviter à passer une fin d'après-midi inoubliable en leur compagnie.

Elles faisaient partie d'un groupe bigarré de jeunes gens insouciants qui avaient décidé de s'installer au Retiro jusqu'à ce que la police les en chasse. Des étudiants sans logement ni famille, avec une forte envie de s'amuser. Ils avaient des bouteilles de rhum Coca, des guitares et des djembés, et un partiel le lendemain auquel aucun d'eux ne comptait se présenter parce que, expliquèrent-ils à Atticus, ils appartenaient à la Ligue anti-examens de l'Université Complutense : une association interdisciplinaire créée par des étudiants de diverses facs qui luttaient pour l'éradication des partiels, considérant qu'ils encourageaient l'esprit de compétition et l'échec.

— Donc, en signe de protestation, on a pris la décision de ne plus se présenter aux examens, lui expliqua ce même gamin qui venait de l'arroser avec l'eau du lac. On est contre le système, parce qu'il est injuste et inégalitaire.

— Un jour, ajouta un autre, plus personne ne viendra aux partiels et les amphis seront vides. Les profs perdront leur boulot et le gouvernement sera bien obligé de changer la loi.

Passant sous silence le fait que ces doux rêveurs seraient recalés le lendemain sans autre forme de procès, Atticus se déclara absolument favorable à leurs propositions révolutionnaires, ce qui lui donna le droit de partager boissons, feu de camp, et de se rouler dans l'herbe.

Vers neuf heures du soir, il perdit définitivement la mémoire. Il ne sut jamais comment la police les avait chassés du parc en pleine nuit, lui et ses nouveaux amis, avec le reste des pochtrons, clochards et voyous qui squattaient encore les pelouses, ni dans quel véhicule il était monté ensuite, ni dans quel coin sombre ses copains l'avaient abandonné et encore moins comment il avait retrouvé le chemin de son hôtel.

Tout ce qu'il sut, c'est qu'il se réveilla nu, sur le lit défait de sa chambre, avec un mal de crâne que tout l'Earl Grey du monde ne parvint pas à soulager. Apparemment, il avait dormi seul, en tout cas il n'y avait aucun indice de la présence d'une femme autour de lui. Ni d'un homme, grâce à Dieu. Vérification faite, on ne lui avait pas non plus prélevé un rein pendant la nuit – il n'avait pas de points de suture sur le flanc –, et il n'avait pas été violé, frappé ou volé. Selon toute probabilité, il était parvenu à regagner son hôtel par ses propres moyens, dans un état lamentable, et avait pu se rappeler son numéro de chambre avant de sombrer, inconscient, sur le lit.

Après avoir recouvré stabilité et dignité grâce à une douche froide et beaucoup d'eau de Cologne, Atticus, entre deux éclairs de douleur, finit par se rappeler où il se trouvait (à Madrid), pourquoi (le boulot), et qu'il avait rendez-vous avec une certaine Berta Quiñones à dix heures du matin.

Il regarda sa montre. Onze heures moins le quart. Maudissant l'alcool, il se jura de ne plus jamais boire un verre de sa vie et eut la brillante idée de mettre son retard sur le compte du décalage horaire. Mieux vaut passer pour un crétin que pour un ivrogne, se dit-il, et avec une prévoyance toute britannique il commanda un taxi depuis sa chambre.

15

Une semaine et deux jours avaient passé depuis la visite de Marlow Craftsman, et l'inspecteur Manchego dut admettre que l'enquête se trouvait au point mort. Après avoir éliminé les hôpitaux, les prisons, les hôtels et les autres pistes évidentes, le problème commençait à prendre une aura de mystère. L'interrogatoire des femmes qui composaient la rédaction de la revue *Librarte* s'était révélé infructueux. Elles avaient toutes corroboré la version de leur patronne : cela faisait trois mois qu'Atticus Craftsman ne leur avait pas donné signe de vie, ce qui les surprenait un peu, mais constituait aussi un véritable soulagement pour elles, car apparemment, le fils de leur employeur s'était rendu à Madrid dans le but de mettre la clé sous la porte.

— J'imagine que vous comprenez pourquoi nous n'avons rien dit pendant tout ce temps, expliqua Berta Quiñones. Pour être honnête, inspecteur, tant que nos salaires étaient versés, nous avons préféré éviter de nous poser la question. M. Craftsman est majeur et libre de mener sa vie comme il l'entend.

Vu la délicatesse du sujet et la dose de diplomatie requise, Manchego choisit d'appeler Bestman plutôt que Craftsman, pour lui exposer en espagnol les résultats décourageants de son enquête.

Il parvint à le joindre à son bureau londonien, abrité derrière plusieurs standardistes bilingues à qui il expliqua qui il était, pourquoi il appelait et les difficultés qu'il rencontrait pour retrouver M. Craftsman.

— Monsieur Manchego, dit enfin Bestman.

— Inspecteur.

— Peu importe.

Bestman n'avait pas l'air très content.

— Je ne pense pas qu'il soit nécessaire que j'insiste sur la confidentialité de nos échanges. Le fait que l'un des enfants de M. Craftsman ait disparu constitue un sujet délicat que nous devons aborder en toute discrétion.

— Bien sûr, répondit Manchego. Je suis une tombe.

— Dans ce cas, dit Bestman en crispant brièvement la mâchoire, je vous serais reconnaissant, à l'avenir, d'éviter de partager vos inquiétudes professionnelles avec les standardistes de Craftsman&Co. Il serait dommageable que cela fasse l'objet de commérages au bureau et au-delà de ses murs, auprès du public. Cela pourrait porter préjudice à l'entreprise.

— Compris, fit l'inspecteur.

Puis, gauchement, il exposa les faits : rien de neuf, aucune piste, pas un indice...

— Retrouver un *Crasman* en Espagne, c'est comme chercher une aiguille dans une botte de foin, déclara Manchego. Voilà ce que c'est.

À l'autre bout de la ligne, Bestman avait des suées à l'idée de devoir transmettre des nouvelles pareilles à Marlow. « Une aiguille dans une botte de foin. » Il prit note de l'expression.

Quand il raccrocha, Manchego dut reconnaître qu'il était dans l'impasse. L'étape suivante consistait à chercher des indices dans l'appartement de la rue de l'Alamillo. Il demanderait un mandat, mais il savait que, sans raison valable, il aurait du mal à obtenir d'un juge une autorisation de défoncer la porte. Sans compter qu'entre Noël, la fin de l'année et les rois mages, il y avait peu de chances que sa demande aboutisse avant la mi-janvier.

Le moment était peut-être venu d'agir en marge de la loi, se dit-il. Quand la machine administrative avance trop lentement alors que le danger est imminent, le héros se charge généralement de faire justice lui-même.

Le plus gros risque, comprenait-il, était qu'on lui retire l'affaire. Si la patience de Bestman et de Craftsman atteignait ses limites, ils confieraient peut-être l'enquête à une quelconque agence de détectives privés, nom d'un chien, et le laisseraient sur la touche.

Ça, il ne pouvait l'accepter. Il n'avait pas attendu la moitié de sa vie qu'une affaire comme celle-là vienne frapper à sa porte pour tout ficher en l'air à cause d'un système judiciaire trop mou et débordé et deux Anglais dépourvus de flegme britannique.

Au beau milieu de ces réflexions, sous l'effet de l'adrénaline, son cerveau s'activa et l'image de Bestman vint confusément se mêler au souvenir nébuleux d'un individu louche, d'un arbre chétif et de quelques cigarettes. Il se rappela une curieuse conversation avec un inconnu qui prétendait être serrurier. Il porta la main à sa poche. Le bout de papier y était toujours, avec un numéro de téléphone et un prénom : Lucas.

Il composa les neuf chiffres sur son portable.

— Allô ?

— Lucas, dit-il d'un ton autoritaire. Il faut qu'on se voie.

16

Quand Soleá voulait séduire, elle mettait sa jupe courte à fleurs avec un petit haut moulant et des espadrilles compensées. Elle lâchait ses longs cheveux noirs, laissant leur ondulation naturelle encadrer son visage. Les cils allongés à grand renfort de mascara, elle peignait ses lèvres d'un rouge à mi-chemin entre la couleur du sang et celle du vin rouge.

Elle avait parfaitement conscience de ses atouts et de ses défauts : elle aurait aimé être plus grande, avoir les hanches plus larges et la poitrine plus grosse, danser comme sa grand-mère Remedios et chanter comme son frère Tomás. Mais elle reconnaissait que ses yeux bleus et ses lèvres charnues, héritage maternel, ainsi que la peau dorée des Montoya associée à l'ovale parfait du visage des Heredia étaient des dons de Dieu. Par ailleurs, sans pouvoir rivaliser avec le reste de la famille, Soleá chantait et dansait avec grâce, en tout cas suffisamment pour attirer l'attention en dehors de leur quartier de l'Albaicín de Grenade.

Jadis, les femmes comme elle se mariaient très jeunes, puis pondaient aussitôt une ribambelle de beaux enfants et passaient toute leur vie au milieu des casseroles et des guitares. Il ne leur en fallait pas plus pour être heureuses. Mais aujourd'hui, à cause de la télé, d'internet et des étudiants étrangers qui avaient pris racine dans la partie récente de la ville, avec leurs sandales et leurs jambes poilues, leur accent et leurs idées modernes, les choses avaient beaucoup changé. Les filles allaient à l'école, avaient des rêves et voulaient voir le monde.

Les grands-mères faisaient le signe de croix quand leurs petites-filles se mettaient à parler d'université, de langues étrangères, de carrière professionnelle et d'indépendance financière.

— Et quand est-ce que tu vas te marier ? demandaient-elles invariablement.

Et encore, les femmes se montraient plus compréhensives que la plupart des hommes, qui s'employaient à leur faire oublier ces envies de liberté par des baisers et des serments d'amour. Beaucoup de jeunes femmes finissaient par succomber, tombaient amoureuses, déposaient les armes et confiaient à leurs filles le soin de réaliser leurs rêves.

Le père de Soleá, Pedro Abad, fut celui qui l'encouragea le plus à prendre son envol.

— Fais des études. Prépare-toi. Vois du pays.

Il perçut d'emblée les inquiétudes profondes et les grandes ambitions qui animaient sa fille. Il l'accompagna tous les jours à l'école puis à la faculté de philosophie et de lettres, et l'emmena à Madrid pour qu'elle suive un master en communication. Ils cherchèrent une jolie maison dans un vieux quartier aux ruelles étroites, louèrent un minuscule appartement qu'ils emplirent de géraniums, s'assurèrent que le voisinage était respectable et se firent leurs adieux dans des torrents de larmes.

Soleá décrocha son premier contrat de travail en tant que rédactrice pour un magazine d'art. De retour à Grenade, Pedro Abad le raconta à tout le quartier. Les grands-mères s'éventèrent et se signèrent, mais ce soir-là, pour fêter ça, les jeunes femmes de l'Albaicín cuisinèrent double ration pour tout le monde.

Jamais elles ne le reconnurent ouvertement, mais la réussite de Soleá était aussi celle de toutes les Heredia et de toutes les Montoya, des Amayas et des Cortes; celle de leurs filles et de leurs petites-filles. Soleá le comprit parfaitement en voyant l'espoir briller dans leurs yeux chaque fois qu'elle rentrait au pays.

C'est pourquoi le risque de perdre son travail lui faisait si mal. Pas tant pour elle-même, qui était jeune, intelligente et certaine de retrouver facilement un emploi, mais plutôt pour ces filles, qui laisseraient couler leurs larmes en ravalant leur colère. Soleá n'en était que trop consciente : la tragédie était un habitant à part entière de l'Albaicín. On y criait à tous les vents ses peines et ses joies. On souffrait ensemble, on aimait ensemble. Là-bas, les secrets n'avaient pas leur place. Ils étaient portés par la brise.

— Maman, il faut que je te raconte un secret. Un grand secret.

Manuela était dans le patio de son *carmen* quand le téléphone sonna, ce dimanche de mai. Feu le père de Soleá était un *payo*, un gadjo, mais bien accepté. Né à Grenade, il s'était consacré au commerce des fruits et avait correctement gagné sa vie en vendant des oranges. Il avait hérité de la petite affaire et de la maison familiales, et était amoureux de Manuela depuis l'enfance, qu'il avait passée à courir les rues avec elle et ses cousins.

— Oh, ma Soleá! répondit Manuela en portant les mains à sa tête. Ne me dis pas que tu es enceinte.

L'idée de mêler sa mère et sa grand-mère aux histoires de *Librarte* n'enchantait pas Soleá. Elle avait toujours préféré les tenir à l'écart de sa vie madrilène, de ses articles et de son désir d'écrire un jour un vrai roman. Cependant, les événements s'étaient précipités et elle savait que si elle voulait conserver son emploi, au moins pour quelques mois, le temps que Berta trouve une solution plus pérenne, elle n'avait d'autre choix que de partager avec les deux femmes les plus importantes dans sa vie une idée qui lui trottait par la tête depuis des lustres.

— Tu te rappelles le vieux coffre de mémé Remedios ?

— Celui avec les affaires de pépé ?

— C'est ça.

— Bien sûr que je me rappelle.

— Eh bien, on va devoir l'ouvrir, maman. Question de vie ou de mort.

Vêtue de sa jupe à fleurs, de son petit haut moulant et de ses espadrilles compensées, Soleá se regarda dans le miroir en pied. Elle prit une grande inspiration, se signa et sortit de chez elle en courant. Les autres l'attendaient au bureau, tremblant de peur.

— Tu as parlé à ta mère ? demanda Berta en lui ouvrant.

— Elle est avec nous, répondit Soleá. Elle va nous aider.

Un vent de soulagement parcourut le bureau. Le plan était sur les rails. Il ne leur restait plus qu'à attendre innocemment Atticus Craftsman, qui arriverait d'un instant à l'autre avec ses airs supérieurs, sa serviette en cuir et ses lettres de licenciement, pour leur donner leur solde de tout compte, une tape sur l'épaule et les mettre dehors.

17

Le taxi s'arrêta au milieu de la Calle Mayor, bloquant la circulation, et libéra Atticus avec la même nonchalance que les vieux qui traversent la rue – une indifférence totale à l'égard des insultes et des klaxons des autres conducteurs.

À vol d'oiseau, le bâtiment qui abritait le siège de *Librarte* n'était pas très loin de son hôtel ; le trajet prenait un petit quart d'heure à peine. Pourtant, en s'engageant dans ces ruelles débordant de boutiques à l'ancienne avec marquise, enseigne en bois et bric-à-brac obsolète (chapeaux, cannes, éventails et babioles diverses), d'échoppes de barbiers, bouquinistes et bouis-bouis où les jambons pendaient du plafond comme du linge qui sèche, Atticus eut la sensation d'avoir traversé un trou noir qui l'aurait ramené cinquante ans en arrière.

Il respira un puissant mélange d'odeurs du matin – friture, tabac, fruits mûrs et pots d'échappement – et curieusement trouva cela plutôt agréable. Il avait faim.

Faute d'ascenseur, il monta au deuxième étage par l'escalier étroit. Une plaque métallique brillante lui indiqua qu'il se tenait devant la porte de *Librarte*. Juste au-dessous se trouvait un judas à travers lequel il distingua une pupille noire qui l'observait attentivement.

Il sonna. L'œilleton perdit de son opacité. La porte s'ouvrit.

De l'autre côté l'attendait une femme d'âge mûr, souriante et bien en chair, qui le prit dans ses bras comme s'il était le fils prodigue de retour au bercail.

— Bienvenue chez vous, monsieur Craftsman, dit-elle d'un ton affable. Je suis Berta Quiñones. Les filles et moi, on vous attendait. Vous avez pris le petit déjeuner ?

— À vrai dire, non, répondit Atticus, un peu surpris par l'accueil.

— Formidable ! cria une autre femme d'un certain âge, plus enveloppée que la précédente et plus enjouée. Alors, vous ne refuserez pas un bon chocolat avec des *churros* et des *ensaïmadas*, non ?

Elle s'appelait Asunción. Elle lui expliqua qu'il s'agissait de brioches au beurre fourrées aux cheveux d'ange et qu'elles étaient à se damner. Puis elle lui donna des instructions pour manger les *churros* comme il se doit : d'abord les tremper dans le sucre, ensuite les plonger dans le chocolat plusieurs fois avant de les introduire dans la bouche.

— Tenez, goûtez-moi ça.

Les trois autres femmes étaient nettement plus jeunes. Elles entourèrent Atticus et le scrutèrent avec attention tandis que, sa mallette à la main, il dégustait son *churro* croustillant au goût de paradis.

La plus jolie de toutes, une beauté brune aux yeux bleus, s'approcha et dit :

— Vous avez du chocolat sur la bouche, monsieur *Crasman*.

Et elle lui tendit un mouchoir blanc qu'elle sortit de sa propre poche.

Sur la photocopieuse, qui était recouverte d'un napperon en crochet, se trouvait le reste du petit déjeuner. En plus des *ensaïmadas* et des *churros*, il y avait aussi des « os de saints », des roulés à la pâte d'amande, du massepain et des rousquilles à l'anis.

Atticus se laissa gâter par les cinq femmes.

— Si vous avez trop chaud, je peux mettre la climatisation, dit María.

Après une longue demi-heure, il se sentait aussi lourd que le loup du conte au ventre rempli de pierres, et la tête lui tournait à force d'écouter les explications de Berta Quiñones sur la vie du bureau et de ses occupantes :

— Celle-là a trois merveilleux enfants, celle-ci est célibataire, celle-là n'est pas malade, c'est juste la ménopause, et moi, je vis à deux pas d'ici, avec mon chat. Elle, elle dessine mieux que Picasso, et celle-là écrit divinement. María, c'est notre petite fourmi économe. Gaby est la joie de vivre incarnée et Soleá... c'est la prunelle de mes yeux. Une jeune femme étonnante, monsieur Craftsman, maligne comme un singe, rusée comme un renard, l'âme de cette revue.

Berta avait l'air d'être leur mère à toutes, et dans ce bureau on se sentait comme à la maison.

— Vous fumez, monsieur Craftsman ? C'est interdit par la loi, vous savez, de fumer sur son lieu de travail, mais comme vous êtes le patron, je crois qu'on pourrait faire une exception.

— Vous pouvez m'appeler Atticus. – Devant une telle démonstration d'affection, il fut forcé de s'incliner. – Si cela vous sied, mesdames, ajouta-t-il, dans un espagnol à la rigueur tout académique, issu des lectures obligatoires à Oxford de classiques tels que *Don Álvaro ou La force du destin*, *La Vie est un songe* ou *Don Quichotte*.

Elles lui avaient préparé le bureau de Berta Quiñones avec le même soin que sa tante Mildred aurait aménagé la chambre d'ami de sa maison de Portsmouth si elle avait été encore de ce monde. Elles avaient même mis de nouveaux rideaux à la fenêtre, posé un verre d'eau glacée sur le bureau, un cadre argenté vide – « pour mettre la photo de qui vous voudrez » – et un petit bouquet de lilas.

Atticus les remercia du fond du cœur. Puis, s'excusant avec un sourire ravageur, il s'enferma dans son nouveau bureau, posa les pieds sur la table et s'endormit profondément.

Une heure plus tard, de l'autre côté de la porte, les filles, incapables de supporter l'attente plus longtemps, éteignirent définitivement leurs ordinateurs et se mirent à parler à voix basse.

— Vous croyez qu'il fait quoi, là-dedans? Ça fait je ne sais pas combien de temps qu'on n'entend rien.

— Il étudie sûrement le dossier.

— Vous ne trouvez pas ça bizarre, qu'il ne nous ait pas demandé de documents, de livres de comptes, des trucs comme ça?

— J'imagine qu'il ne va pas tarder à nous convoquer une par une.

María était la plus pessimiste des cinq. À ses yeux, il n'y avait pas de stratégie qui tienne, c'était perdu d'avance. Craftsman était venu les mettre à la porte et il le ferait, point. Les dés étaient jetés.

Soleá, à l'inverse, avait parfaitement confiance en son plan. Elle était nerveuse, comme les autres, mais son impatience avait moins à voir avec le dénouement plus que probable de l'histoire qu'avec son désir de livrer bataille à l'Anglais.

— Bon, j'entre, dit-elle à midi et demi passé. J'en peux plus. Je vais mourir si j'attends une minute de plus.

— Vas-y, Soleá, rentre-lui dedans! l'encouragea Gaby.

Berta se leva et s'approcha de Soleá. Elle posa les mains sur ses épaules, la regarda dans les yeux et dit :

— Tout dépend de toi, Soleá. De toi seule. Tu vas savoir l'embobiner, on te fait confiance.

— Pas d'inquiétude, je ne vous décevrai pas, répondit-elle avec solennité. En plus, faut avouer qu'il est pas mal.

— À croquer, dit Asunción.

— Canon, ajouta María.

— Rentre-lui dedans ! répéta Gaby.

Alors, Soleá frappa à la porte. Deux fois.

Dans le bureau de Berta, on entendit du bruit, comme des meubles qu'on déplace. Le cadre argenté tomba sur la table. Atticus Craftsman toussa pour s'éclaircir la voix.

— Entrez, dit-il.

Et Soleá disparut dans les ténèbres de la pièce sans se retourner. L'antre du loup. Un loup blond, séduisant, aux yeux verts.

18

Aussi longtemps qu'il vivrait, et la Terre dût-elle connaître une nouvelle Pangée, Atticus Craftsman n'oublierait jamais l'entrée de Soleá Abad Heredia dans son bureau tout neuf de la Calle Mayor.

La jeune femme lui perfora le corps et l'âme d'un coup d'épée.

N'eût été son éducation britannique, il aurait abandonné tout effort pour garder sa contenance et se serait laissé aller à se cogner dans les meubles, renverser son verre d'eau et se mettre à bégayer. À hurler son désir à la lune.

Cette femme était une sorcière, ça ne faisait aucun doute. Tout comme les autres, d'ailleurs. Cinq sorcières en plein sabbat, préparant potions et philtres d'amour dans leurs chaudrons de cuivre. Comment expliquer autrement qu'un homme du monde tel que lui, ancien d'Oxford, élevé par une mère comme la sienne, ait une réaction aussi animale face à cette créature ?

La jeune femme avait des yeux de chat. Bleus comme l'océan, grands comme la pleine lune. Ses mains bougeaient en mouvements circulaires ; ses doigts s'ouvraient et se refermaient en éventail devant la victime innocente de ses sortilèges.

Ses cheveux noirs, très noirs, ondulaient jusqu'à sa taille. Elle sentait la fleur d'oranger – ce qu'il découvrirait par la suite, lorsqu'ils partiraient ensemble pour l'Andalousie – et se mouvait avec la légèreté d'un brin d'herbe dans un courant d'air.

Soleá ne le laissa pas ouvrir la bouche. Elle appuya ses deux mains sur le bureau et, penchée vers l'avant, dévoila à Atticus la naissance d'une poitrine ronde et ferme.

— Restez assis, monsieur *Crasman*, et écoutez bien l'histoire que je vais vous raconter. C'est un secret de famille que personne, personne ne connaît, mais qui pourrait bien changer le cours des choses.

Elle se mit alors à évoquer un vieux rêve :

— J'aurais voulu écrire un roman inspiré de cette histoire...

Puis elle lui raconta qu'un jour, quand elle était petite, elle s'était retrouvée enfermée dans le grenier en punition d'une bêtise quelconque et s'était amusée à fouiner parmi les meubles et le bric-à-brac dissimulés sous une couche de poussière et de vieux draps mités.

— J'ai découvert un coffre en bois, fermé à clé. J'ai cassé la serrure pour l'ouvrir. À l'intérieur, il y avait un uniforme militaire, avec le calot et tout, un pistolet très ancien, une vieille paire de bottes. Tout ça avait appartenu à mon grand-père, le père de ma mère, qui est mort à la guerre. Au fond, il y avait un tas de papiers, attachés avec du ruban rouge : des lettres, des documents et des poèmes. Surtout des poèmes, monsieur *Crasman*.

— Votre grand-père était poète ? demanda Atticus.

— Non, répondit Soleá en secouant la tête. Justement pas. Mon grand-père était marchand de bétail : rien à voir avec la poésie. En fait, poursuivit-elle, d'après ce qu'il racontait à ma grand-mère Remedios, quand il faisait paître ses bêtes, il croisait souvent un garçon tout maigre avec une grosse tête, qui passait sa journée à écrire dans les champs, assis sur un rocher. Parfois, ils partageaient un quignon de pain en bavardant. Ils sont devenus assez copains. Le garçon s'appelait Federico et était né à Fuente Vaqueros, c'est ce qu'il a dit à mon grand-père.

Arrivée à ce point de l'histoire, Soleá fit une pause théâtrale.

— Vous êtes en train de me dire que votre grand-mère garde des poèmes inédits de García Lorca dans une malle ?

— Voilà, c'est ça, l'histoire, dit Soleá. Je me rappelle en avoir lu un, quand j'étais petite. J'ai encore le refrain dans la tête : « *Luna de cascabelillo, luna gitana, bata de cola.* »

— Très garcia-lorquien, reconnut l'Anglais.

— Le problème, ça va être de convaincre ma grand-mère de nous laisser les voir. Quand elle a su que j'avais cassé la serrure du coffre, ça l'a rendue folle. Elle m'a tiré les oreilles : quinze ans après, ça fait encore mal. Et elle a caché le coffre ailleurs. Je n'ai jamais su où. Je ne l'ai jamais revu.

— Mais... – Atticus porta les mains à ses boucles blondes. – Ça pourrait la rendre riche, votre grand-mère, parbleu !

— Ça, elle s'en fiche, dit Soleá en pointant ses yeux bleus droit sur son cœur. Elle préfère mourir dans la pauvreté plutôt que de vivre dans la honte.

— La honte ? Quelle honte ?

Atticus n'y comprenait rien.

— Quelle honte ? À votre avis, monsieur *Crasman* ? dit Soleá, baissant la voix. Lorca était une tapette.

Stupéfait, Atticus Craftsman dut se rendre à l'évidence : les Espagnols du Sud avaient définitivement perdu le nord. Si les poèmes dont parlait Soleá existaient vraiment, il s'agissait d'une découverte littéraire colossale. Il ne dirait rien à son père pour l'instant, parce que si le grand Marlow Craftsman apprenait qu'il existait la moindre chance de récupérer des poèmes inédits de García Lorca, il serait capable de rappliquer en Espagne avec son armée d'avocats, de conseillers et d'actionnaires, et de mettre sa vie sens dessus dessous. Sans compter qu'après tout, il était fort plausible que cette histoire tourne au fiasco, que la scène pastorale entre le gardien de chèvres et le poète ne soit qu'une invention et les poèmes eux-mêmes, du pipi de chat.

Soleá s'était soudain tue. Elle le regardait avec ses yeux d'enchanteresse, attendant qu'il fasse le pas suivant. Elle ressemblait à une gitane, une diseuse de bonne aventure qui distribue ses brins de romarin en échange de quelques pièces : tu épouseras un homme riche; tu guériras de tous tes maux; ta vie sera longue, infinie, comme les lignes de ta main.

Atticus comprit qu'il n'avait d'autre choix que d'enquêter sur cette histoire, aussi invraisemblable qu'elle lui paraisse. D'abord, parce qu'il ne pourrait passer le restant de sa vie à se dire qu'un jour, dans sa jeunesse, au début du XXIe siècle, une femme extraordinaire lui avait offert la célébrité et la gloire sur un plateau d'argent et qu'il les avait repoussées par simple scepticisme. Ensuite, parce que le sortilège de Soleá avait envahi chaque recoin de son anatomie britannique pour y semer des fleurs des bois. Vénéneuses, sûrement, mais sublimes, comme les pavots des champs. Mieux valait percer la vérité – ou le mensonge –, plutôt que d'avoir à affronter plus tard, dans le miroir, les regrets sur son visage.

— Comment s'appelait votre grand-père ?

— Antonio Heredia.

— Et vous dites qu'il était marchand de bétail...

— C'est ça.

— Et homosexuel ?

Atticus regretta aussitôt d'avoir prononcé ces paroles sans en avoir mesuré les conséquences. Sidéré, il vit Soleá se métamorphoser en fauve – prête à bondir, toutes griffes dehors, les yeux plissés, la voix rauque, la bouche crachant crapauds et couleuvres.

— Mange tes morts ! rugit-elle. Natchave, rosbif de merde, avec ton journal de merde et ta face de rosbif ! Va te faire foutre ! Soleá Abad Heredia ne laissera personne insulter la mémoire de ses ancêtres, sur ma vie !

Folle de rage, elle frappait la table tandis que ses yeux de chat lançaient des maléfices.

Berta Quiñones, qui écoutait naturellement à la porte, entra soudain en scène, alertée par le bruit.

— Qu'est-ce que vous avez fait à Soleá ? demanda-t-elle à Craftsman, qui semblait en état de choc.

Les trois autres femmes suivirent leur cheffe jusqu'au bureau d'Atticus. La pièce n'était pas assez grande pour contenir six adultes gesticulant et hurlant de concert comme s'ils étaient devenus fous.

Au milieu du chaos, Atticus perçut quelques accusations inquiétantes : harcèlement, violence sexuelle... La situation était en train de lui échapper.

— Il a insulté mon grand-père ! – La voix de Soleá parvint à se faire entendre par-dessus celle de ses collègues. – Paix à son âme ! ajouta-t-elle.

Le crime dut finalement sembler moins grave que prévu aux autres, qui finirent par se calmer et retrouver une voix normale.

— Merde, Soleá, on a eu peur, dit María, honteuse. On a cru que M. Craftsman essayait de te violer.

Atticus sentit ses jambes trembler. Il se laissa tomber dans le seul fauteuil du bureau.

— Sortez toutes, je vous en prie, réussit-il enfin à articuler. Pas vous, Berta. Vous, restez. Il faut qu'on parle.

La conversation qui suivit fut tendue. Berta Quiñones se contenta d'assister passivement au monologue d'Atticus Craftsman, en simple spectatrice, sans pouvoir interrompre le discours de son patron qui recouvrait peu à peu son sang-froid. Il commença par lui expliquer que la raison de sa visite à *Librarte*, comme elle l'avait sans doute compris, n'était autre que la liquidation de la société, même s'il souhaitait étudier le problème en profondeur dans l'espoir de trouver une solution acceptable pour toutes les parties. Au cas où la revue ne se révélerait effectivement pas viable, ce qui semblait le plus probable, la maison mère était prête à négocier de généreuses indemnités de licenciement.

Cependant, un événement inattendu – déclara Craftsman – le contraignait à entreprendre un déplacement dans le sud du pays. Il passerait quelques jours à résoudre certaines questions qui ne la concernaient pas – « ne le prenez pas mal, madame Quiñones » –, si bien qu'elle devrait attendre son retour pour être fixée sur le sort de *Librarte*. Il souhaitait aussi profiter de son séjour là-bas pour rédiger un rapport sur les raisons de l'échec commercial de la revue. Pour ce faire, il lui fallait donc, « merci d'en prendre bonne note : les registres de comptabilité, les justificatifs de dépenses, les chiffres des entrées et des sorties, la liste des annonceurs, le tarif du papier converti en livres sterling, les coordonnées du distributeur, l'analyse des ventes, etc. ».

— Ah, une dernière chose, ajouta le jeune homme. Si je dois rester plusieurs mois en Espagne, je préférerais louer un studio pas trop loin du bureau. Je n'aime pas vivre à l'hôtel, c'est trop impersonnel. J'espère que vous pourrez m'aider à trouver un logement qui me convienne.

— Bien sûr, répondit Berta d'un ton maternel. Il y a un petit appartement à louer, rue de l'Alamillo, tout près de chez moi. Si vous voulez, on passe le voir tout à l'heure. C'est très coquet.

À cet instant, la porte du bureau s'entrouvrit légèrement. La silhouette de Soleá se découpa à contre-jour. Ses hanches rondes, ses petits seins et ses longs cheveux noirs.

— Je vous demande pardon, monsieur *Crasman*, murmura-t-elle. J'ai perdu la tête parce que pour moi, la famille, c'est sacré. Je ne sais pas si vous comprenez, en tout cas, ça n'arrivera plus. Sur ma vie, je vous jure que je n'élèverai plus la voix.

Pressentant aussitôt que le mensonge qu'il s'apprêtait à proférer l'accompagnerait pour le restant de ses jours, Atticus parvint à prononcer la plus pure des vérités :

— C'est ma faute, Soleá. C'est parce que je suis anglais.

19

Ce qui fit suite à la conversation téléphonique entre l'inspecteur Manchego et Lucas, le serrurier, fut une violation de domicile soigneusement planifiée, censée bénéficier généreusement aux deux parties. Le premier s'engagea à payer à l'avance deux cent cinquante euros au second, et celui-ci, à faire le coup en toute discrétion, à garder le silence et reprendre le cours de sa vie sans craindre une future intervention de la police. Ils convinrent de se retrouver deux jours plus tard. Manchego lui remit l'argent et ils scellèrent leur accord d'une poignée de main.

La soirée en question se révéla humide et maussade, comme une fin novembre. À minuit pile, il faisait un froid atroce. En son for intérieur, l'inspecteur reconnut qu'ils auraient peut-être mieux fait de fixer le rendez-vous à vingt heures, comme l'avait suggéré le serrurier, vu qu'il aurait fait tout aussi noir. Mais, pensa-t-il, quand on s'apprête à commettre un crime, la bonne heure, c'est minuit.

Le plan était simple. Il devait retrouver Lucas à quelques mètres de l'entrée de l'immeuble, le saluer d'un rapide mouvement de tête pour ne pas éveiller les soupçons, et faire le guet dehors pendant que son complice ouvrirait la porte du n° 5 avec une discrétion toute professionnelle. Ensuite, il attendrait son appel au coin de la rue. Cela signifierait qu'il se trouvait à l'intérieur, que la voie était libre et qu'il pouvait entrer fouiller l'appartement sans craindre d'être surpris.

Lucas arriva à l'heure, avec une boîte à outils suspecte sous le bras et un air de malfrat. Le visage dissimulé sous une écharpe et un bonnet de laine, il portait des gants en cuir et le reste de la panoplie du méchant de cinéma.

Manchego jugea sa tenue appropriée pour un cambriolage, même s'il aurait préféré un peu plus de discrétion, peut-être autre chose que des bottes de moto et des vêtements de camouflage – on aurait dit un mélange de biker et de chasseur –, mais l'ensemble rendait plutôt bien.

Il le salua, comme convenu, d'un bref signe de tête.

Lucas continua à avancer comme s'il ne l'avait pas vu. Il s'approcha de l'entrée, sortit un passe-partout artisanal, cogna la porte et l'ouvrit violemment d'un coup de pied qui fit un bruit de tous les diables.

Des lumières s'allumèrent aux fenêtres. D'une voix chevrotante, une très vieille femme cria « qui va là ? » avant de menacer d'appeler la police.

D'autres rideaux furent tirés, quelques visages se penchèrent vers la rue.

L'inspecteur Manchego sentit monter la panique : ce n'était pas du tout ce qu'il avait prévu. Son effraction à lui était censée se dérouler en silence, avec prudence et sans conséquences ; un simple aller-retour sans témoin. La discrétion, c'était le plus important. Voilà ce qu'il avait expliqué à ce truand à la mords-moi-le-nœud.

— Mais t'es flic, avait répondu le Lucas en question. Si quelqu'un nous entend, t'auras qu'à montrer ton insigne et dire que tu passais par là par hasard.

— C'est pas faux, avait admis Manchego, mais je préfère éviter l'action, si tu vois ce que je veux dire, sauf en cas de force majeure.

La vieille continuait à brailler : « Police ! Police ! » Sa voix stridente retentissait dans la ruelle.

Soudain, son portable sonna. Ce crétin de serrurier l'appelait comme il était censé le faire si tout se déroulait comme prévu.

— Nom d'un chien ! cria Manchego en décrochant à la troisième sonnerie. Tu entres comme un éléphant dans un magasin de porcelaine, tu réveilles tout le quartier et maintenant, tu m'appelles sans raccrocher, abruti.

— Faut qu'on passe au plan B, Manchego. Y a des voisins dans l'escalier, répondit le serrurier d'une voix exagérément calme.

Ce Lucas avait des nerfs d'acier.

L'inspecteur Manchego sortit son insigne et son arme de service, et poussa la porte du n° 5 de la rue de l'Alamillo.

— Police ! lança-t-il d'une voix forte.

La cage d'escalier était étroite et l'entrée, plongée dans le noir. Plusieurs têtes, appartenant toutes à des personnes du troisième âge, se penchèrent par-dessus la rampe en bois. Quelqu'un pressa l'interrupteur et une ampoule de faible intensité s'alluma au plafond.

Manchego vit alors Lucas descendre tranquillement l'escalier, sa boîte à outils dans une main et deux livres dans l'autre.

L'inspecteur chancela. L'espace d'un instant, il ne sut s'il devait brandir son arme et viser son comparse pour rendre la scène plus convaincante ou le laisser s'échapper avec un simple avertissement.

— Halte, halte, au nom de la loi ! s'exclama-t-il finalement.

Et tandis qu'il regardait le serrurier s'éloigner, il lui sembla entendre un petit rire s'échapper de la stupide bouche de ce dernier.

Les voisins s'amassèrent dans l'entrée, sous la lumière vacillante de l'ampoule. Tous – sept au total – étaient en pyjama, pantoufles et robe de chambre, avec dentier et lunettes.

Manchego les rassura :

— C'est terminé, messieurs-dames, rentrez chez vous, le voleur est parti, à moins que ce soit un drogué, en tout cas, il n'a pas eu le temps de vous prendre quoi que ce soit. Une chance que je me sois justement trouvé là par hasard, que j'aie entendu vos cris et que je me sois présenté sur les lieux *ipso facto*. Je suis en civil, voyez, mais je ne me sépare jamais de mon arme de service, pas même pour aller pisser.

— Il est entré au deuxième droite ! cria la vieille. Chez l'Anglais !

Les sept voisins et l'inspecteur Manchego grimpèrent en procession les deux volées de marches qui les séparaient de l'appartement d'Atticus Craftsman.

— C'est un petit jeune, expliqua la femme. Une drôle d'histoire, ajouta-t-elle. Il a loué l'appartement avant l'été, il a dormi là deux nuits et puis il s'est envolé. On ne l'a pas revu depuis le mois de mai.

La porte était ouverte, sortie de ses gonds, défoncée. « Serrurier mon cul », pensa Manchego. La lumière était allumée.

L'intérieur dégageait une pénétrante odeur de renfermé. On avait l'impression que personne n'avait aéré l'appartement depuis des mois. Les stores étaient baissés et les meubles, couverts d'une fine couche de poussière.

Sur l'unique table en bois, il y avait un tas de livres, de papiers, de dossiers et autres documents en désordre. On aurait dit que quelqu'un avait travaillé dessus avant de les abandonner à la hâte.

Il n'y avait par ailleurs aucun indice de violence; le lit était fait, le frigo vide, et l'inspecteur ne découvrit aucun cadavre en décomposition dans aucune armoire, aucune lettre de suicide, aucune piste suggérant où pouvait bien se trouver le mystérieux locataire qui, d'après sa voisine, avait payé six mois d'avance pour un bail qui n'allait pas tarder à expirer.

— J'aimerais parler au propriétaire de cet appartement.

— C'est moi, répondit la vieille femme. Comment vous croyez que je suis au courant, pour le loyer? L'appartement, normalement, c'est mon fils Gabriel qui l'occupe, mais il est à Londres, en ce moment. Il travaille dans une banque.

Manchego se gratta la nuque.

— Je vois.

— On l'a acheté pour le petit, avec feu mon mari, vous voyez.

— Et comment vous avez trouvé le locataire?

Manchego faillit prononcer le nom de Craftsman, mais se retint à temps. Ça aurait éveillé les soupçons. Théoriquement, sa présence sur les lieux n'était due qu'au hasard, il devait donc faire semblant de ne rien savoir.

— C'est mon amie Berta Quiñones qui me l'a présenté, répondit la propriétaire. Une dame très bien, qui vit au 9, juste à côté.

— Je vois.

— Il est anglais, ajouta-t-elle. Grand, blond, beau garçon. Un peu jeune pour être le patron de Berta.

— Eh bien il va falloir le prévenir, dit l'inspecteur, dans l'espoir que la femme pourrait le guider vers sa cible.

— C'est qu'on ne sait pas du tout où il est. On ne l'a pas revu, Berta et moi.

— Il ne vous a pas laissé une adresse? Un numéro de téléphone?

— Non. Il n'est même pas venu dire au revoir.

— Je vois.

Manchego passa encore une heure à fouiller l'appartement. Il inspecta chaque pièce – cuisine, chambre, salle de bains et salon –, ouvrant des tiroirs et fermant des portes sans trouver un seul indice susceptible de faire avancer l'enquête. Il arriva à cette conclusion simple : Craftsman avait loué cet appartement dans l'idée de l'occuper au moins six mois, et pourtant, il n'y avait dormi que deux ou trois nuits. Où qu'il soit allé, il avait emporté avec lui ses produits de toilette et tous ses vêtements, à l'exception de deux paires de chaussettes en laine et d'un imperméable toujours accroché à un cintre, dans l'armoire, mais avait laissé tout un tas de documents qui, d'après ce qu'il avait pu vérifier, se référaient aux finances de la revue *Librarte*.

Autrement dit, Craftsman avait entrepris un voyage à caractère privé, puisqu'il avait emporté son eau de Cologne mais pas ses dossiers. Manchego en déduisit que l'Anglais avait l'intention de revenir rapidement à Madrid pour finir sa mission. Ce qui ne cadrait pas avec une disparition de plusieurs mois.

Après tout, Marlow avait peut-être raison : Atticus Craftsman avait été enlevé et, pour être honnête, il devait bien admettre que rien ne suggérait que sa disparition soit liée au trafic de drogue.

— *Not in the house, mister*, lui dirait-il au téléphone dès que le jour serait levé. *Not muerto in the house.*

20

Berta s'en souvenait parfaitement : c'était ce même lundi où elles l'avaient reçu avec du chocolat et des *churros*, après le travail, aux alentours de dix-neuf heures trente.

Comme la rue de l'Alamillo se trouvait tout près du bureau, Atticus Craftsman avait préféré faire le chemin à pied plutôt qu'en taxi. Il ôta sa veste et sa cravate, remonta ses manches et défit les deux premiers boutons de sa chemise. Il passa la main dans ses cheveux blonds coupés à l'anglaise – c'est-à-dire n'importe comment –, s'aspergea d'eau de Cologne puis, une fois dans la rue, prit une grande bouffée d'air et toussa.

Berta fit le chemin avec lui sur le trottoir étroit jusqu'au vieil immeuble où Susana les attendait dans ses habits du dimanche, la clé de Gabriel à la main, pour leur faire visiter l'appartement – coquet, accueillant, frais, avec deux balcons, « une affaire, monsieur *Crasman* » –, qu'elle avait arrangé avec un soin de grand-mère pour qu'il plaise à l'Anglais.

Des particules de poussière dansaient dans la lumière à contre-jour. Dans l'escalier, l'odeur de légumes bouillis se mêlait à celle du désodorisant au pin méditerranéen que Susana avait placé sur le palier, de peur que l'inévitable puanteur de chou ne choque l'étranger.

Mais Atticus Craftsman paraissait insensible à toute contrariété. Il avait ce jour-là un je-ne-sais-quoi dans le regard, comme s'il était dans les nuages, ou bien ensorcelé, et tout lui semblait parfait. Même si les plombs sautaient parfois et qu'il fallait les rétablir avec un manche à balai. Même si la tuyauterie était en fer et que le matin, l'eau avait une couleur de pisse. Même s'il n'y avait pas d'ascenseur, de portier, de parking. Même si le parquet craquait et que la cuisinière était à gaz. Même s'il fallait commander de temps en temps une bonbonne de butane et l'installer sous l'évier. Tout était parfait. Même le loyer.

Berta et Susana décidèrent d'aller fêter ça au café d'en bas, après avoir pris congé d'Atticus et l'avoir mis dans un taxi, toujours à l'ouest, la tête ailleurs, qui sait dans quel méandre de la géographie vallonnée de Soleá ou dans l'océan de ses yeux de chat.

Elles parcouraient les deux cents mètres qui les séparaient de leur tortilla, quand, en passant devant le café El Alamillo, Berta s'arrêta net.

— Qu'est-ce qu'il y a ? demanda Susana en la voyant pâlir, immobile au milieu du trottoir.

— Rien, rien.

— On dirait que tu as vu un fantôme.

En réalité, Berta avait bien vu quelque chose. Ni plus ni moins qu'un couple, un homme et une femme, qui n'auraient jamais dû se trouver là ni nulle part ailleurs : la femme était María. L'homme n'était pas son mari.

Une chaleur envahit son corps, comme si elle avait la grippe, et elle sentit sa nuque palpiter. Susana avait beau être une vieille femme solitaire, elle savait se montrer discrète à sa manière et décida de ne pas poser de questions. Au lieu de ça, en arrivant au café, elle se mit à bavarder de tout et de rien pour soulager l'évident malaise de Berta, laquelle ne désirait qu'une chose : terminer au plus vite sa tortilla et son verre de vin et rentrer chez elle en courant retrouver ses chers livres où le véritable amour était encore possible.

Cinq mois plus tôt, le 6 janvier précisément, jour de l'Épiphanie – jamais elle ne l'oublierait –, Berta était sortie flâner au marché de Noël de la Plaza Mayor pour admirer les figurines de crèche en terre cuite aussi ravissantes que hors de prix, dans l'idée de se racheter un Melchior. Le sien avait perdu son coffret d'or depuis longtemps : elle l'avait bien recollé à la super glu, mais le défaut restait visible.

Malgré le froid, la place était pleine de familles. Les enfants inauguraient leurs tricycles tout neufs et les musiciens des rues jouaient des chants de Noël à l'accordéon. Quelques couples d'amoureux, qui profitaient du bonheur alentour pour pimenter le leur, faisaient le tour de la place, main dans la main, et s'embrassaient tendrement sous les arcades.

Berta était penchée sur un des stands, incapable de faire son choix entre une figurine à la cape rouge et une autre à la cape bleue, quand elle entendit, tout près d'elle, la voix inimitable de María, qui montait dans les aigus au milieu de ses phrases et descendait dans les graves à la fin. Elle appelait « mon amour » l'homme qui la tenait par la taille et tournait le dos à Berta. Elle semblait n'avoir d'autre horizon que les lèvres de l'inconnu.

Au terme d'un baiser goulu et bruyant, María quitta l'étreinte de son amant et se retrouva nez à nez avec l'expression horrifiée de sa patronne. Elle sursauta, porta la main à sa bouche, baissa les yeux et sut que le lendemain elle devrait fournir des explications solides. Du genre de celles que sa propre mère aurait exigées d'elle si elle avait su qu'au lieu d'attendre les rois mages avec son mari et ses enfants, elle s'était fait la belle en quête du frisson de la clandestinité.

Et en effet, le lendemain, à dix-neuf heures pile, Berta Quiñones, celle-là même qui avait accueilli ses collègues le matin avec un petit cadeau enveloppé dans du papier de soie – un parfum, un accessoire pour cheveux, du maquillage, « que les rois mages ont laissés pour vous dans ma cheminée parce que vous avez été sages » –, leur demanda de finir leur travail et de rentrer chez elles.

— Sauf toi, María, dit-elle en la pointant d'un doigt accusateur. Il y a un problème avec la compta, j'aimerais bien que tu m'expliques.

María entra dans son bureau, la tête basse.

Elle prit la parole la première.

— Écoute, Berta, se justifia-t-elle en évitant son regard inquisiteur, contrairement à ce que tu pourrais croire, vu que tu ne t'es jamais mariée et que donc tu manques d'expérience en la matière, le mariage n'est pas un long fleuve tranquille. Ce serait même l'inverse, vois-tu. C'est plutôt un torrent plein de pierres au bord d'un précipice. Tu ne peux pas savoir les efforts qu'on doit faire pour ne pas se retrouver au fond.

— OK, répondit Berta à la vitesse de l'éclair. Eh bien on dirait que tu t'es sacrément rétamée, ma belle.

— C'est vrai, reconnut María, mais pas cette fois. En fait, ça fait un bon moment que je suis au fond du gouffre. Et contrairement aux apparences, ce que tu as vu hier est probablement ce qui me permettra de sauver mon mariage à long terme. J'étais morte, Berta, et maintenant, je suis revenue à la vie. Même mes enfants ont remarqué le changement : je suis redevenue la femme joyeuse que j'étais, celle qui se sentait désirée et aimée, qui pensait encore pouvoir connaître le bonheur.

— En trompant ton mari ?

— Je ne le trompe pas, se défendit María, toutes griffes dehors. Bien au contraire. Chaque fois que je couche avec mon amant, je m'imagine que je suis avec Bernabé.

21

Parfois, María regrettait de s'être mariée si jeune. Si elle avait été plus patiente et moins pressée de quitter Urda, elle ne serait pas partie de chez elle à tout juste dix-neuf ans, avec le premier étranger qui passait par là. Mais, ainsi qu'elle le raconta à Bernabé un jour au bord de la rivière, elle en avait assez de cette vie, de s'occuper de la maison, de ses petits frères, d'obéir aux ordres de son tyran de père et de secouer sa mère, qui ressemblait à un zombie, trimant du matin au soir, jour après jour, comme une esclave, sans prendre le temps de penser que quelque part, peut-être, tout près de là, un avenir meilleur l'attendait.

— Ce qui me plairait, ce serait d'aller à Madrid, de prendre un boulot, n'importe lequel, d'étudier la comptabilité, parce que c'est ce qui m'intéresse vraiment, puis de trouver un vrai travail pour m'acheter un appartement et être indépendante.

— Tu sais quoi? répondit Bernabé. Moi, j'ai un appartement et un travail, et pourtant, je me sens seul. Ma famille me manque, mes copains de Zamora aussi, c'est dur de n'avoir personne qui s'inquiète pour moi.

Le marché était simple : un petit loyer en échange de repas chauds et de lessives. Pas de sentiments; je travaille, tu vas à la fac. Si j'ai besoin d'intimité, tu vas dormir chez une copine. On partage juste la salle de bains et la facture d'électricité.

Leur accord fonctionna comme prévu pendant les deux premiers mois. Le troisième, leurs vêtements sortaient ensemble du lave-linge, ils n'utilisaient plus qu'un seul lit et les petites visites d'un soir ne leur paraissaient plus une si bonne idée que ça. À vingt ans, María épousa Bernabé, qui en avait vingt-trois. Elle mena une vie bien remplie. Pas lui.

Durant les premières années de leur mariage, María s'investit à fond dans son foyer et ses études. Elle travailla comme serveuse, standardiste, secrétaire, et enfin comme comptable dans une petite entreprise de fournitures de bureau. Elle dormait en moyenne cinq heures par nuit, ne se reposait que le dimanche après-midi et n'avait ni distractions, ni vacances, ni vie sociale.

Bernabé, lui, s'avachit sur le canapé du salon pour regarder exclusivement des matchs de foot à la télé. Il oublia comment fonctionnait l'aspirateur et à quoi servaient les produits ménagers.

Son boulot dans un bistrot du quartier l'emplissait de satisfaction : derrière le bar, il se sentait comme une sorte de psychanalyste ou de confesseur. Il adorait bavarder avec les habitués, jouer aux dominos entre deux corvées et écouter les commentaires grivois sur les filles qui venaient parfois prendre un café en fin de matinée; il aimait les gamins qui s'achetaient leur sandwich à l'heure de la récré, la voix sensuelle du distributeur de cigarettes, l'odeur des toasts du petit déjeuner et celle de la viande grillée du midi.

Bien sûr, ça avait aussi ses inconvénients. À commencer par le service de douze heures d'affilée – de sept à dix-neuf heures –, sans compter le salaire de misère et l'absence de perspectives professionnelles. Mais Bernabé n'était pas ambitieux. Il se contentait de sa vie routinière, son match de foot du dimanche, ses petites bières devant la télé et l'amour inconditionnel de María, son hyperactive épouse, qui passait son temps à échafauder des projets pour lesquels ils n'avaient ni le temps ni l'argent.

— Cet été, si on arrive à mettre un peu de côté, on pourrait se payer un voyage, non ? Qu'est-ce que tu en dis ?

— Ça dépend, répondait-il, absorbé par la rediffusion des meilleures actions du match qu'il venait de regarder. Tu voudrais aller où ?

— À la plage. Dans le Sud. Quelque part où il fait beau.

Mais cet été-là, en guise de voyage, ils affrontèrent les tourments d'une grossesse difficile qui contraignit María à garder le lit durant trois horribles mois. Le bébé était déterminé à naître avant terme et le médecin l'était tout autant à faire en sorte qu'il n'y parvienne pas.

Depuis son trône aux draps blancs, María donnait des ordres à Bernabé : « Remonte le store, ferme le rideau, lance une machine, apporte-moi un chocolat chaud. » Jusqu'à ce que au bout de dix jours, pour la première fois de sa vie, Bernabé finisse par lui mentir. Il prétendit avoir pris des heures supplémentaires au boulot parce que avec son arrêt de travail, ils n'arrivaient plus à joindre les deux bouts. « C'est pour notre bien à tous les deux, María. »

Lucía naquit au septième mois, le jour d'une finale d'une compétition internationale, au grand dam de son père.

— C'est bien une fille, tiens ! s'exclama-t-il en la prenant pour la première fois dans ses bras.

Peu après, María décrocha le poste de comptable à *Librarte*. « Drôle de nom pour un journal », dit Bernabé, et il continua de manger ses frites.

Puis les jumeaux naquirent le seul jour de l'année où, par quelque caprice du destin (qui est manifestement un homme), on ne jouait au foot nulle part dans le vaste monde.

Mais la vie (qui est une femme) se compliqua singulièrement pour María.

À partir de la naissance de ses fils, son existence bien réglée fit place à un chaos offrant un contraste saisissant avec la routine dans laquelle avait sombré leur mariage. Elle ne suggéra plus de vacances au soleil à Bernabé et cessa de rêver que son mari trouve un emploi plus en accord avec leur situation financière catastrophique. Elle s'habitua à son bavardage insignifiant devant la télé, à ses petites habitudes et son manque d'ambition et d'entrain.

Parfois, elle s'autorisait à penser que si elle ne s'était pas tirée avec le premier type qui passait par Urda, elle serait aujourd'hui une femme libre. Puis elle se surprenait à reconnaître dans le miroir une copie conforme de sa mère, une version moderne du même zombie sans avenir.

Mais ce genre de pensées ne lui apportaient rien de bon. Pour les sortir de sa tête, elle s'accrochait à ses trois enfants, souriait gentiment à Bernabé – qui, au bout du compte, était un brave type, un bon père et un mari fidèle – et simulait un bonheur authentique.

Jusqu'à ce que Barbosa entre en scène.

22

César Barbosa n'était pas pour ainsi dire un modèle de beauté. Certes, ses airs de voyou, son blouson de cuir et la barbe de trois jours sur son visage anguleux lui donnaient une allure très virile, et sa voix rauque de fumeur associée à son pur accent des faubourgs lui assurait un indéniable succès auprès d'une certaine catégorie de femmes. Pourtant, ce qui poussa María entre les bras velus de Barbosa n'était en réalité ni sa voix ni aucun de ses attributs masculins, mais plutôt la certitude, ancrée au plus profond de son imaginaire féminin, que le héros de *La Route de Madison* finirait par apparaître un jour ou l'autre dans sa vie pour la sauver de l'ennui.

En voyant le film – jugé barbant, insipide et invraisemblable par Bernabé, qui s'endormit à la deuxième scène – María s'identifia tant et si bien à la Francesca incarnée par Meryl Streep que sa vision de l'existence prit alors un virage à cent quatre vingts degrés. Malgré la routine conjugale où elle était enfermée, elle s'accrocha à l'idée que tout n'était peut-être pas perdu, avec la même intensité que ses enfants rêvaient d'aller à Disneyland.

Elle avait juste besoin d'un Clint Eastwood en chair et en os pour donner corps à son fantasme : un dur au grand cœur, traînant avec lui son désenchantement et sa mélancolie, un passé amoureux qu'il préférerait oublier et un avenir incertain, prêt à partager une liaison passionnée avec une femme mariée.

Cet homme, ce fut César Barbosa.

En matière de séduction, il n'avait aucun scrupule : il laissait d'abord ses proies s'épancher longuement sur leur vie, car il savait qu'une femme n'aime rien au monde autant qu'être écoutée. Puis, grâce à d'habiles subterfuges, il découvrait leurs points faibles. Enfin, il passait à l'attaque, droit au cœur.

À celles qui redoutaient la solitude, il promettait l'amour éternel ; à celles qui avaient peur de s'engager, il offrait une relation libre et ouverte ; aux plus prudes, de longues fiançailles pleines de respect ; à celles qui souffraient d'inhibitions sexuelles, mille et une nuits de luxure. À María, il promit une aventure extraconjugale dans les règles de l'art.

Rendez-vous secrets, chambres d'hôtel, parcs et sièges arrière : tout ce que tu voudras, chérie, je suis là pour réaliser tes fantasmes, tes désirs les plus inavouables, tes rêves les plus cochons, parce que tu es super sexy et trop jeune pour te sentir vieille, parce que tu as un cul atomique et que si ton mari ne sait pas l'apprécier, Barbosa est là pour s'en occuper.

Bien entendu, elle accepta l'incitation à la débauche. Depuis le temps qu'elle en rêvait.

— Appelle-moi Francesca, si tu veux bien, dit-elle en entrant dans la chambre du petit hôtel où ils se retrouvèrent dès lors.

Et il la fit taire d'un baiser.

César Barbosa était de ceux qui ne jurent que par l'école de la vie et se décernent eux-mêmes le tableau d'honneur. Qui clament leur mépris des diplômes et des prix, car ils y aspirent secrètement tout en sachant qu'ils ne les méritent pas. Qui se prennent pour des artistes, avec des vices d'artistes, et qui pensent qu'être un artiste n'est pas une posture mais un mode de vie.

Il quitta la fac de journalisme avant d'être recalé ou viré après six ans à glander à la cafétéria, et s'autoproclama « photographe freelance » pour convaincre son père de lui avancer l'argent avec lequel il se paya son premier appareil photo Kodak. Puis il arpenta les rues à la recherche de bonnes images à mettre en boîte et à fourguer aux journaux, moyennant une rémunération censée financer ses photos artistiques expérimentales. Dans le grenier d'une vieille maison, il monta un studio – son « *loft* » – et parvint à convaincre quelques aspirantes modèles de poser nues devant son objectif. Il vendit effectivement ces photos-là à prix d'or, mais les signa sous pseudo. Par la suite, il se spécialisa dans le mouvement *underground* et s'offrit son fameux blouson de cuir à Portobello Road, lors d'un reportage à Londres pour un supplément dominical, ainsi qu'une paire de Dr. Martens qui rendirent l'âme après une virée dans la sierra de Guadarrama à moto.

Il se fit tatouer un dragon sur le bras.

Le temps passa, la mode changea, l'*underground* sortit des catacombes pour devenir *mainstream*, et, malgré tout, César Barbosa se refusa à quitter son blouson.

— On est encore quelques nostalgiques, marmonnait-il parfois, accoudé au comptoir. Des survivants de la grande époque, des vrais. Cure, le punk, les mitaines de Madonna... C'était mythique.

— Et Bruce Springsteen, répondait le barman en levant son verre. Le Boss.

Ces dernières années, il avait effectué divers travaux pour *Librarte*. Il débarquait généralement au bureau mal rasé, précédé d'une odeur rance de tabac froid, parfois en manches courtes pour laisser voir le dragon sur son bras. Derrière son dos, les filles le surnommaient le Pirate, avant tout parce qu'il portait le même nom que le capitaine du film *Pirates des Caraïbes*, mais sa sale gueule et son goût pour le rhum n'y étaient pas pour rien.

Pendant deux ans, María se contenta d'échanger des banalités polies avec lui – « Bonjour, merci pour la facture, je m'occupe du paiement, au revoir » –, et quand elle le remarqua enfin, ce fut à l'occasion d'une erreur aussi regrettable que stupide, qu'elle mit sur le compte de l'angine des enfants. « Désolée, César, je ne sais pas où j'avais la tête, passe au bureau quand tu peux, je vais régler ça. » Elle lui avait payé deux fois le même travail, en l'occurrence une séance de photos avec une autrice affreusement laide, Bon Dieu, quelle horreur !

— Je ne m'en étais même pas aperçu, prétendit-il, alors qu'il attendait chaque versement avec des sueurs froides. De toute façon, j'ai déjà tout dépensé.

— Eh bien tu n'as qu'à ne pas facturer la prochaine fois, répondit María, toujours pragmatique.

Mais César se présenta au bureau avec une enveloppe contenant la somme en question, qu'il remit à María aussi solennellement que le sultan Boabdil livra les clés de Grenade aux Rois catholiques.

— Allez viens, je t'offre un verre, dit ensuite le Pirate.

Et il l'emmena directement à la fameuse scène de *La Route de Madison* où, pendant que le photographe du *National Geographic* prend sa douche dans la salle de bains à l'étage, Meryl Streep enfile une robe à fleurs sortie d'un vieux coffre qui lui donne l'air de Laura Ingalls, de *La Petite Maison dans la prairie*, avec cinquante ans de plus, et que Clint Eastwood la regarde en se demandant à quoi ça rime, alors qu'il sait parfaitement depuis le début qu'ils vont coucher ensemble, précisément depuis le moment où, sous le pont de Madison, il lui a demandé son chemin.

Mais ça, María s'en fichait. César Barbosa lui offrit des verres, l'écouta parler d'elle pendant des heures, la ramena au coin de sa rue à moto et lui sortit le coup du cul atomique.

Après ça, il n'y eut plus de retour en arrière possible.

23

Une semaine après son arrivée à Madrid, Atticus s'était provisoirement installé dans l'appartement de la rue de l'Alamillo. Il avait réglé six mois de loyer d'avance à Susana, ce qui, d'après ses calculs, équivalait à moins d'une semaine dans le luxueux hôtel choisi par son père.

Non que la vie de palace lui déplût, loin de là. Atticus soutenait qu'il n'y a rien de plus plaisant en ce monde que l'insouciance totale du client d'un hôtel : la femme de chambre discrète qui ne pose jamais de question, les nuits blanches sans remords, la permanente disponibilité du minibar et du room service, les serviettes propres, les bouquets de fleurs...

Mais une conscience inflexible, comme un impératif de solidarité, s'était mise à le tourmenter depuis l'instant où il avait posé le pied dans les bureaux de *Librarte* et rencontré les cinq victimes de la déroute financière de la revue.

S'il décidait de suivre les ordres de son père, il devrait agir en chef d'entreprise sans scrupules, capable de mettre ses sentiments de côté pour mieux défendre ses intérêts. Ces femmes étaient les seules responsables de l'échec de *Librarte*. « N'oublie pas ça, mon fils, je leur ai donné toutes les chances de réussir et elles n'ont pas su les saisir. Elles ont eu les mêmes moyens, le même soutien que les Allemands de *Krafts*, sauf qu'au lieu de se placer en tête des ventes, comme eux, elles n'ont réussi qu'à couler le navire. »

— De ce point de vue là, je m'incline : en matière d'échec, il faut avouer que c'est un chef-d'œuvre.

Si, en revanche, au lieu de suivre les froides instructions de son père, il choisissait de se laisser guider par les doux battements de son cœur en fer-blanc, Atticus ne pouvait faire autrement que de compatir au sort de ces cinq femmes qui étaient sur le point de perdre leur emploi.

À présent, elles avaient un nom, un visage, et elles apparaissaient dans les recoins de sa chambre d'hôtel, l'index pointé vers lui : « Tu m'as virée, tu m'as abandonnée, à cause de toi, je vais finir sous un pont à pêcher des carpes puantes pour nourrir mes enfants, à laver mes vêtements dans l'eau croupie du Manzanares parce que, tant que j'étais rentable, tu m'as exploitée jusqu'à l'os, et quand j'ai cessé de l'être, tu m'as balancée à la flotte. »

Parfois, il croisait aussi le fantôme de Karl Marx, lequel, selon toute probabilité, n'avait pourtant jamais logé dans cet hôtel de son vivant, ce qui le faisait s'interroger sur les véritables motifs des visites de Tolkien dans sa chambre d'étudiant. Si ce genre de visions n'étaient pas liées à un espace physique, comme il l'avait cru jusque-là, alors il était foutu, car le jour où il s'y attendrait le moins, le fantôme de James Joyce pourrait lui apparaître et lui reprocher d'avoir prétendu pendant quinze ans avoir lu *Ulysse* du début à la fin, alors qu'il s'était contenté d'en feuilleter une version abrégée.

Divagations littéraires et craintes infondées mises à part, le fait est qu'Atticus Craftsman avait jugé malvenu de continuer à profiter des fastes du palace pendant que ses employées souffraient à cause de lui. S'il devait vraiment en arriver à les licencier, il était inutile d'en rajouter en se vautrant dans le luxe.

D'où son idée de louer un studio dans le quartier. D'où son indulgence à l'égard des petits inconvénients de l'appartement en question qui, par ailleurs, il devait le reconnaître, n'était pas dénué de charme.

Susana s'était révélée une maîtresse de maison acquise à la cause du macramé et du crochet, des fleurs séchées, des couverts en inox et des verres en Duralex couleur ambre qui, au lieu de se briser normalement comme tous leurs congénères lorsqu'ils heurtaient violemment une surface contondante, se trouvaient mystérieusement réduits à l'état de milliers de minuscules éclats, si semblables à des confettis qu'Atticus en avait balancé une demi-douzaine sur le carrelage de la cuisine comme un gamin, juste pour profiter du spectacle.

Ensuite, il n'avait pas pu prendre le temps d'admirer la garniture (fleurie) des tiroirs ni le fond (en papier peint) des placards, pas plus que le crépi du couloir ou la collection de bibelots de la vitrine de l'entrée, parce que le séisme Soleá Abad Heredia l'avait convaincu de partir sur-le-champ pour la sierra Nevada, dont les flancs, jurait-elle, dissimulaient un trésor attendant depuis plus de soixante-dix ans qu'Atticus Craftsman le révèle au grand jour.

— N'emportez pas toute votre paperasse, monsieur *Crasman*, l'avait-elle averti, vous n'aurez pas le temps de travailler. Ma famille est plutôt intense, vous verrez, ils ne vous laisseront pas souffler une minute.

— Vous pensez que je dois prendre ma gabardine ?

— Certainement pas, malheureux ! À Grenade, il fait une chaleur à crever.

Ainsi, une fois qu'il eut glissé dans son sac de voyage quelques vêtements, sa trousse de toilette, son traversin, sa bouilloire électrique et beaucoup d'Earl Grey, Atticus considéra ses bagages comme bouclés. Pour une fois, il préféra laisser derrière lui sa bibliothèque érotique : vu la tournure que prenaient les événements, mieux valait se passer de son arsenal de débauche.

— On part avec mon cousin Arcángel, si ça ne vous embête pas. Il est à Madrid pour affaires et il repart demain dans sa camionnette vide, proposa Soleá avec une allégresse qu'il n'osa pas contrarier, même s'il avait plutôt pensé louer une décapotable à deux places plus en adéquation avec le physique de sa compagne de voyage.

À huit heures du matin, le mercredi, Arcángel et Soleá klaxonnèrent sous les fenêtres d'Atticus et bloquèrent la rue de l'Alamillo en attendant qu'il descende. Sur le côté, la camionnette portait un panneau qui disait : « Melons Arcángel, Grenade », et l'intérieur sentait le primeur du village, ce qu'ignorait l'Anglais puisqu'il respirait cette odeur pour la première fois. Il n'avait jamais serré non plus une main comme celle du cousin de Soleá, aux ongles longs – pour la guitare, voyez? – et aux phalanges poilues.

Arcángel portait une chemise noire ouverte presque jusqu'au nombril et, autour du cou, un crucifix doré aussi gros que la médaille de l'ordre de la Jarretière. Il avait une montre en or, quelques bagues, deux autres chaînes au cou et des souliers pointus. Les hanches étroites et les épaules larges, il avait à peu près l'âge de Soleá, le même regard profond, la même attitude à la fois réservée et fougueuse, apparemment propre aux membres de cette famille qui, d'un côté, semblaient disposés à se lier à la vie et à la mort avec le premier venu, et, de l'autre, étaient constamment sur leurs gardes, prêts à exploser et à en venir aux mains à la moindre offense. Il faudra jouer sur du velours, songea Atticus au souvenir de son altercation avec Soleá, le premier jour.

Ils prirent place tout naturellement à l'avant de la camionnette :

Arcángel au volant, Atticus à la fenêtre et Soleá à l'étroit entre les deux hommes. Pour l'Anglais, cette proximité était un peu pesante, lui qui n'avait pas l'habitude qu'une femme envahisse son espace vital – et encore moins qu'en guise de bonjour elle l'embrasse sur les joues, leurs bouches qui se croisent entre deux baisers sonores, le souffle, l'odeur de fleurs. Pour les cousins, en revanche, il aurait été étrange de passer les quatre heures de voyage sur des sièges séparés. Ils blaguaient, se chamaillaient et riaient beaucoup, et parfois, au milieu d'une conversation ou pendant un silence, ils se mettaient à chanter.

— Ce monsieur, c'est votre père, Arcángel ? demanda Atticus en désignant la photo d'un homme mûr, sans trop de dents, qui le regardait depuis un cadre en métal rond fixé au tableau de bord.

Soleá et son cousin éclatèrent de rire.

— Cet homme-là, c'est Camarón, répondit Arcángel avec bien plus de fierté que s'il s'était vraiment agi de son père. Ma grande, dit-il à Soleá, tu peux mettre le CD qui est dans la boîte à gants ?

Soleá se pencha par-dessus les jambes d'Atticus pour atteindre le disque. Atticus frissonna. Il faillit lever la main pour lui caresser les cheveux, mais un poids, lourd comme du plomb, le maintint collé à son siège.

Elle alluma l'autoradio, inséra le CD, et un accord de guitare déchira l'air.

— Ça, c'est le type de la photo, dit Arcángel.

Puis sa voix aiguë s'éleva, accompagnant la souffrance du chanteur de flamenco. Soleá battait des mains et Arcángel frappait le volant de sa paume comme s'il s'agissait d'un tambour.

— Vous ne chantez pas ? demanda Atticus à Soleá.

— Je la chante très mal, avoua-t-elle.

Atticus, respectant le rose qui colora soudain ses joues, préféra ne pas insister.

Deux heures plus tard, Soleá s'endormit, la tête sur l'épaule de son cousin. Ils traversaient le défilé de Despeñaperros, parmi les virages et les forêts, quand, subitement, Arcángel détourna les yeux de la route pour les planter dans ceux d'Atticus.

— Je ne me mêle pas des affaires des autres, dit-il, mais si vous touchez un seul cheveu de ma cousine, je jure devant Dieu que je vous tranche les oreilles.

Atticus déglutit. Un virage très serré approchait.

— Je vous en prie, regardez devant vous, Arcángel. Avec moi, vous n'avez rien à craindre, mentit-il d'une voix tremblante. Je n'ai pas l'intention de faire la cour à votre cousine.

— Lui faire la cour, ça me va. Mais si j'apprends que vous avez touché un centimètre de sa peau, écoutez-moi bien : vous êtes mort.

— Compris.

— Vous êtes marié, *míster Crasman* ?

— Non.

— Fiancé, *míster Crasman* ?

— Non plus.

— Alors vous pouvez lui parler. Ça oui, vous pouvez. Mais pas de bêtises. C'est bien compris ?

— Si je me comporte mal avec Soleá, j'aurai affaire à vous.

— Exact.

La question réglée, Arcángel se concentra à nouveau sur la route. Camarón poursuivit son duo avec le conducteur et Soleá continua à dormir d'un sommeil innocent, léger, heureux.

24

Vers vingt et une heures, après avoir cherché refuge auprès de Shakespeare, Stendhal, puis des sœurs Brontë, pour finir, en désespoir de cause, entre les bras de Corín Tellado[1], Berta Quiñones dut admettre que les livres ne peuvent guérir à eux seuls certains maux.

Étant donné les circonstances, elle ne pouvait même pas aller se confier à Asunción. En temps normal, elle n'avait aucun secret pour sa meilleure amie. S'il s'était agi de n'importe quoi d'autre – le boulot, la santé ou la solitude – elle se serait précipitée chez elle. Mais cette fois, elle préféra garder pour elle ses considérations sur l'adultère de María : Asunción avait eu assez de mal à surmonter l'infidélité de son mari pour ne pas avoir à subir celles des autres. Elles n'en parlaient jamais, mais Berta savait qu'Asunción se faisait violence pour ne pas fondre en larmes chaque fois qu'elle pensait à son ex et à l'hôtesse de l'air d'Iberia.

Finalement, elle se résolut à aller chez Gaby mendier un peu

1. Romancière immensément populaire en Espagne, qui a publié environ quatre mille romans d'amour, vendus à des centaines de millions d'exemplaires. (*Toutes les notes sont de la traductrice.*)

de thé et de réconfort. Aux yeux de Berta, Gaby et Franklin formaient le couple idéal. Ils s'adoraient.

— Berta, quelle surprise ! Allez, entre.

— Franklin est là ?

— Tu parles. Il rentre super tard. On lui a commandé une fresque pour le hall du Musée de la marine. C'est beau, tu ne peux pas savoir.

— Eh bien tant mieux, ma belle, parce que je ne suis pas au mieux de ma forme...

— Je vois ça. Tu es toute pâle, Berta. Je te sers un verre ?

Elles prirent place côte à côte sur le petit canapé orange de la salle de séjour. Le meuble ainsi qu'une sorte de fruit imprimé – un vinyle collé au mur du fond – étaient les seules notes de couleur de la pièce. Tout le reste – le tapis à poils longs, la table, le lampadaire cylindrique et le moulage en plastique d'un lévrier grandeur nature – était blanc comme la neige.

— Oh, Gaby !... C'est tellement affreux, je ne sais même pas si je dois te raconter. Je me sens coupable de venir t'embêter avec ça, toi qui es si heureuse...

— On est toutes inquiètes, Berta. Atticus Craftsman va sûrement virer tout le monde. On le sait. Mais ce n'est pas ta faute, ce sont des choses qui arrivent.

Berta éclata en sanglots.

— Oh Gaby, tout part à vau-l'eau ! Crois-moi, j'ai toujours été prudente. On n'a jamais vécu au-dessus de nos moyens. Tu es bien placée pour savoir les sacrifices qu'on a dû faire pour continuer. On ne s'est jamais permis le moindre extra, on a été honnêtes, on a travaillé dur... Et maintenant, c'est comme si on avait tout fait de travers. L'horreur. Craftsman dit que la revue est criblée de dettes, que c'est un échec, un fiasco intégral.

D'après lui, personne ne nous lit, on n'a aucune crédibilité, aucun prestige, on n'a même pas été fichues de se faire un nom. Il dit qu'on est une tache sur son entreprise, en plus de lui faire perdre énormément d'argent.

Gaby alla chercher des Kleenex. Le paquet, lui aussi, était blanc.

— Je ne comprends pas, Gaby. Tout ça m'échappe complètement.

— Berta, tant que tu as la conscience tranquille, c'est le principal. Ce n'est pas si grave, tu verras. Peut-être qu'il s'agit juste de se serrer un peu la ceinture, de demander à Craftsman de suspendre sa décision et de mettre un coup de collier. Si tu veux, je peux faire des heures sup gratuitement.

— Merci, ma belle, tu es un amour, dit Berta entre deux sanglots. Le pire, c'est que je ne venais pas te parler de ça, mais d'une histoire encore plus triste.

Gaby resta bouche bée. Sa patronne n'avait pas pour habitude de lui confier ses problèmes personnels. Elle la voyait plutôt comme une sorte de tante qui ne manquait jamais de lui souhaiter son anniversaire ou de lui offrir un petit cadeau à Noël. Berta avait le tempérament d'une mère poule à qui on pouvait raconter ses peines, mais qui n'aurait jamais confié les siennes à personne.

— Il est arrivé quelque chose à Asunción ? demanda Gaby.

Elle savait combien les deux femmes étaient proches et supposait que s'il s'était agi d'un problème personnel, Berta s'en serait d'abord ouverte à sa meilleure amie.

— Non, Asunción va bien, mais je ne veux pas gâcher sa soirée avec ça. Il s'agit de María.

— María ?

Pour se donner du courage, Berta prit une longue gorgée de vin. Puis elle raconta comment, cinq mois plus tôt, le matin de l'Épiphanie précisément, elle avait surpris María dans les bras d'un autre homme, et comment celle-ci avait justifié son infidélité en prétendant qu'elle se sentait coincée dans sa routine conjugale.

— Mais elle m'a aussi juré que ça ne durerait pas, dit-elle en faisant la moue. Que cet homme ne représentait rien pour elle, que c'était une passade, que ça ne durerait que quelques jours, un mois au plus, mais qu'ensuite, elle retrouverait sa vie normale, avec Bernabé et les enfants, comme l'héroïne de *La Route de Madison*. Voilà ce qu'elle m'a dit, comme si elle vivait dans un mélo.

Gaby ne dit rien. Elle se contenta de serrer le bras de Berta. Parfois, il vaut mieux se contenter d'écouter.

— Et voilà qu'aujourd'hui, je l'ai revue avec le même homme. Merde, Gaby, ça fait cinq mois, et elle est toujours avec lui.

— Et tu sais qui c'est?

Comme c'est curieux, pensa Berta. Non. Elle ne savait pas qui c'était. Elle n'avait jamais vu son visage et n'avait jamais eu l'idée de poser la question à María. Elle l'avait juste crue sur parole : ce n'est personne, il n'a pas de nom, pas d'identité; c'est une aventure passagère, pas quelqu'un en chair et en os.

— Non.

— Tu comptes lui en reparler?

— À quoi bon? Pour qu'elle me baratine encore? Qu'elle me dise que j'ai des visions? Que ce n'est pas ce que je crois et que son couple va très bien?

— Alors on fait quoi?

— Eh bien rien, ma belle, qu'est-ce qu'on y peut?...

Elles finirent leur verre en silence. À l'inverse des hommes, les femmes sont capables de discuter d'un problème des heures durant sans chercher de solution. Sans anticiper le mouvement suivant. Elles parlent, jusqu'à ce que leur bouche s'assèche et que leurs larmes se tarissent, puis elles rentrent chez elles, débarrassées cependant, il faut bien l'admettre, de la moitié du poids qu'elles portaient sur les épaules en arrivant.

— Ne le dis à personne, lui demanda Berta en prenant congé à la porte. On verra bien. Dans quelques jours, on sera peut-être toutes au chômage et l'histoire de María ne nous regardera plus.

Franklin arriva à cet instant, portant un bouquet de tulipes orange.

— Où est ma *flaca*? l'entendirent-elles crier depuis la cage d'escalier.

25

Gaby, qui, au cours des six années passées à mettre en page la revue *Librarte*, n'avait jamais commis le moindre impair, enchaînait les boulettes depuis quelques jours. Précisément depuis le soir où Berta était venue chez elle et lui avait raconté de but en blanc l'histoire de María.

Asunción s'était aussitôt aperçue que quelque chose ne tournait pas rond dans la petite tête sensible et bien faite de Gaby. Berta avait dû la rappeler à l'ordre plusieurs fois pour des erreurs de débutante, comme l'oubli d'un code-barres, et elle-même l'avait surprise la tête ailleurs, les yeux fixés sur María, laquelle se concentrait sur son travail sans rien remarquer. Deux ou trois fois, María avait levé la tête et vu Gaby la regarder fixement. « Quoi ? » avait-elle demandé. « Rien », avait répondu l'autre.

De son côté, Berta, qui se moquait habituellement de savoir ce qui se passait en dehors de son bureau, semblait maintenant vouloir tout contrôler. Elle laissait la porte ouverte et haussait le cou au-dessus de son ordinateur, chaussait ses lunettes et fronçait les sourcils. Parfois, elle toussotait, comme pour prévenir Gaby qu'elle la voyait, et qu'elle ferait mieux de se remettre à travailler si elle voulait pouvoir descendre en récréation avec ses camarades. On aurait dit une maîtresse d'école.

Asunción surveillait Gaby, Gaby surveillait María, Berta les surveillait toutes et María n'en surveillait aucune. Un secret planait au-dessus des bureaux et Asunción, avec sa perspicacité légendaire, parvint à la mauvaise conclusion.

Le lundi suivant, après un week-end le cœur tout mou, elle se présenta au bureau avec un petit paquet enveloppé dans du papier de soie.

— Gaby, dit-elle à sa collègue d'une voix tremblante. Félicitations !

Berta tenta d'éviter la catastrophe en bondissant de son siège aussi vivement qu'une véritable maîtresse d'école sentant une punaise lui piquer le cul, mais ses efforts furent vains. Gaby avait déjà reçu son cadeau, l'ouvrait et découvrait les oreilles douces du petit ours en peluche, le premier biberon, la première tétine. Elle l'avait déjà laissé tomber – s'il avait été en porcelaine, il se serait brisé en mille morceaux – et s'était déjà enfermée dans la salle de bains pour pleurer. « Mais c'est pas encore le moment de ses règles, non ? », dit María, qui n'y comprenait rien.

Asunción était morte de honte, mais le mal était fait.

26

Comme toujours, de toutes les femmes du monde en âge de procréer, celle qui souhaitait le plus ardemment devenir mère était précisément celle qui avait le plus de mal à tomber enceinte. Si une quelconque université du Wisconsin avait publié une étude sur le désir de maternité, Gaby aurait fini en tête de liste, loin devant toutes les autres, y compris la dame du Maryland qui avait enlevé et séquestré un bébé dans l'intention de l'élever comme le sien, et qui ne s'était jamais repentie de son acte même après avoir passé la moitié de sa vie en prison.

Le pire, dans tout ça, était que l'infertilité de Gaby n'avait aucune explication scientifique. Tout comme Franklin Livingstone, elle était parfaitement capable de concevoir des bébés sains et nombreux. C'était en tout cas la conclusion des analyses médicales exhaustives auxquelles ils s'étaient tous deux soumis au cours des dernières années.

Gaby connaissait le plafond du cabinet de sa gynécologue comme sa poche. Le médecin, dans la louable intention de distraire ses patientes pendant l'examen, avait choisi d'y afficher les photos des dizaines de bébés qu'elle avait contribué à mettre au monde. Si bien que Gaby attendait, jambes écartées, les résultats de son dernier frottis sous le regard de Natalia, la fillette aux grosses joues, des jumeaux Rodrigo et Javier, de Monica et ses cheveux hérissés, de Jorge, tout rond avec ses poings fermés, d'Inés, la petite métisse, de Rosita aux grands yeux, de Pedrito aux cheveux roux et de cinquante autres bébés potelés qu'elle avait si souvent vus au plafond qu'elle les aurait aussitôt reconnus en les croisant dans la rue.

Le problème était que, loin de l'apaiser, cette collection de nouveau-nés lui inspirait une angoisse aussi atroce qu'inavouable. Dès qu'elle s'allongeait sur le lit d'examen, elle sentait son cœur s'accélérer, ses muscles se crisper et ses larmes monter. Elle préférait fermer les yeux et s'occuper l'esprit avec une ritournelle qu'elle fredonnait à voix basse.

— C'est incroyable que les examens vous fassent toujours aussi peur, s'étonnait sa gynécologue, attribuant sa réaction à la vision des instruments médicaux.

— Les échographies externes, ça va, disait Gaby, mais les échographies internes, avec ce truc qui ressemble à un fer à friser, j'aime pas ça.

— Ouvrez le vagin.

— Je ne peux pas, docteur.

— Allez, Gaby, détendez-vous, sinon je n'y arriverai jamais.

Et à la fin, c'était toujours la même conclusion.

— Eh bien tout est normal. Vous avez un utérus parfait, ma chère. Il est tellement beau que vous devriez l'exposer.

— Oui, quel dommage !

— Il est vraiment splendide, insistait la gynécologue. Les trompes ne sont pas obstruées, vous n'avez pas d'endométriose, vos règles sont régulières, votre glaire cervicale...

— OK, OK, la coupait Gaby quand elle ne supportait plus son verbiage. Alors, dites-moi : pourquoi je ne suis pas enceinte ?

Franklin Livingstone qui, pour sa part, aurait été pleinement heureux sans enfants, puisqu'il n'existait rien de comparable pour lui au bonheur d'être avec Gaby, avait bien compris que sa femme ne trouverait jamais la paix avant d'avoir un bébé dans les bras. Il l'avait aidée à peindre la chambre de leurs futurs enfants – une œuvre à quatre mains –, à monter les meubles et à choisir les meilleures poussette, chaise haute, tétine et couches dans une infinité de catalogues. Souvent il s'était assis près d'elle, attendant le résultat négatif des tests de grossesse qu'elle achetait dès qu'elle avait vingt-quatre heures de retard, et avait appris à la consoler à coups de chocolat chaud ou de crème glacée. Il avait réussi à lui faire croire qu'il était désolé, lui aussi, mais que l'arrivée du bébé n'était qu'une question de temps, comme tout le monde le leur répétait.

Par amour pour Gaby, il avait accepté de se soumettre à mille examens médicaux – dont certains pas franchement agréables – et appris à calculer les périodes d'ovulation de chaque cycle pour l'aimer à corps perdu, même si elle oubliait parfois de l'aimer en retour.

Gaby pouvait ainsi l'appeler à onze heures du matin en semaine et lui ordonner de rentrer sur-le-champ : « Franklin, grouille-toi, je suis en train d'ovuler. »

Il courait alors chez eux, grimpait l'escalier quatre à quatre, se déshabillait dans le couloir et la trouvait qui l'attendait au lit, les jambes écartées, avec musique d'ambiance. Elle lui disait d'y aller doucement, de se concentrer sur le bébé, qu'elle avait lu que la conception devait se faire en pleine conscience. Puis elle restait allongée, les jambes en l'air, pendant une heure, comme le lui avait conseillé son médecin, pendant qu'il se rhabillait et l'embrassait avant de retourner au trompe-l'œil qu'il avait laissé en plan au boulot.

Parfois, il se disait que Gaby avait peut-être fait le mauvais choix en se mariant avec lui. Il n'avait pas réussi à devenir l'artiste reconnu en qui elle croyait tant et n'était plus l'amant fougueux qu'elle avait connu à Paris, qui rêvait de déplacer des montagnes et de révolutionner le monde de l'art.

— On sera comme Diego Rivera et Frida Kahlo, murmurait-il alors en l'embrassant sur les quais de la Seine.

— Surtout pas, répliquait-elle. Frida a fait deux fausses couches et n'a pas pu avoir d'enfants. Et Diego la trompait.

— Mais ils s'aimaient.

— À leur manière oui, c'est vrai.

— Je ne te tromperai jamais.

— Et moi, je m'épilerai la moustache.

Les années passèrent : ils s'aimèrent bien plus profondément que Diego et Frida n'auraient jamais pu en rêver, et pourtant, par quelque caprice du destin, ils furent incapables de concevoir un enfant. Ni gloire, ni fortune, ni descendance. Au bout du compte, c'est sa mère qui aurait raison : Franklin Livingston n'était qu'un pauvre diable dont tous les projets étaient voués à l'échec. Il n'apportait rien à personne, et surtout pas à la douce et tendre Gaby. Peut-être ferait-il mieux de lui rendre sa liberté avant qu'il ne soit trop tard. D'ouvrir la porte de sa cage dorée et la laisser s'envoler vers d'autres bras : ceux d'un homme compatible avec son ADN, son pH vaginal ou n'importe quoi d'autre qui les empêchait d'avoir des enfants. S'il ne l'avait pas fait jusque-là, c'est parce qu'en son for intérieur, Franklin savait que quitter Gaby ou mettre fin à ses jours ne revenait à prendre qu'une seule et même terrible décision.

27

Un matin de décembre, Moira Craftsman s'éveilla en sursaut après avoir rêvé qu'une tribu de cannibales enlevait Atticus et le plongeait vivant dans une marmite d'eau bouillante dans l'intention de le manger comme un homard, tandis que le jeune homme criait : « Mettez au moins des sachets de thé, on n'est pas chez les sauvages ! »

En bonne freudienne, Moira avait lu et relu *L'Interprétation des rêves* et proposait régulièrement à ses invités d'analyser les leurs pour en tirer les conclusions les plus inattendues. Les hôtes de la maison du Kent rêvaient souvent de cours d'eau, de ruisseaux, cascades ou assimilé, à cause du vacarme que produisait la vieille tuyauterie dès qu'on allumait la chaudière. S'il faisait froid, ils rêvaient généralement d'animaux polaires ou d'objets de couleur blanche. Quand il faisait chaud, ils rêvaient d'avions cloués au sol. Monter ou descendre brusquement signifiait passer d'une phase de sommeil à une autre, et la sensation vertigineuse de vitesse (changements constants de scénarios, pensées fugitives, courses, vols planés, etc.) était imputable à un estomac vide.

Concernant les rêves érotiques, Moira se montrait plus prudente. Les désirs, les craintes et les inhibitions appartiennent à l'intimité de chacun, disait-elle, ou à son passé sexuel.

— J'ai rêvé qu'on faisait l'amour devant ma belle-mère.
— Vous avez besoin d'intimité.
— Je couchais avec un éléphant.
— Vous avez besoin d'affection.

« Nos rêves nous révèlent les carences dont nous souffrons dans la vraie vie, expliquait-elle à son auditoire captivé, mais ils répondent aussi à des stimuli extérieurs : les bruits, les changements de température ou les expériences récentes. Par exemple, on a toutes les chances de faire des cauchemars à la suite d'un événement traumatique ou après avoir trop mangé. »

Quant aux rêves prémonitoires, Moira soutenait que, comme tous les présages, les seuls susceptibles de se réaliser étaient ceux auxquels le rêveur croyait sincèrement.

— Je rêve que je tombe. Il a neigé, le sol est gelé. Je glisse. Je tombe, expliquait-elle. Est-ce que ça signifie que mon rêve s'est réalisé ou est-ce que je serais tombée de toute façon ?

Moira Craftsman était une femme sensée. Mais ce matin-là, après avoir rêvé qu'on faisait cuire son fils dans une marmite de thé, elle balaya d'un cri toutes ces années de rationalité.

— Réveille-toi, Marlow, on part en Espagne !

Noël était dans trois semaines et ils n'avaient pas eu de nouvelles d'Atticus depuis août. Malgré tous les efforts de Marlow pour lui faire croire que tout allait bien, que leur fils était très occupé à résoudre un problème complexe à Madrid et qu'il rentrerait bientôt, elle soupçonnait son mari de lui cacher quelque chose. Marlow n'était pas très bavard, mais ces derniers temps, son silence devenait de plus en plus inquiétant. Il ne lui disait même plus bonjour. Il se levait en toute hâte, fonçait sous la douche, grommelait des phrases incompréhensibles depuis la salle de bains et partait en courant au bureau sans même toucher à son sacro-saint café.

Il passait ses week-ends à la chasse, en Écosse, dans les Highlands, ainsi qu'il se plaisait à appeler ces monts impraticables où chevreuils, chiens, faisans, oies et hommes étaient logés à la même enseigne : les premiers fuyant les derniers, qui eux-mêmes fuyaient leurs épouses et les explications qu'ils ne voulaient pas avoir à leur fournir.

À un moment donné, Moira se mit en tête que Marlow avait peut-être une maîtresse. Puis elle balaya cette idée stupide d'un revers de la main.

Non. Tous les vices, sauf une femme, pensa-t-elle. Marlow s'intéressait plus à son club, son brandy, ses parties de bridge et de chasse. Il n'avait ni le temps ni l'envie de s'embarquer dans une aventure amoureuse, pas en ce moment. À vrai dire, il n'en avait pas non plus l'occasion. Au bureau, Atticus le surveillait constamment, et en dehors, il était trop sollicité par ses amis, sa mère, son épouse et les maux de crâne que lui causait leur fils aîné, Holden.

Mais le silence...

— Atticus est en danger, s'efforça-t-elle de faire entendre à Marlow ce matin-là, sous les draps, elle, les cheveux ébouriffés, lui, en pyjama de flanelle. On doit aller à Madrid et le ramener immédiatement.

— Qu'est-ce qui t'arrive, ma chérie? articula-t-il, à peine sorti d'un rêve où il prenait son élan pour sauter et s'envoler lourdement et maladroitement, comme une oie.

— Une mère sait quand son fils a besoin d'elle, et je sens qu'Atticus se trouve dans une situation dramatique. Marlow, on doit aller à son secours.

Marlow se redressa contre les oreillers. Il se gratta le crâne et prit sa femme par la main.

— J'ai essayé de te le dire il y a quelques jours, Mo, mais tu étais trop fatiguée. Tu as raison, on doit aller en Espagne. On n'a plus le choix.

Moira Craftsman passa aussitôt à l'action. Elle consulta son énorme agenda noir, celui où elle notait tous ses rendez-vous, et constata qu'il leur serait impossible de voler au secours d'Atticus avant le 15 décembre, soit dix jours plus tard. Malheureusement, il se trouvait qu'au mois d'avril de l'année précédente, ils avaient accepté l'invitation à dîner de lord Norfolk précisément ce mardi. Par ailleurs, le jeudi, ils avaient des billets pour l'opéra, *La Bohême*, premier rang, achetés sept mois plus tôt – on n'est jamais trop prévoyant. Puis, le dimanche, le recteur d'All Saints venait prendre le thé. Impossible d'annuler une invitation pareille au dernier moment. On était lundi, il ne restait donc que six jours jusqu'au dimanche : s'ils changeaient leurs plans maintenant, le recteur les crucifierait sur place pour leur incorrection, à juste titre. Et le mercredi suivant, elle avait rendez-vous chez le coiffeur. Religieusement, tous les deux mois, elle allait faire refaire sa couleur acajou. Si elle annulait, ses cheveux blancs réapparaîtraient, sans compter que sa coiffeuse serait contrainte de réorganiser tout l'emploi du temps du salon. Elle ne voulait pas être responsable d'un tel chaos.

Par ailleurs, elle devait parler avec l'intendant, organiser l'office, payer les fournisseurs, préparer les chambres de la maison du Kent, embaucher les extras pour le réveillon, s'occuper des menus, du sapin et du *Christmas pudding*, parmi bien d'autres choses.

Non, vraiment, elle ne pouvait se permettre de partir avant le 15 décembre. Et elle devait impérativement être de retour le 20, sans quoi les fêtes seraient un échec retentissant.

— Marlow et moi allons entreprendre un voyage imprévu et très urgent, expliqua-t-elle par téléphone à Victoria Bestman. Il s'agit d'Atticus. Nous nous demandons s'il ne lui est pas arrivé quelque chose. Il ne nous a pas donné de nouvelles depuis le mois d'août.

— Grand Dieu.

— Je préfère te le dire parce que je ne pourrai certainement pas venir jouer au bridge le 16. Il faudra que tu te trouves une autre partenaire.

— Le 16? Mais c'est dans dix jours!

— Je sais. Tout cela est très précipité, Victoria. Je suis vraiment désolée, comme je te l'ai dit, c'est très urgent. Il s'agit d'Atticus.

— Moira, ma pauvre! J'imagine combien tu dois être inquiète. Je serais volontiers passée t'embrasser, mais il se trouve qu'en août, je me suis engagée à participer à la vente de charité du presbytère...

— Je comprends, Victoria. Un engagement est un engagement. Ne t'inquiète pas. Je t'appellerai en rentrant.

28

Le voyage dans la camionnette d'Arcángel toucha à sa fin un peu avant quinze heures. Grenade était apparue en deux parties : la première, moderne et un tantinet terne, la seconde, juchée à flanc de colline, bordée de ruelles étroites avec maisons blanches et vues fascinantes sur le palais de l'Alhambra.

On accédait au quartier de l'Albaicín en risquant sa vie parmi les virages et les précipices. En arrivant au *carmen* familial de Soléa, ils descendirent du véhicule et traînèrent la valise jusqu'à une porte en bois au milieu d'un mur de pierre où grimpaient les bougainvilliers.

Il avait été impossible de convaincre Soléa de prendre une chambre dans le charmant petit hôtel qu'Atticus avait repéré en passant. Elle se vexa pour de bon, déclara qu'il n'y avait rien de plus grossier que de refuser l'hospitalité de sa mère et de sa grand-mère Remedios, quelle injure, comment osait-il proposer une chose pareille ? Atticus ne se risqua pas à la contrarier. Pourtant, lorsqu'ils furent devant la porte, sans plus aucun moyen de faire marche arrière, Soléa lui confia que leur visite serait une merveilleuse surprise pour sa famille.

— Mais vous ne les avez pas prévenus de notre arrivée ?

— Sûrement pas, c'est bien mieux comme ça, à l'improviste. C'est plus naturel.

Atticus pensa à sa mère. Au traumatisme qu'elle subirait si un invité s'avisait de débarquer sans prévenir. Elle en perdrait tous ses repères et ruminerait ce manque de bienséance des mois durant. Elle serait comme une fourmi trouvant une branche sur son chemin et se demandant si elle doit la contourner, l'escalader ou bien faire demi-tour et laisser tomber. Désorientée, hébétée, sans rien à quoi se raccrocher.

Mais Manuela Heredia, la mère de Soléa, avait si peu à voir avec Moira Craftsman qu'Atticus eut le plus grand mal à considérer qu'elles appartenaient l'une et l'autre à la même espèce – celle des « mères ». Après avoir couvert sa fille de baisers comme si elle revenait d'une guerre où on l'aurait donnée pour morte, Manuela s'attaqua à Atticus. Ses bras replets lui enlacèrent le cou, sa bouche effleura la commissure de ses lèvres. De sa vie, l'Anglais n'avait jamais connu une expérience aussi proche du viol. En aucun cas sa propre mère ne l'avait serré ainsi dans ses bras. Pas même quand il était bébé.

— Quel bonheur, quelle joie ! s'époumonait Manuela pour que tout le quartier sache que Soléa était revenue.

Grand-mère Remedios apparut à la porte, attirée par le bruit. La cérémonie de bienvenue se répéta, agrémentée cette fois des caresses prodiguées par la vieille femme vêtue de noir, à qui il manquait quelques dents et dont d'autres brillaient d'un éclat d'or pur. Elle portait un tablier blanc taché d'huile, sentait la farine et la ciboulette, la cuisine au feu de bois.

— C'est quoi votre nom déjà ? Tico, c'est ça ? le baptisa-t-elle en le libérant de son étreinte.

Ils traversèrent le jardin parmi les treilles de la vigne et les branches des citronniers, trébuchèrent sur des pots de géraniums, effarouchèrent un chat gris et un canari jaune et grimpèrent les marches carrelées jusqu'aux deux grandes jarres en terre cuite qui encadraient la porte d'entrée comme des sentinelles armées jusqu'aux dents.

À l'intérieur, la pénombre grouillait de monde : trois cousins, deux oncles, un ivrogne, les sœurs de Soléa, son frère Tomás, la mère d'Arcángel, qui était venue chercher du sel et était restée déjeuner, trois ou quatre gamins turbulents et une copie conforme de Remedios prénommée Dolores. La table était dressée, avec les assiettes en céramique, la marmite au centre, le chevreau rôti, les tomates assaisonnées, les patates assaisonnées ; là-bas, on assaisonnait même les olives, charnues, vertes, des olives des champs, et on buvait du vin coupé au soda. « De l'eau ? Vous avez de ces idées. On n'est pas des grenouilles. Vous préférez pas un Coca ? C'est bien les touristes, ça. Sans vouloir vous vexer, hein. Mais on voit bien que vous êtes pas d'ici. Faudrait pas que la morue passe mal, *míster.* »

La télévision était allumée, à plein volume, dans un coin de la pièce, comme un tableau que personne ne regarde mais qui existe et c'est tout ce qu'on lui demande. Qu'est-ce que ce serait, une maison sans télé ? Et sans canapé ? Sans escalier étroit menant à l'étage ? « Voilà votre chambre, *míster.* Et toi, sors de là ou je t'en mets une, c'est la chambre de *míster Crasman.* » Un lit à barreaux de fer, avec un sommier métallique et une couverture en crochet – « tricotée par ma mère » –, des murs tapissés de photos, une fenêtre au cadre de pin, des poupées en robes à volants sur le banc, une armoire de grand-mère et une collection d'éventails.

— Reposez-vous donc un peu, *míster Crasman*, ce soir, c'est *jarana.*

— *Jarana ?*

Soléa était restée en bas, à table, et riait comme Atticus n'avait pas vu une femme rire depuis longtemps, en racontant à ses sœurs les dernières nouvelles de Madrid. Une Madrid qui n'était autre qu'une extension de l'Albaicín, avec les mêmes noms et les mêmes visages, car bien des jeunes avaient quitté Grenade pour la capitale et vivaient à présent en banlieue.

— Mais si votre mère et votre grand-mère ne savent pas que l'on vient, avait protesté Atticus à la porte, elles n'auront sûrement pas prévu à déjeuner pour nous et elles ne m'auront pas préparé de chambre. Mieux vaut qu'on trouve un petit hôtel...

— Écoutez, monsieur *Crasman*, avait répliqué Soléa, mains sur les hanches, je ne sais pas comment ça se passe en Angleterre, mais ici, à Grenade, on met la table sans faire tant de calculs ou de manières. On sort la marmite, on fait chauffer les pâtes, la viande ou n'importe quoi, et on met les chaises autour de la table. Si on est dix, on en met dix ; si on est quinze, on en met quinze, et puis on mange. Et il y a toujours assez pour tout le monde.

Atticus se prépara un thé à l'eau du robinet, qu'il but d'un trait. Il s'allongea sur le lit en se disant qu'il serait vite rentré chez lui. Dès qu'il parviendrait à convaincre grand-mère Remedios que le contenu de ce fameux coffre était un trésor, une découverte digne de figurer au patrimoine mondial de l'humanité.

Il faudra bien choisir mes mots, songea-t-il, puis il s'endormit et rêva qu'une tribu de cannibales le plongeait dans une marmite d'eau bouillante.

Au bout d'un moment, Soléa monta l'escalier sur la pointe des pieds et posa l'oreille contre la porte derrière laquelle Atticus ronflait comme un ours dans sa caverne. Quand elle jugea qu'il dormait assez profondément et ne risquait pas de l'entendre, elle composa le numéro de *Librarte* et attendit.

— Berta? murmura-t-elle en serrant le portable contre sa joue. C'est Soléa. Juste pour te dire que pour l'instant, le plan marche comme sur des roulettes. On est chez ma mère.

— Bien joué, ma belle! répondit sa cheffe sur le même ton. Allez, raconte-moi tout.

29

Après l'effraction au 5 de la rue de l'Alamillo, l'inspecteur Manchego commença à nourrir le désagréable soupçon que son complice, le serrurier, l'avait roulé comme un bleu. Une nouvelle perquisition de l'appartement eut lieu, moins précipitée que la première, à laquelle participèrent plusieurs policiers spécialisés dans les cambriolages et qui permit de déterminer qu'il n'y avait pas d'autres empreintes dans l'appartement que celles de M. Craftsman, de Susana et de Manchego lui-même. Aucune trace du dénommé Lucas.

Par ailleurs, l'inspecteur tentait depuis plusieurs jours de joindre son complice sur son portable, mais tombait chaque fois sur une voix de robot l'assurant que ce numéro n'appartenait à aucun abonné.

Les pièces du puzzle se mettaient en place d'elles-mêmes. Tout s'emboîtait parfaitement.

Primo : le prétendu serrurier était incapable d'ouvrir une porte discrètement, ce qui indiquait qu'il n'était probablement pas un foutu serrurier.

Secundo : la façon dont ils s'étaient rencontrés, par hasard, en pleine nuit, ivres morts, et ce bout de papier où il avait noté son prénom et son numéro de téléphone sans aucune autre indication laissaient penser à Manchego que le type ne s'appelait même pas Lucas et qu'il n'aurait aucun moyen de le joindre une fois qu'il se serait débarrassé de la carte SIM de son téléphone, ce qu'il avait probablement déjà fait.

Tertio : le gars était futé. Manchego était pieds et poings liés : il ne pouvait pas enquêter sur l'affaire sans s'accuser lui-même de perquisition illégale, d'usage d'une arme réglementaire en dehors des heures de service, et sans sombrer dans le ridicule le plus total.

Arrivé à cette conclusion, Manchego prit la décision d'explorer une nouvelle piste, personnelle et confidentielle, sans doute liée à l'affaire Craftsman, mais qui ne figurerait jamais dans aucun compte-rendu. Cette enquête, que l'inspecteur baptisa « Dossier X », aurait pour objet de découvrir la véritable identité de Lucas et de déterminer la nature de ses liens avec le n° 5 de la rue de l'Alamillo. Pour l'instant, il n'en dirait rien à Marlow Craftsman, parce qu'il se pouvait aussi que Lucas ait eu des motivations étrangères à l'affaire. Que, par exemple, cet appartement inoccupé depuis des mois soit utilisé pour dissimuler ou trafiquer de la drogue.

Faute d'une meilleure idée susceptible de le mener à de nouveaux indices, il se décida à rappeler Berta Quiñones, la directrice de *Librarte*, qui était apparemment le seul lien existant entre le jeune Craftsman et l'appartement en question.

Lors de leur première entrevue, il l'avait trouvée plus maligne qu'il n'y paraissait. Elle pesait bien ses mots et savait se taire quand il le fallait. Au point qu'à un moment, il s'était demandé si elle n'avait pas quelque chose à cacher.

— Donc vous ne savez pas où peut bien se trouver M. *Crasman* ? lui avait-il demandé en la regardant droit dans les yeux.

— Non, je n'en ai pas la moindre idée, avait-elle répondu sans détourner le regard.

Ces yeux, sombres comme le fond d'un ravin, ronds comme ceux d'un oiseau nocturne, manifestement myopes, lui avaient semblé étrangement familiers. Ils étaient restés gravés dans sa mémoire, cette prodigieuse mémoire photographique dont il se vantait toujours auprès de ses amis – « moi, j'oublie jamais un visage » –, parce que son subconscient avait décidé de les archiver dans le disque dur de son cerveau de détective aguerri, au cas où il en aurait besoin plus tard pour résoudre l'affaire.

Cette fois, Mlle Quiñones était seule lorsqu'elle le reçut, à vingt heures passées, dans son petit bureau de la Calle Mayor.

— J'ai dit aux autres de rentrer chez elles, expliqua-t-elle en lui servant du thé dans une tasse en porcelaine. Elles sont très affectées par l'histoire de la disparition de M. Craftsman et tous ces interrogatoires. Pardonnez-moi, inspecteur, mais je dois vous dire que vos méthodes manquent de délicatesse. Nous avons l'impression d'être sur la liste des suspects.

— Pour l'instant, cette liste n'existe pas, Mlle Quiñones.

— Vous pouvez m'appeler Berta.

— Berta.

— Je suppose que vous venez pour le cambriolage de l'appartement de Susana.

— Vous êtes déjà au courant ?

— Bien sûr, inspecteur.

— Appelez-moi Manchego.

— Manchego.

Ils prirent tous deux une gorgée de l'Earl Grey qu'Atticus avait laissé dans la cuisine du bureau. Il était très fort et très chaud. Très réconfortant pour une froide soirée de novembre.

— Pardonnez-moi de vous le dire, Manchego, mais j'ai trouvé vraiment curieux que vous soyez passé par hasard à cet endroit précis justement au moment où se produisait l'incident.

— Je comprends.

— Vous savez, je ne crois pas tellement au hasard, poursuivit Berta. J'ai toujours pensé que les choses arrivaient pour une quelconque raison. Il y a quelques années, j'ai lu un livre qui défendait cette théorie. Par exemple : ce n'est pas un hasard que vous ayez été chargé de l'affaire, ni qu'on se soit rencontrés, ni qu'on soit en train de prendre le thé ce soir.

— Ah oui ?

— D'après le livre en question, non. Ce rendez-vous, expliqua Berta, fait partie d'un plan global. Il est nécessaire pour nous deux que tout cela arrive. Vous comprenez ? J'ai peut-être un rôle important à jouer dans votre destin ou vous dans le mien.

Manchego posa sa tasse sur la soucoupe et leva la tête. L'espace d'un instant, ses yeux croisèrent ceux de Berta Quiñones. À nouveau, ils lui semblèrent familiers. Comme un rêve qu'il aurait oublié. Comme un souvenir perdu.

— À vrai dire, dit l'inspecteur, vous me rappelez quelqu'un.

— Foutaise ! répondit Berta en rougissant. Vous êtes simplement influencé par ce que je disais. C'est comme la théorie de la prophétie autoréalisatrice de Merton. Vous connaissez ?

— Non.

Berta Quiñones se lança dans un exposé détaillé de l'œuvre de Robert K. Merton, que Manchego écouta attentivement sans dire un mot en sirotant son thé. Il ne fit pas tellement d'effort pour comprendre cette théorie dont Berta parlait avec tant de passion, mais certains termes piquèrent sa curiosité.

— C'est une théorie très intéressante, déclara finalement l'inspecteur. Et vous êtes une femme très cultivée, Berta.

— Ne dites pas de bêtises, répondit-elle, flattée. Je suis une fille de la campagne. Je viens d'un petit village de la sierra de Cameros.

— Moi aussi! s'exclama Manchego, ouvrant des yeux comme des soucoupes.

— Ortigosa, dit-elle.

— Nieva! répondit-il.

Soudain, l'affaire avait pris un virage à cent quatre-vingts degrés. Berta et Manchego se levèrent et chacun perçut en l'autre sa propre surprise. Ils se retinrent de se tomber dans les bras en sautant de joie. Finalement, ils se contentèrent de glousser comme des adolescents et de se scruter des pieds à la tête, cherchant dans leur apparence d'aujourd'hui – elle, mûre et replète; lui, costaud avec un peu de ventre – les traces de leur jeunesse d'hier. Ils ne purent y reconnaître qu'un certain éclat dans leurs yeux et la courbe d'un sourire.

— J'étais sûr que je te connaissais de quelque part! cria presque l'inspecteur, tutoyant involontairement Berta pour la première fois. Tu es la gamine de la fenêtre. Celle de la maison en face du télégraphe. Celle avec les lunettes et les nattes. Je t'ai cherchée pendant des mois.

— Moi?

— Oui. C'est pour ça que ton nom me disait quelque chose. « Berta Quiñones », j'avais presque oublié. Le cambriolage du bureau de poste de ton village a été ma première affaire. Je sortais juste de l'école de police et on me l'a confiée parce que je vivais dans le coin. Il se trouve que tu étais le témoin le plus probable du vol. Tu passais ton temps à surveiller le bâtiment.

— De l'eau a coulé sous les ponts depuis, dit Berta.

— Je ne t'ai jamais retrouvée, reprit l'inspecteur. En fin de compte, l'affaire s'est résolue toute seule. Enfin, avec l'aide du postier, le père de la fille qui s'est enfuie avec son petit copain et l'argent, je ne sais pas si tu l'as su.

— J'ai appris ça, oui, répondit Berta. Mais ça faisait déjà

cinq ans que j'avais quitté la maison. J'étais en fac de philologie, à Madrid. Je n'aurais sûrement pas été d'une grande aide.

Le thé refroidissait. Manchego porta à nouveau la tasse à ses lèvres car il avait l'habitude de boire pour s'éclaircir la voix, mais cette fois le breuvage lui parut amer et déprimant. Il plissa le nez et se força à boire. Il toussota.

— Berta.

Il se surprit lui-même en s'entendant poursuivre :

— Qu'est-ce que tu dirais si je t'invitais à dîner ?

30

Berta jugea que le marché de San Miguel serait l'endroit idéal pour un dîner improvisé à la bonne franquette. Il se trouvait à la parfaite distance du bureau, permettant de s'y rendre à pied au lieu d'emprunter la voiture de police qui attendait au coin de la rue, avec un autre agent au volant. Elle aurait été mortifiée de devoir s'asseoir sur le siège arrière, celui des prisonniers, et expliquer au collègue de Manchego qu'il serait bien aimable de ne pas les déposer au commissariat, mais plutôt dans un petit restau intime où dîner aux chandelles en papotant.

Rien de mieux que l'ancien marché où l'on mangeait debout, en picorant d'un stand à l'autre, comme des moineaux. Une portion de jambon Serrano par-ci, des *croquetas* par-là, quelques moules gratinées, une demi-bouteille de vin rouge...

Berta et Manchego s'installèrent face à un comptoir débordant de tapas, sur des tabourets de bar, un pied sur la barre dorée, l'autre au sol, comme s'ils se tenaient prêts à partir en courant.

Ni l'un ni l'autre n'avait l'habitude de dîner dehors. Ils étaient plutôt du genre à boire une bière ou à jouer aux cartes avec les copains après le boulot, puis à rentrer seuls chez eux :

pantoufles et pyjama, télé ou bon bouquin, sandwich chaud, draps frais, pipi, Notre Père et insomnie au milieu de la nuit.

— Moi aussi, une fois, j'ai résolu un mystère, dit Berta avec un petit rire. C'était effrayant.

— Raconte.

— Je devais avoir dix ou douze ans. J'étais toute seule à la maison. Dehors, il faisait noir, et j'attendais que mes parents rentrent pour pouvoir m'endormir tranquillement, quand soudain, j'ai entendu frapper à la porte. Je me suis penchée à la fenêtre mais je n'ai vu personne, donc je suis retournée me coucher. Mais quelques secondes plus tard, ça a encore frappé. Cette fois, je suis sortie du lit et j'ai rampé jusqu'à la fenêtre. Là, je suis restée immobile, complètement immobile, en attendant de voir qui c'était. Alors, j'ai vu que le marteau se soulevait tout seul et cognait la porte sans que personne n'y touche. J'étais pétrifiée.

— Vraiment bizarre.

— Évidemment, j'ai pensé que c'était un fantôme. Qu'est-ce que ça pouvait être d'autre ? Pas le vent, en tout cas, le marteau était en fer. J'ai cru mourir de peur. J'étais gamine, il n'y avait personne...

— Je comprends.

— J'ai pris une vieille cruche en porcelaine, comme celles dont on se servait dans le temps pour faire sa toilette, avec une petite bassine et tout. Quand le marteau s'est soulevé à nouveau, je l'ai lancée par la fenêtre, en espérant qu'elle atterrirait sur la tête du fantôme, de l'homme invisible ou de je ne sais quel triste individu qui s'amusait à me faire peur.

— Tu étais une petite fille très courageuse.

— Pas du tout. J'étais une froussarde, je n'osais même pas courir devant le taureau de feu à la fête du village. Je me mettais au balcon de l'auberge pour regarder et les autres gamins me traitaient de poule mouillée.

— Laisse-moi deviner, la coupa l'inspecteur en lui prenant instinctivement le bras. N'en dis pas plus. Tu me permets d'essayer de résoudre l'affaire en utilisant la déduction et la logique ?

— Comme Sherlock Holmes ?

— Ou comme l'agent Grissom, dans *Les Experts*.

— Très bien, vas-y.

— Voyons voir, fit Manchego en s'éclaircissant la gorge. Pour commencer, ta maison était la première du village, pas vrai ?

— Oui.

— Et si je me rappelle bien, de l'autre côté de la rue, il y avait des vergers.

— Exact.

— Et tes parents étaient sortis.

— J'étais seule à la maison. Effrayée.

— Et tu étais peureuse.

— J'avoue.

— Et les autres gamins se moquaient de toi.

— Parfois, oui.

— Alors le mystère est résolu, déclara Manchego. Ça m'aura pris une minute, mademoiselle. Voici ma conclusion : un vaurien avait attaché un fil au marteau et le tirait depuis le verger d'en face, où il était caché. Je me trompe ?

Berta ouvrit des yeux ronds. Elle leva son verre de vin et trinqua avec l'inspecteur.

— Bien vu, reconnut-elle. J'ai mis beaucoup plus de temps à comprendre. Non seulement j'ai lancé la cruche, mais aussi un seau d'eau chaude, un tabouret en bois et deux paires de chaussures. Je ne me suis aperçue qu'il y avait un fil qu'après avoir balancé une couverture, qui est restée pendue comme sur une corde à linge.

Ils éclatèrent de rire et se mirent à évoquer leurs souvenirs en commun, ceux de deux gosses grandis sans le savoir au cœur des mêmes collines, qui avaient cueilli les mêmes fraises sauvages et croisé les mêmes vaches sur les mêmes sentiers, dérapé sur les rues pavées l'hiver et barboté dans la même rivière l'été, pêché des têtards dans les mares gelées et fait la sieste à l'ombre des mêmes chênes, mangé leur soupe et bu au *porrón*, acheté du pain chaud et du lait frais en regardant passer l'autocar avec le même espoir dans les yeux, celui d'y monter un jour et d'aller courir le monde, même si l'univers connu s'achevait à Logroño et qu'il y avait au-delà des dangers inimaginables. Le patois qu'ils avaient employé jusque-là sans rougir disparut de lui-même lorsqu'ils arrivèrent à Madrid, où nul n'aurait pourtant songé à les juger car dans toute la ville il n'y avait personne qui ne regrettât secrètement son village natal.

Quand l'inspecteur Manchego rentra chez lui après avoir raccompagné Berta jusqu'à la fameuse rue de l'Alamillo, il prit conscience que, pour la première fois depuis longtemps, il était redevenu ce soir-là le gamin de Nieva de Cameros qui désirait par-dessus tout être policier.

Et qui y était parvenu.

Devant le miroir, il adressa un sourire satisfait à son reflet et se promit, la prochaine fois, d'interroger Berta sur Lucas et son éventuel lien avec l'affaire Craftsman. Puis il réalisa que ce serait déjà, officieusement, leur troisième rendez-vous, et se dit qu'il serait peut-être temps d'essayer de se rappeler comment on embrasse une femme.

— Dis voir, Manchego, lui avait demandé Berta avant de prendre congé d'une poignée de main et d'un timide « bonne nuit ». Tu te rappelles le nom du gars qui avait volé l'argent du bureau de poste ?

— Rubén je ne sais plus quoi, avait-il répondu.

— Presque ! avait-elle lâché sans le vouloir. Et toi ? C'est quoi ton prénom ?

— Alonso.

— Hé ! Comme Don Quichotte !

31

Le Pirate, lui, savait embrasser.

On aurait même pu dire que César Barbosa était né pour ça. Pour deviner le genre de baiser le mieux adapté à chaque femme. Timide, audacieux, brutal ou espiègle… Il adorait éblouir ses conquêtes grâce à ce don du ciel.

Avec María, il opta pour un premier baiser prudent. À pas de velours, il aborda sa bouche, caressa doucement ses lèvres et s'y attarda un instant, attendant sa réaction pour passer à l'attaque. Ses mains se posèrent sur sa taille, descendirent lentement sur ses hanches jusqu'à la courbe de ses fesses. Il glissa une jambe entre les plis de sa jupe, la pressa contre lui, sa barbe frôlant sa joue, puis s'interrompit pour s'assurer qu'il avait remporté la première bataille. María avait la bouche ouverte et les yeux clos. Alors, ce fut la guerre, sa langue se rua hors de sa cage comme une bête sauvage, se contorsionna, griffa, lacéra, conquit l'espace et le temps, l'air et la lumière.

Ce premier baiser contre le mur de l'église San Ginés, non loin du bureau, fut inoubliable. César avait posé son casque sur le siège de sa moto après avoir emmené María faire un tour, comme s'il était venu la chercher à la sortie du lycée et qu'ils se faisaient leurs adieux à la porte de chez ses parents. Comme s'ils avaient vingt ans et non trente-cinq, qu'elle n'avait pas un mari, trois enfants, une maison, des courses à faire et un poids sur la conscience.

Au début, María s'était juré que son histoire avec César Barbosa ne durerait que le temps d'un week-end, celui que Bernabé passait chaque année à Zamora, chez sa mère, qui ne pouvait pas voir sa belle-fille en peinture sous prétexte qu'elle avait mis le grappin sur son fils, lui qui était promis à un si brillant avenir. Mais le dimanche passa, et le lundi, César Barbosa se présenta dans les bureaux de *Librarte* avec une nouvelle facture et une autre invitation.

Ils commencèrent donc à se voir en cachette, dans un petit hôtel discret, à l'heure du déjeuner. Deux ou trois fois par semaine, parfois plus. Et bêtement, stupidement, neuf mois avaient passé depuis ce premier baiser si prudent.

La première à remarquer la lèvre tuméfiée de María fut Gaby, parce qu'elle travaillait en face d'elle, table contre table, et que depuis sa conversation avec Berta, elle ne pouvait la quitter des yeux. Elle ne l'observait pas : elle la scrutait. Gaby, elle, ne tromperait jamais Franklin Livingstone. Pas pour tout le stupre ni pour tout l'or du monde.

— Asunción, tu as vu la lèvre de María ?

Asuncíon lui avait demandé tant de fois pardon pour sa gaffe du biberon et de la tétine qu'il ne lui manquait plus qu'à se flageller publiquement. Gaby avait reçu des fleurs, des bonbons, des cadeaux, des excuses, des baisers, des larmes... Bien sûr, elle lui avait aussitôt pardonné. La pauvre, elle l'avait même consolée. « Comment tu aurais pu savoir ce qui se passait ? C'est notre faute, ne pleure pas, on aurait dû te mettre au courant depuis le début. » Puis Berta et elle avaient lâché le morceau, avec le plus grand tact : « Elle le fait cocu depuis neuf mois, non mais regardez-moi cet air innocent, et en prime elle prétend que c'est pour son bien. »

— Sa lèvre ?

Asunción passa la tête par la porte de la cuisine, où elle tenait une discrète réunion avec Gaby, qui lui avait donné rendez-vous par mail à la cafétéria.

— Regarde-la, on dirait Angelina Jolie.

Asunción ne put que donner raison à Gaby. Berta, elle, ne s'était aperçue de rien. Depuis quelques jours, elle semblait avoir la tête ailleurs. Elle était lointaine, distraite. Les filles mettaient ça sur le compte de son inquiétude pour l'avenir de *Librarte*, même si elles avaient aussi noté que, de temps à autre, leur patronne détournait les yeux de son écran et regardait vers la fenêtre en souriant.

— Oui, c'est vrai, elle est enflée, répondit Asunción. On lui demande ce qui s'est passé ?

— Pas question, dit Gaby. Il l'a sûrement mordue.

— Qui ? Son amant ?

— À ton avis ? Pas Bernabé, quand même. Un suçon, après quinze ans de mariage raté, ça n'aurait aucun sens.

— À moins qu'elle se soit pris un coup.

La première, en revanche, à remarquer son coquard à l'œil droit fut Berta, lorsqu'elle ouvrit la porte à María qui entra en pleurant toutes les larmes de son corps. Impossible de le rater. On aurait dit un panda.

Elles appliquèrent de la glace sur l'hématome de María, lui servirent un verre d'eau, l'installèrent sur le rocking-chair de Berta et attendirent en silence qu'elle leur raconte enfin la vérité : que César Barbosa était le pire salopard que la terre ait jamais porté.

— Qu'est-ce que je vais dire à Bernabé ? se lamenta María en se couvrant le visage de ses mains.

— Que c'est moi qui t'ai frappée! proposa Asunción. Par accident, bien sûr, ajouta-t-elle aussitôt, modérant son enthousiasme.

L'histoire avait commencé à tourner au vinaigre dès lors que María avait eu la mauvaise idée de confier au Pirate les intentions de Craftsman. La nouvelle qui, après tout, ne concernait pas directement Barbosa, le mit dans une rage telle que le soir même, à la terrasse du café de la rue de l'Alamillo, il la frappa au visage en lui reprochant d'être incapable de garder ce boulot ou n'importe quel autre. Elle n'était qu'une idiote, lui dit-il, une bonne à rien.

C'est vrai, convint-elle.

La gifle lui fit mal. Mais moins que la peur de le perdre. Qu'avait-elle à lui offrir? Elle n'était plus une jeune fille avec un corps irrésistible et pas non plus une femme mûre assez riche pour satisfaire tous ses caprices. Elle n'était qu'une mère de famille désespérée, une Francesca de pacotille qui, faute d'avoir su mettre fin à temps à leur liaison, l'avait laissée se transformer en une dangereuse addiction. Si César Barbosa la quittait, María perdrait son centre de gravité. Si en plus elle se retrouvait au chômage, elle ne s'en relèverait jamais.

Depuis cette première gifle, le Pirate s'en était régulièrement pris à elle après l'amour, sortant ses crocs comme un serpent. Parfois, il se contentait de menaces. D'autres fois, il passait à l'acte et frappait, griffait, tandis qu'elle sentait son âme s'échapper par ses blessures, aussi légère que l'air d'un ballon de baudruche qui se dégonfle. Il la tuait à petit feu.

Elle répétait à Barbosa qu'il avait raison de la traiter ainsi. Et à Bernabé, elle prétendait s'être inscrite à un cours d'autodéfense.

Mais la raclée qu'il lui infligea ce jour-là fut la pire de toutes. Ils s'étaient retrouvés dans leur chambre habituelle. Quand elle fut déshabillée, il se jeta sur elle et l'envoya valser sur le matelas anonyme avant de faire son affaire à la hâte et de la laisser vaincue entre les draps. Enfin, il enfila son jean, son ceinturon et ses bottes pointues, et se mit à la frapper à coups de poing. Elle avait le dos couvert de bleus, le visage tuméfié, la peau en lambeaux.

— Tu dois porter plainte, immédiatement, affirma Berta. J'appelle l'inspecteur Manchego pour qu'il vienne constater tes blessures avant qu'elles disparaissent.

— Bon Dieu, non ! Tout mais pas ça ! la supplia María. Il ne faut pas que Bernabé l'apprenne.

— Bernabé n'a pas besoin de savoir, répliqua Berta. Mais ce salopard doit aller en prison.

— Non, Berta, je t'en prie, dit María, en pleurs. Je ne veux pas porter plainte. Tout est de ma faute.

María les supplia tant et si bien de garder le secret que ses trois collègues n'eurent d'autre choix que de se plier à sa volonté. Si elle refusait de porter plainte contre César Barbosa, elles ne pouvaient rien contre lui.

— Par contre, annonça Berta, si cette ordure s'avise de ramener sa sale gueule par ici, je lui balancerai moi-même mon presse-papier à la figure.

— Et moi des ciseaux, ajouta Asunción.

María appela Bernabé pour lui dire qu'en l'absence de Soléa, qui se trouvait en reportage à Grenade, elle devait partir d'urgence à Barcelone couvrir l'agenda culturel de la semaine et ne serait pas de retour avant quatre jours. Bernabé demanda s'il pouvait laisser les enfants au bureau après l'école. Elle dit que oui puis s'en fut avec Berta, qui avait offert de l'héberger le temps qu'elle se remette.

32

— Et toi, qu'est-ce qui ne va pas ? demanda Asunción à Gaby quand María et Berta furent parties.

La capacité d'Asunción à gérer différents déboires amoureux en même temps était hors du commun. Dans cette pagaille, tout en prêtant l'oreille aux malheurs de María, elle avait surveillé du coin de l'œil Gaby, qui semblait abattue et restait étrangement silencieuse. La jeune femme, pourtant de nature curieuse, n'était pas intervenue une seule fois dans la conversation. Elle était restée à distance, comme une observatrice de l'ONU, sans poser de question ni faire de commentaire, les yeux baissés, passive, feignant un intérêt qu'elle ne ressentait pas.

— Moi ? Comment ça ? répondit Gaby en sursautant.

— Quelque chose ne va pas. Ne me dis pas le contraire, je te connais.

Alors, Gaby s'effondra comme les tours du World Trade Center, gravats, poussière et victimes comprises. Ainsi fut sa chute.

Asunción se mordit la langue et regretta de s'être mêlée de ce qui ne la regardait pas : chacun sa vie, Asunción, ta gaffe sur la grossesse ne t'a pas suffi ?

Après des excuses et des torrents de larmes, Gaby parvint

à lui raconter, entre deux sanglots, que Franklin projetait de retourner en Argentine.

— Eh bien quel est le problème? Pars avec lui, répliqua Asunción. C'est le bon moment : tu vas perdre ton boulot, tu es libre comme l'air, tu n'as pas d'enfants qui te retiennent à Madrid. Qu'est-ce qui t'empêche de le suivre?

— Franklin. Il dit qu'il veut partir seul.

— Sans toi?

— Évidemment, sans moi. Dans notre cas, « seul », ça veut dire sans moi.

La tragédie s'était nouée le matin même. Comme tous les jours de leur vie commune, Franklin s'était levé le premier, avait mis du pain à griller, préparé le café, fait chauffer du lait et était retourné au lit pour réveiller Gaby avec un baiser.

Il l'avait trouvée en larmes.

Elle lui avait alors raconté qu'elle venait de rêver de son bébé. Qu'elle pleurait de joie, parce qu'elle était certaine qu'il s'agissait d'un rêve prémonitoire : son corps savait que bientôt, très bientôt, elle serait enceinte. Puis, toujours en larmes, elle l'avait embrassé et lui avait redit combien elle l'aimait.

— Et alors comme ça, de but en blanc, Franklin me sort : « Écoute, *flaca*, je crois qu'il vaut mieux pour nous deux que je retourne en Argentine. »

— Quoi? Comment ça mieux pour vous deux?

— C'est pile ce que je lui ai dit, Asunción : qu'est-ce que c'est que cette connerie?

Franklin Livingstone n'ignorait pas que son avenir en Argentine, loin de Gaby, se résumerait à une rue froide et solitaire, de vieux cartons, une bouteille de gnôle et une mort lente et douloureuse, emplie de souvenirs qui finiraient par se confondre avec ses visions d'ivrogne. Mais il savait aussi que le temps était venu de se séparer de Gaby pour lui permettre de devenir mère.

Il pleura, lui aussi.

— Mais vous êtes débiles, tous les deux, ou quoi ? explosa Asunción, qui avait repris du poil de la bête après avoir secoué María. Je n'ai jamais vu un couple aussi amoureux que vous. Et pourtant, au lieu de profiter tranquillement l'un de l'autre, vous passez votre temps à chercher des problèmes là où il n'y en a pas. Vous voulez des enfants ? Très bien, alors adoptez-en, le monde est rempli de bébés qui attendent de trouver des parents capables de les aimer. Tu crois vraiment qu'il n'y a qu'une seule façon d'avoir des enfants ? Erreur, ma chère, les enfants débarquent dans nos vies pour un tas de raisons. Ma tante Paca, par exemple, célibataire et heureuse de l'être, s'est occupée de moi et de mes deux frères quand nos parents sont morts. Paf, finie la paix. Eh bien figure-toi qu'elle a été une mère formidable, alors qu'elle n'avait jamais envisagé de fonder une famille.

— Oui, mais moi, ce que je veux, c'est avoir des enfants de Franklin, répliqua Gaby.

— Ils seront de lui, Gaby, autant que de toi. Ils auront même l'accent argentin.

Les larmes de Gaby se tarirent enfin. Elle se leva, déposa un baiser sur la joue d'Asunción et quitta le bureau pour aller retrouver Franklin Livingstone, l'amour de sa vie.

Asunción éteignit les lumières, débrancha l'imprimante et vida le café dans l'évier. Aucun doute, la journée de travail était terminée. À dix heures et demie du matin, elle n'avait plus rien à faire. Les enfants grandissent trop vite, regretta-t-elle, puis elle se souvint que dans quelques jours la demi-sœur de ses fils fêterait son anniversaire. Elle décida de se rendre au Corte Inglés pour lui acheter l'une de ces poupées qu'elle-même aimait tant quand elle était petite. « Dites-lui que c'est de la part de tata Asunción, qui l'aime beaucoup et lui fait plein de bisous », leur dirait-elle, comme toujours, attendant secrètement le jour où son ex-mari et sa femme se sépareraient, ce qui ne manquerait pas d'arriver tôt ou tard, et où, vu l'incapacité du père de ses enfants à pouponner, elle pourrait s'occuper de la petite un week-end sur deux.

33

L'un des cousins de Soléa – du moins l'appelait-elle comme ça, mais Atticus commençait à avoir des doutes sur la réalité que recouvrait le terme dans le clan Heredia – dirigeait une affaire dans le quartier du Sacromonte. Il s'agissait d'un cabaret de flamenco pour touristes, aménagé dans l'une des grottes blanchies à la chaux à flanc de colline, avec une petite scène et des tables en bois fleuries.

— C'est là que vivaient mes arrière-grands-parents, expliqua Soléa en désignant l'endroit. Ils ont eu quinze enfants, dont neuf vivants. Ma grand-mère Remedios était l'aînée. Au fond, il y avait la cheminée, et au milieu, les tapis où ils dormaient. Comme il n'y avait pas l'eau courante, on la faisait venir à dos d'âne, dans les grandes jarres que vous avez vues chez ma mère. Toute la journée, il descendait à la rivière et remontait, en haut, en bas, en haut, en bas. Il s'appelait Jenaro.

— Votre arrière-grand-père ?

— Non, l'âne !

Soléa éclata de rire.

Elle n'avait pas arrêté de rire depuis leur arrivée en Andalousie. Elle était comme une fleur dont les racines auraient découvert une source miraculeuse où s'abreuver pour s'épanouir.

— Jenaro a vécu quinze ans avec eux, dans la maison, reprit-elle. C'était la mascotte des enfants, surtout de mémé Remedios, qui l'aimait comme un être humain. Bref, un jour, il s'est fait trop vieux pour transporter l'eau, et mon arrière-grand-père a voulu en prendre un plus jeune. Apparemment, des forains qui passaient par ici en charrette sur la route de Madrid lui ont échangé leur âne contre Jenaro, plus des chevreaux et je ne sais quoi. Ma grand-mère, la pauvre, elle pleurait comme une madeleine et ne voulait même pas entendre parler du nouvel âne, qui était noir comme la suie.

En parlant, Soléa repoussait des mèches de cheveux qui tombaient sur son front. Atticus marchait à ses côtés, à plus d'un mètre de distance, histoire de ne pas éveiller de soupçons chez ses nombreux cousins, et avait toutes les peines du monde à la suivre sur la route escarpée. Le jour déclinait sur la façade de l'Alhambra, qui prenait des nuances ambrées, comme la peau d'une gitane.

— Le nouvel âne était très malin. Tellement malin qu'il a appris tout seul comment aller à la rivière. Mon arrière-grand-père n'en revenait pas d'avoir fait une si bonne affaire. Mais un soir, il y a eu une averse. Un orage, avec des éclairs et du tonnerre, qui a surpris l'âne sur le chemin du retour. – Soléa fit une pause théâtrale. – Bon sang! De la maison, ma grand-mère a vu l'âne tout dégoulinant de peinture noire! Dessous, c'était son bon vieux Jenaro. Les forains l'avaient peint en noir et l'avaient revendu à son propriétaire!

— C'était le même âne?

— Tout pareil, monsieur *Crasman*, ce brave Jenaro en personne.

Soléa s'arrêta pour reprendre sa respiration. Elle rassembla ses cheveux en un chignon haut qu'elle fixa avec deux épingles, puis se remit à grimper, face au vent, dos à l'Alhambra, suivie par Atticus Craftsman, hors d'haleine.

— C'est drôle ? demanda-t-il timidement.

— Bien sûr que c'est drôle. Ça fait cinquante ans qu'on rigole de cette histoire, dans la famille.

— Je peux en rire, même si je ne suis pas de la famille ?

Soléa se retourna et le regarda droit dans les yeux. Elle réfléchit un instant et finit par dire :

— Vaut mieux pas.

Le frère de Soléa, son cousin Arcángel et El Potaje, le propriétaire des lieux, les attendaient à la porte, poings sur les hanches.

Les cars de touristes commençaient à faire leur apparition au bout de la rue. Atticus salua précipitamment les trois hommes et, escorté par Soléa, pénétra dans l'établissement où les danseuses, qui n'étaient autres que les sœurs et les cousines de la jeune femme, avaient enfilé leurs robes de flamenco et planté des œillets dans leurs cheveux.

La sœur de grand-mère Remedios, Dolores, trônait sur un siège, au fond de la scène. Autour d'elle, deux chaises vides, contre lesquelles étaient posées deux guitares espagnoles. Elle portait les cheveux rassemblés en un gros chignon, orné d'une énorme fleur, et des boucles d'oreilles si lourdes qu'elles semblaient près de tomber.

Le coin qui faisait office de loge était séparé de la salle par un rideau soyeux. Atticus Craftsman et Soléa Abad Heredia s'y installèrent côte à côte pour assister au spectacle, avec un pichet de vin citronné bien frais.

Une vingtaine de Japonais prirent place dans les premiers rangs ; derrière eux, quelques Américains particulièrement bruyants et au fond, trois ou quatre couples. En moins de dix minutes, la salle était pleine à craquer.

— Ce soir, c'est la Borrachita qui danse, lui expliqua Soléa. La pauvre, elle est toujours bourrée, ça remonte à l'enfance.

Une femme d'âge moyen tituba jusqu'au centre de la scène et joua des castagnettes avec une virtuosité qui impressionna l'Anglais. Puis elle se mit à danser avec beaucoup de grâce, tandis que Soléa secouait négativement la tête en chuchotant avec ses cousines.

— Elle était à la rue, vous savez, *míster Crasman*, murmura-t-elle à l'oreille d'Atticus.

Puis les plus jeunes entrèrent en scène. Les Japonais criaient *olé, olé* en prenant des photos avec leurs appareils numériques.

La tante Dolores les encourageait en battant des mains. Les filles entraient dans la loge, se changeaient – fermez les yeux, *míster* –, regagnaient la scène avec une nouvelle fleur dans les cheveux, d'autres chaussures et le même regard de tigresse.

Le spcctacle se termina deux heures plus tard. Les touristes quittèrent les lieux, satisfaits, et Atticus se leva pour partir.

— Vous allez où, *míster Crasman*? s'étonna Soléa. C'est maintenant que ça va commencer, quand tous les touristes seront partis. Enfin, je ne parle pas pour vous, hein.

Il était minuit.

El Potaje baissa le rideau et tout le monde enleva les chaises. Arcángel prit la guitare et se plaça au centre. Il joua.

Cette fois, Atticus sentit un curieux prodige s'insinuer en lui et prendre possession de tout son corps. El Potaje se mit à frapper le *cajón*; de sa bouche édentée, la tante Dolores prononça un sortilège et s'élança dans le vide, mue par une force juvénile. Elle dansa.

Les jeunes filles, cheveux lâchés, se regroupèrent au centre de la piste, autour de la vieille femme, et dansèrent en faisant onduler leurs doigts comme des vers luisants. On sentait le sang palpiter en elles de la tête aux pieds, tandis qu'un groupe de jeunes gens, Tomás en tête, les dévoraient des yeux, des mains, de la bouche.

Atticus ne pouvait détacher les yeux de ces tailles souples ni de ces jambes qu'on entrevoyait parfois sous les volants. Les claquements de mains et de talons, la plainte de la vieille femme, le rythme de la guitare.

Petit à petit, la grotte s'emplit d'hommes et de femmes, de guitares et d'échos, au point que l'atmosphère devint irrespirable.

Sortant de sa transe, Atticus s'aperçut que Soléa n'était plus à ses côtés. Il la chercha du regard et l'aperçut dans un coin sombre de la salle. Un jeune homme la serrait de près, un bras passé autour de sa taille, et elle se laissait faire, la tête renversée en arrière. Il se pencha pour lui murmurer quelque chose à l'oreille, elle rit et porta la main à sa bouche, lui envoya un baiser.

Et Atticus Craftsman, ensorcelé par les maléfices de la musique, eut envie de le tuer de ses mains.

Il sortit dans la rue et respira l'air parfumé des flancs du Sacromonte. L'enivrante odeur mêlée du jasmin et du cestreau nocturne lui retourna l'estomac. Alors, il vit le soleil surgir de l'autre côté de la colline. L'aube le prit au dépourvu. Incapable de trouver le chemin du retour, il s'endormit au coin d'une rue, à côté d'une poubelle jaune, comme un ivrogne, maudissant entre ses dents toutes les femmes de la terre.

Il s'éveilla, le sourire édenté de grand-mère Remedios à quelques centimètres de son visage.

— Bonjour, *míster*, dit-elle avec un naturel surprenant à quatre heures de l'après-midi. Votre soupe va refroidir.

Atticus réprima un haut-le-cœur. Il se redressa à grand-peine et reconnut cette chambre, qui était la sienne, avec sa collection d'éventails et ses poupées vêtues comme des danseuses de flamenco. Le reste de la famille était dispersé dans la maison. La table était mise, les enfants chahutaient dans le patio, les jeunes filles discutaient à la fenêtre, Tomás dormait sur un canapé et Soléa lui souriait dans la pénombre. Il l'imagina au lit avec l'un de ces hommes aux traits exotiques, lui faisant l'amour avec une passion uniquement comparable à l'ardeur féline de ses cousines sur la piste de danse.

— Bonjour, *míster Crasman*, dit-elle en souriant. Contente de voir que vous avez survécu à votre première soirée à Grenade.

— Bonjour Soléa.

— C'est Tomás, mon frère, qui vous a ramené. Il vous a trouvé allongé dans la rue. Vous parliez anglais. Bravo !

— Qu'est-ce que je disais ?

— Aucune idée. Ici, la seule à se débrouiller en anglais, c'est moi, et j'étais déjà couchée.

Bien réveillé, cette fois, Atticus l'imagina à nouveau endormie.

— Je me sens terriblement honteux..., commença-t-il, mais Soléa lui posa une main sur la bouche.

— Chut..., dit-elle. Vous n'avez pas à vous excuser de vous êtes amusé. Vous savez ce qu'on dit ici ? Qu'il ne faut pas regretter un lendemain de fête.

L'après-midi passa lentement. Autant que la digestion. En début de soirée, Soléa l'emmena faire un tour. Il la suivit comme un petit chien, guidé par le vent dans ses cheveux, à travers les vieilles rues de l'Albaicín, l'écoutant raconter des histoires de famille. En arrivant au belvédère de San Miguel, elle s'arrêta à côté de lui, face à l'Alhambra, et prit une profonde inspiration.

— Bon, dit-elle, il est temps de réfléchir au plan.

— Quel plan ?

Atticus avait perdu toute notion du temps et de l'espace.

— Quel plan ? À votre avis, *míster Crasman* ? Convaincre ma grand-mère de nous laisser voir les poèmes !

— Ah ! Ce plan-là.

Atticus Craftsman n'avait élaboré aucune stratégie. Pour lui, la question se résumait à donner sa carte à la propriétaire du coffre et lui faire une offre qu'elle ne pourrait pas refuser. Naïvement, il avait cru que son déplacement à Grenade consisterait en une heure ou deux de négociations, une poignée de main et des adieux polis et distants.

Pourtant, les choses avaient radicalement changé depuis son arrivée. L'esprit du *duende*[1], un mystérieux lutin dont tout le monde parlait, s'était emparé de sa volonté au point de lui faire douter de ses intentions véritables. Depuis qu'il était là, il s'était senti transbahuté d'une scène à l'autre de la pièce sans pouvoir intervenir sur l'intrigue principale. D'une certaine façon, il était arrivé à la conclusion que le véritable trésor ne résidait pas dans les poèmes de Lorca mais dans le sang qui coulait dans les veines de ces gens.

Ce 30 mai, face au palais de l'Alhambra, Atticus Craftsman comprit qu'il n'avait eu pour l'instant qu'un avant-goût du plat, et qu'il voulait à présent le dévorer entièrement. Ne pas en laisser une miette, s'en lécher les doigts, saucer le fond de la casserole.

— Pour commencer, dit-il, il va falloir que je m'achète une guitare.

1. Le *duende* (littéralement « lutin »), est une notion complexe (et intraduisible) qui exprime, dans le flamenco notamment, un état de transe, un moment de grâce impalpable, indicible, où l'artiste transcende les limites de son art. Selon García Lorca, le *duende* s'enracine dans l'âme espagnole et exprime le « génie » du peuple andalou.

34

Le petit appartement de Berta Quiñones ne disposait pas d'une chambre d'ami ; María dut donc se contenter de dormir sur le canapé, certes, mais dans les meilleurs draps de percale et sous une couverture en mohair spécialement achetée pour l'occasion par sa très maternelle patronne dans une boutique de décoration du quartier.

Malgré la soupe et la tortilla préparées par Berta pendant que son amie prenait un bain chaud avec bougies parfumées et huiles relaxantes, celle-ci tremblait encore de froid. Elle claquait des dents et avait mal aux articulations. Emmitouflée sous la couverture, elle s'agrippa à l'oreiller comme si c'était une bouée de sauvetage qui l'empêcherait de se noyer au fond d'un lac gelé.

Berta prit place dans un fauteuil près d'elle. Jusque-là, ni l'une ni l'autre n'avait eu le courage d'entamer la conversation qui, elles le savaient toutes les deux, devrait inévitablement avoir lieu. Elles s'en étaient tenues aux mots de réconfort et aux bonnes intentions ; une tasse de lait chaud, un pyjama en coton, un peu de musique classique et quelques larmes de gratitude et de honte.

— Et donc, César Barbosa, dit finalement Berta pour briser la glace et laisser circuler la chaleur.

María ne put qu'acquiescer, les mains crispées sur sa tasse, le regard rivé au tapis.

— Quelle crapule ! reprit Berta. Je l'ai repéré dès la première fois qu'il est entré dans le bureau, mal rasé, avec son blouson crasseux, son tatouage, sa sale gueule et son casque de moto. Je ne comprends pas ce que vous pouvez bien trouver à des types comme lui. Ils ont tout sauf de bonnes intentions, c'est pourtant clair.

— Tout le monde n'a pas la chance d'être aussi futé que toi, s'énerva María. D'ailleurs, c'est pour ça que tu as toujours été célibataire.

— Eh bien mieux vaut être seule que mal accompagnée, répliqua Berta, un peu vexée. Maintenant, j'espère que tu vas mettre un point final à cette horrible histoire.

— Ce n'est pas si simple, dit María avec une boule dans la gorge. En réalité, la situation est bien plus compliquée qu'elle en a l'air. J'ai voulu rompre avec César des dizaines de fois, et ça l'a rendu fou. Il refuse d'admettre qu'une pauvre idiote comme moi puisse le quitter. C'est ce qu'il m'a dit.

— Bien sûr, parce qu'il est du genre à se croire supérieur aux autres, c'est ça ?

María éclata en sanglots.

— Oh, Berta ! Dans quel pétrin je me suis fourrée !

— Désolée, María, mais sans vouloir remuer le couteau dans la plaie, j'avais raison. Rappelle-toi ce que je disais. Que tu mettais en danger ta famille, ton bonheur. Tu aurais dû m'écouter.

Épuisée par la peur et la douleur, María sombra peu à peu dans un lourd sommeil où elle se sentait étouffer, sans trouver la force de lever la tête pour respirer. Berta veilla sur elle un moment, puis commença bientôt à piquer du nez à son tour. La journée avait été intense.

En se levant pour éteindre la lumière du salon, elle s'aperçut que María s'était endormie le portable à la main. Elle le serrait avec une force surhumaine, comme si sa vie en dépendait.

Doucement, sans la réveiller, elle détacha un à un ses doigts humides de l'appareil et parvint à le libérer. Puis, tandis qu'elle s'apprêtait à l'éteindre pour le poser sur la table, elle remarqua que l'icône indiquant l'arrivée d'un nouveau message clignotait.

Approchant le téléphone de son visage, elle vit s'afficher le nom de César Barbosa. Alors, sans aucun remords présent ou futur, elle lut son ultime menace : « Je sais que tu es chez ta patronne. Si tu me balances, je vous tue toutes les deux. »

L'appareil tomba sur le sol. María émit un faible gémissement. Berta eut l'impression que toute la pièce tournait autour d'elle, comme dans un manège. Les lumières, la musique et les rires des enfants lui donnaient la nausée. Elle était vulnérable, coincée dans ce petit appartement de la rue de l'Alamillo, sans autre protection qu'un vieux verrou, une porte en bois et des voisins âgés.

Elle ramassa le portable et relut la dernière phrase : « Si tu me balances, je vous tue toutes les deux. » Penchée au balcon, elle scruta la rue en contrebas, tentant d'apercevoir la silhouette sinistre de César Barbosa, son blouson de cuir, ses bottes pointues et la boucle métallique de son ceinturon, mais la nuit était calme. Trop calme.

Elle se baissa. Sans raison particulière. Elle se baissa, tout simplement.

Accroupie, elle avança jusqu'à la table basse où se trouvait le téléphone fixe. Puis elle décrocha et composa le numéro qu'elle avait absurdement retenu, naïvement, comme une fillette qui mange des graines de tournesol sur la place du village et aperçoit soudain le garçon en culottes courtes qui la regarde, la croise à tous les coins de rue, lance des petits cailloux à sa fenêtre et rêve d'elle, crie son nom à l'écho dans le ravin puis l'écrit à la craie blanche sur le mur du verger.

— Manchego ?

— Berta ?

— Au secours, viens vite !

35

L'inspecteur Manchego était en veine : il venait de tirer deux as, et le pot, en billets de cinq, dépassait les deux cent cinquante euros. Macita avait une tête à avoir deux paires, Josi venait d'annoncer « je passe » et El Carretero bluffait, ce qu'il faisait très mal à cause d'un tic nerveux aux ailes du nez qu'il avait toujours quand il mentait. Le mouvement de soufflet de ses énormes narines ne pouvait échapper à Manchego, qui le connaissait depuis l'enfance. Donc, soit ils étaient au coude à coude, soit El Carretero était cuit, comme à l'époque où ils jouaient au mus, à l'auberge du village.

Manchego se frottait déjà les mains en savourant d'avance le bon dîner qu'il s'était promis d'offrir à Berta Quiñones, quand son portable sonna dans la poche de son pantalon.

— Décroche pas, nom d'un chien ! lança Macita.

Le pauvre se voyait déjà rafler la mise.

Manchego le regarda avec un mélange de mépris et de férocité en dégainant plus vite que John Wayne dans *La Chevauchée fantastique*, et agita l'appareil sous le nez de l'autre.

— Celui-là, il vient pas de l'épicerie du coin, Macita, dit-il. C'est un outil de travail. C'est la ligne qui sépare la vie de la mort, qui permet d'arrêter un assassin, d'éviter un drame. Et tu veux que je ne décroche pas, espèce de margoulin ? Tu peux toujours écrire « gourmet » sur ta foutue vitrine, tout ce qui t'intéresse, c'est de vendre des boîtes de thon. « Décroche pas, décroche pas », ajouta-t-il en imitant la voix un peu nasillarde de son ami. Et si c'est une histoire de drogue, ou une fusillade, ou un vol à main armée ?

Il décrocha.

— Berta ? balbutia-t-il.

— Mon salaud ! s'exclama Macita.

Le fait est que Manchego était plus doué pour dissimuler un full aux as que pour cacher ses sentiments. Ses amis avaient remarqué que quelque chose bouleversait le système émotionnel complexe de l'inspecteur depuis le jour où il était arrivé en retard en prétextant un surcroît de travail, le visage écarlate, un sourire béat et le regard absent. Il avait confondu une paire de reines avec une paire de valets, laissé la moitié de ses gambas et été à la masse toute la soirée.

— Mancheguito, dit Míguel d'un air taquin, tu es encore tombé amoureux.

— Qui ? Moi ?

L'inspecteur était un vrai cœur d'artichaut. Et en la matière, il manquait cruellement de discernement. Et de réalisme. Ses amis avaient noyé avec lui ses chagrins d'amour ; ils avaient envoyé brûler en enfer toutes les femmes de la terre, ces créatures perfides, trop belles ou trop cruelles, et s'étaient juré de ne plus jamais se faire prendre dans leurs filets. Et malgré tout, hormis Manchego, ils étaient tous mariés et avaient honteusement trahi leur serment. La dernière conquête de l'inspecteur se révéla être une arnaqueuse qui lui tira son portefeuille au premier rendez-vous. Elle s'appelait Piluca et les gars la soupçonnèrent de n'avoir pas toujours été une femme. Il n'y avait qu'à voir ses mains poilues, sa moustache rasée et la naissance de sa pomme d'Adam en haut du cou.

Manchego n'eut cependant jamais l'occasion de le vérifier car cette non-histoire se termina avant même d'avoir commencé dans ce petit restaurant où il perdit son argent, ses papiers et sa dignité.

Depuis lors, il avait veillé à rester célibataire en pensée, dans les actes et par défaut, en partie pour protéger son intégrité émotionnelle, mais aussi parce que, depuis, il n'avait rencontré aucune candidate susceptible de lui briser le cœur.

Mais Berta Quiñones, l'insignifiante directrice de la revue *Librarte*, qu'il leur avait lui-même décrite comme une femme entre deux âges, myope et plutôt rondelette, semblait, pour une étrange raison, occuper maintenant les pensées de Manchego. Il avait beau prétendre ne lui porter qu'un intérêt professionnel, ses amis – qu'il tenait au courant des progrès de l'enquête – le connaissaient suffisamment pour savoir que ce frisson qui le parcourait chaque fois que son portable sonnait trahissait autre chose. En revanche, ils ne comprenaient pas ce que leur ami pouvait bien trouver à une femme comme celle-là, à l'opposé des créatures dont il s'entichait habituellement, plus conformes aux critères de beauté des séries américaines. Il avait toujours préféré les grandes blondes voluptueuses, pas très malignes, un peu légères, avec des prénoms absurdes du genre Babi, Lucy ou Mimí, suffisamment vulnérables pour avoir besoin d'un vaillant inspecteur de police prêt à risquer sa vie pour protéger leur sac à main.

Mets donc la barre moins haut, lui disaient-ils, sinon tu finiras plus seul que Gary Cooper dans *Le train sifflera trois fois*. Tu vieilliras avant l'heure, tu prendras un tas de petites manies et à la fin, tu casseras ta pipe, comme tout le monde. Mais ils ne se rendaient pas compte qu'à tout point de vue, physique excepté, la barre était déjà si bas que pour la descendre encore, il allait falloir creuser.

Aucune femme n'avait véritablement aimé Manchego. Il avait eu le malheur de naître dans un corps sensationnel, inaccessible au commun des mortels tel que cette brave Berta, et n'avait connu jusqu'alors que l'attraction physique et la confusion sentimentale. Aujourd'hui encore, il conservait un certain charme – c'était un grand gaillard large d'épaules, aux grandes mains et aux jambes robustes –, mais les cheveux blancs avait conquis la partie de son crâne qui avait résisté à la calvitie, sa ceinture réglementaire comptait deux trous supplémentaires faits par le cordonnier du coin et il avait tendance à s'essouffler s'il faisait trop d'efforts. La bonne nouvelle, dans tout ça, était qu'à ce stade, le couple mal assorti de l'intello et du beau gosse commençait à s'équilibrer naturellement, laissant place à l'image crédible de deux membres de la même espèce avançant maladroitement de concert.

Ses amis, qui gardaient gravée sur leur rétine l'image glorieuse de l'ancien Manchego – tout comme ils se refusaient à voir dans le miroir l'effet du passage des années sur leur propre visage et leurs propres cheveux –, ne misaient pas un sou sur cette histoire. Ils écoutaient leur ami parler de l'ex-bibliothécaire ni belle ni moche, la cinquantaine bien sonnée, sans accepter l'idée qu'eux-mêmes frôlaient la soixantaine. Ils vivaient la capitulation de Manchego face à l'éventualité d'une histoire plus romantique que physique comme une défaite collective qu'ils ne pouvaient tolérer.

— Hé, Manchego, disaient-ils, y a une différence entre mettre la barre moins haut et baisser son froc.

Mais ce soir-là, à l'auberge – ainsi appelaient-ils le bistrot, comme s'ils étaient encore au village –, ils perçurent les ravages de l'amour dans les yeux plissés de leur ami, ses doigts crispés, sa bouche écumante et la promesse qu'il ne put s'empêcher de lâcher entre ses dents serrées lorsqu'il raccrocha le téléphone.

— Je vais le tuer, dit-il. Je vous jure que je vais le tuer.

— Tu vas tuer qui ? Fais gaffe à ce que tu dis, parce que si tu finis par le tuer pour de bon, on sera tous dans la merde pour t'avoir couvert, le prévint Josi, son meilleur élève.

— Un mec qui traîne dans le coin et menace des femmes sans défense, l'enfant de salaud.

L'inspecteur Manchego, dans toute sa splendeur, hissa les cent kilos de son monumental organisme, porta la main à sa ceinture, vérifia que le pistolet était à sa place, enfila sa parka imperméable doublée en Gore-Tex et partit sans dire au revoir.

— Attends, Manchego, on vient avec toi ! cria Macita, se faisant le porte-parole de ses amis qui, comme un seul homme, quittèrent la table de jeu, renversant quelques chaises au passage, abandonnèrent les cartes et l'argent sur le tapis, le suivirent dans la rue et montèrent dans la voiture, serrés comme des sardines.

Cinq messieurs aux cheveux blancs, cinq ventres proéminents – cinq jeunes gars fougueux de Nieva de Cameros, prêts à en découdre avec le caïd du patelin d'à côté qui vient foutre le bordel au bal, drague les filles, se bourre la gueule et manque de respect aux grands-mères, mais se débine à la première rouste, se chie dessus dès qu'il se trouve face aux gars du village, Macita, Josi, Míguel, El Carretero et Manchego. Comme au bon vieux temps, les vitres de la voiture embuées dans la nuit froide et le sang chaud.

36

Berta avait placé la crèche en évidence, dans un coin du salon, entre le *ficus benjamina* et la photo de ses parents. Sur un guéridon couvert de velours rouge, elle avait disposé la petite étable, le berceau vide, Marie et Joseph, les rois mages – dont le Melchior à la cape rouge –, l'âne et le bœuf, un peu de mousse, un fond étoilé, deux montagnes en liège avec de la farine pour la neige, et l'Enfant Jésus caché dans une boîte à musique qui jouait *Douce Nuit* quand on l'ouvrait.

Les larmes aux yeux, elle fit signe à Manchego de ne pas faire de bruit car la pauvre María s'était enfin endormie sur le canapé. La vision de la crèche et de Berta, démunie, innocente comme l'agneau qui vient de naître, renvoya l'inspecteur aux rues gelées de son enfance et au vin chaud sur la place du village le soir de la Nativité, chaussettes accrochées à la cheminée, chaussures neuves, ballon et circuit Scalextric.

Il avait garé la voiture sur une place interdite, à l'entrée de la rue de l'Alamillo. Macita et Josi étaient restés à l'intérieur, lumière éteinte et col de leur manteau relevé, l'un fumant une cigarette et l'autre se rongeant les ongles. Miguel et El Carretero avaient accompagné Manchego à la porte de chez Berta avant de poursuivre jusqu'au bout de la rue, où ils montaient la garde en luttant

tant bien que mal contre le froid, à l'affût du premier rôdeur dont la description correspondrait à « un mec avec une sale gueule » – la seule information dont ils disposaient concernant l'apparence de Barbosa. L'inspecteur Manchego avait grimpé l'escalier mal éclairé jusqu'au deuxième étage gauche, où il était tombé nez à nez avec une médaille du Sacré-Cœur et un heurtoir en forme de main identique à celui de sa maison de Nieva. Il y avait aussi une sonnette, mais vu les circonstances, il préféra frapper doucement et attendre que Berta, qui était vraiment dans un sale état, vienne lui ouvrir après l'avoir identifié à travers l'œilleton.

Elle l'invita à entrer, lui offrit un café et lui proposa de s'asseoir par terre, près de la fenêtre, d'où on pouvait observer la rue sans être vu, comme depuis le grenier de la première maison du village, face au bureau du télégraphe.

— S'il décide de se pointer ce soir, je te jure qu'il finira la nuit en cellule, assura Manchego à Berta entre deux gorgées de café fort et sucré.

— Quel salaud ! quel salaud ! répétait-elle en faisant non de la tête, incapable de croire qu'il existe sur terre quelqu'un d'aussi mauvais que César Barbosa.

— Donc, María voyait ce type derrière le dos de son mari ? dit Manchego en la désignant de la tête.

Berta acquiesça, bouleversée.

— Depuis quand ?

— D'après ce que je sais, à peu près un an. Mais ça a commencé à mal tourner en mai, quand il a su que María risquait de se retrouver au chômage. C'est là que ce salaud s'est mis à la menacer et lui taper dessus.

— Parce qu'elle allait perdre son travail ?

— Il lui disait qu'elle était trop stupide pour garder un boulot comme le sien, qu'elle était une pauvre fille, une rien du tout, enfin tu vois le genre.

— Et lui, il fait quoi dans la vie ?

— Il est photographe. Indépendant. On travaille parfois avec lui, au journal. C'est comme ça qu'ils se sont connus. Maudit soit le jour où elle a croisé ce type.

Berta serra rageusement les poings, comme si, d'une certaine façon, elle aussi se sentait responsable.

— Je vérifierai ses antécédents demain, en arrivant au commissariat. Généralement, les types comme lui sont des récidivistes, expliqua doctement Manchego. On pourrait utiliser son SMS comme pièce à conviction. Mais d'abord, on doit convaincre María de porter plainte.

— J'ai bien peur qu'on n'y arrive pas, répondit Berta. Elle est terrifiée à l'idée que son mari s'en aperçoive. Imagine-toi, ils ont trois enfants. Elle croit que si elle parle, ce monstre de Barbosa leur fera du mal ou que Bernabé la fichera dehors.

— C'est bien le problème, nom d'un chien. Les femmes comme María se taisent et les types comme lui courent les rues.

Manchego se gratta la nuque.

— Il pourrait prendre combien ? voulut savoir Berta.

— Pour les menaces, entre six mois et trois ans.

— Et pour les violences ?

— Deux à cinq ans.

— Autrement dit, pour peu qu'on arrive à l'envoyer en prison et dans le meilleur des cas, il serait libéré dans deux ans. – Berta le regarda dans les yeux. – Et María se retrouverait sans famille.

— Je comprends, répondit Manchego.

Le café chaud et la conversation à voix basse, l'expérience nouvelle de l'intimité partagée et le sentiment d'être à nouveau la fillette à lunettes aux longues nattes dissimulée derrière une fenêtre... Malgré les circonstances, c'était une sensation extrêmement agréable qui parcourait la peau de Berta, calmait le tremblement de ses mains, apaisait ses maux de ventre et atténuait le froid qui s'était installé en elle.

La présence de Manchego dans son salon évoquait singulièrement celle d'un arbre où la petite fille aurait pu trouver refuge pendant la tempête : grand, ferme et robuste. Un hêtre, un chêne, comme ceux des monts de Cameros.

À la demande de Berta, Manchego avait mis son portable en mode vibreur, pour ne pas réveiller María sauf en cas de force majeure. Le bruit mécanique les fit sursauter tous les deux vers une heure et demie du matin.

— Manchego, fit la voix de Macita, y a un type louche qui vient de passer. On le suit de loin pour qu'il se doute de rien. Vérifie à la fenêtre et préviens El Carretero s'il faut qu'on se bouge.

L'inspecteur se leva d'un bond. Berta prit peur, la tasse de café trembla sur sa soucoupe. María ouvrit les yeux avant qu'ils la réveillent, comme si un instinct de survie l'avait avertie du danger dans son sommeil.

— Qu'est-ce qui se passe ? articula-t-elle, un peu sonnée.

Mais Berta et Manchego ne répondirent pas. Depuis la fenêtre, ils scrutaient tous les deux la nuit noire, s'attendant à voir la silhouette de l'agresseur surgir de la brume d'un instant à l'autre.

Ce fut précisément ce qui arriva ensuite. Sous le lampadaire du trottoir d'en face, une forme se dessina, d'abord imprécise, qui prit petit à petit les contours d'un être humain, avec une barbe de trois jours, une démarche chaloupée, un tatouage, à coup sûr, sous le blouson de cuir, une cigarette allumée.

— Barbosa ! le reconnut Berta, effrayée.

— Le serrurier ! s'exclama Manchego en même temps, encore incapable de comprendre ce qui, quelques minutes plus tard, quand il pourrait enfin réfléchir dans le calme, deviendrait clair comme de l'eau de roche : César Barbosa et Lucas, le faux serrurier, étaient un seul et même voyou.

Manchego ouvrit la fenêtre, sortit son pistolet, visa le lampadaire et cria « halte-là ! » sans tenir compte du risque que le Pirate – âgé de vingt ans de moins que lui et ses gars – ne leur échappe. Celui-ci prit ses jambes à son cou, esquivant Macita et Josi, qui le virent arriver droit sur eux par surprise, et disparut en sens inverse, dans la rue de l'Alamillo. Cette même rue où vivait Berta Quiñones, Susana et son locataire, Atticus Craftsman, disparu depuis la fin du mois de mai.

Soit ce scénario était le résultat d'une coïncidence aux dimensions cosmiques, soit il y avait une explication logique à tout ça, que les sept personnes assises dans le salon de Berta étaient sur le point de découvrir, le cœur battant, parlant sans s'interrompre jusqu'au bout de la nuit.

37

— Y avait pas trente-six solutions, soit on diversifiait la production, soit on se spécialisait, et c'est ce qu'on a choisi, de se spécialiser, parce que moi, j'ai toujours été bon avec les melons et nul avec les oranges, c'est la vie, qu'est-ce que j'y peux ?

Arcángel était un grand bavard. Atticus s'en aperçut avant tout par contraste avec sa propre réserve, héritée de Marlow, son père. « Tu parles, je t'écoute, et en échange, tu m'apprends à jouer de la guitare. » Tels furent les termes de l'accord que le cousin de Soleá accepta avec joie car, en plus, lui dit-il, il n'avait pas grand-chose à faire en attendant que les melons du prochain camion pour Madrid mûrissent, à part jouer le soir dans la grotte de Dolores, la mère d'El Potaje, lequel s'était finalement révélé être l'oncle de Soleá et non son cousin.

Arcángel était le petit-fils de Consuelos, une autre sœur de grand-mère Remedios, et l'aîné des neveux de Manuela, à qui échut la responsabilité du commerce de fruits de Pedro Abad, le père de Soleá, quand, à la mort de ce dernier, son fils Tomás annonça à sa mère et à ses sœurs qu'il comptait se consacrer professionnellement à la chanson car, expliqua-t-il, l'horticulture lui coupait les ailes et lui asséchait l'âme. Manuela, alors jeune veuve avec quatre filles célibataires, comprit qu'il valait mieux céder les terres et les camions à quelqu'un de la famille pour qu'au moins le nom de l'affaire reste le même, exigence que ne respecta pas Arcángel, ce qui fait que ça restait un sujet épineux, mieux vaut ne pas l'aborder, *míster*, à quoi bon ?

La grand-tante Consuelos avait un don de guérisseuse. L'arrière-grand-mère de Soleá racontait qu'à l'instant où sa fille était venue au monde, les douleurs de l'accouchement et de la délivrance s'étaient évanouies, son corps entier s'était détendu et son cœur s'était mis à battre en harmonie avec celui du bébé. C'était un phénomène inexplicable, dont la réalité ne faisait pourtant aucun doute : toute personne qui s'approchait à moins de quinze centimètres de la poitrine de Consuelos remarquait un ralentissement de son propre pouls – elle avait le rythme cardiaque d'un lézard au repos – et la disparition progressive de son stress et de ses angoisses.

Pendant quelques années, elle avait été connue à Grenade sous le nom de « la femme des douleurs », titre qui ne lui plaisait pas tellement parce que, disait-elle, il se rapportait au problème et non au remède. Son nom de baptême, « Consuelos » – le réconfort –, qu'avait choisi sa mère précisément en référence à son don, l'aurait pourtant parfaitement définie, enfin bon, les gens sont comme ça, qu'est-ce qu'on y peut ? Quand elle atteignit l'âge de soixante-dix ans, elle ferma le cabinet qu'elle avait ouvert sur le Camino del Monte, par crainte de mourir pendant une consultation et d'entraîner avec elle son « patient ». Mais maintenant, à quatre-vingts ans passés, elle voyait sa vie s'allonger comme celle d'un *ficus elastica* millénaire, de sorte que sa peur de la mort s'éloignait peu à peu et qu'elle envisageait d'exercer à nouveau ses talents de guérisseuse le temps qui lui restait. Les gens qui ont un don comme celui de Consuelos, peut-être bien qu'ils ne meurent jamais, ou bien que leur vie continue à l'infini, au ralenti, comme le boléro de Ravel, vous connaissez ? On pourrait le jouer toute une journée, parce qu'il commence où il se termine et vice-versa. Ça vous dirait d'en entendre un extrait, *míster* ?

Atticus, les cheveux en bataille et les ongles longs, apprenait la guitare avec Arcángel dans le patio de la maison de Soleá, entre midi et quatorze heures, selon le menu du jour. Cette organisation gastronomico-musicale était liée au goût immodéré qu'avait développé l'Anglais pour les ragoûts que mitonnait grand-mère Remedios dans sa cuisine, dont la fenêtre donnait sur le patio. Dès que l'huile chauffait et que les oignons commençaient à dorer, le cerveau d'Atticus Craftsman se désintéressait totalement des accords de guitare pour se focaliser sur la divine marmite. Arcángel comprenait alors qu'il valait mieux remettre le cours au lendemain, se levait de sa chaise et disait : « Vous avez un sacré talent, *míster* », en lui donnant une tape dans le dos. Sur ce, Atticus entrait dans la maison, suivait l'odeur de friture jusqu'à la cuisine, saluait mémé Remedios qui lui répondait « Tiens donc, ce ne serait pas encore mon petit Tico ? » en lui donnant un couteau pour qu'il l'aide à couper les légumes.

Parfois, il fallait peler les fèves, alors ils s'asseyaient face à face à la petite table et discutaient de choses sérieuses. Grand-mère Remedios avait laissé tomber depuis longtemps le *míster* dont continuaient à le gratifier les autres. Elle adorait la manière de parler d'Atticus, avec son drôle d'accent, et lui posait des questions sur sa vie, sa famille, son coin de campagne. Elle l'écoutait bouche bée, atterrée parfois, comme quand elle apprit qu'il avait passé son enfance dans un internat, ou qu'il lui raconta n'avoir pas le souvenir que son père l'ait pris une seule fois dans ses bras.

— Tu crois en Dieu, Tico ?

— Je crois que cette vie est tout ce que nous avons, et que nous devrions en être reconnaissants.

— Reconnaissants ? – Grand-mère Remedios avait le don d'interpréter tout ce qui ne lui convenait pas selon ses propres convictions. – Alors bien sûr que tu crois en Dieu, Tico, réfléchis donc : à qui veux-tu être reconnaissant ?

— À la vie.

— Tu peux pas remercier la vie pour la vie ; ce serait comme dire bonne nuit à la nuit. Ça tient pas debout, ton histoire.

— Vu comme ça, oui, je suppose que je crois en Dieu.

— Bien. Dis-moi, Tico, tu veux te marier avec ma Soleá, pas vrai ?

— Je n'ai jamais envisagé de me marier, grand-mère.

Pour contrer les manœuvres dialectiques de mémé Remedios, Atticus avait appris à cultiver une certaine ambiguïté.

— Je te demande pas si tu veux te marier en général, mon garçon. C'est pas comme si je te demandais si tu as envie de faire la fête ou un tour du monde. Ma question, c'est de savoir si tu veux te marier avec ma Soleá.

— Eh bien disons que Soleá, c'est Soleá.

— Écoute-moi donc, Tico – la vieille femme commençait à s'impatienter –, tu sais ce que ça veut dire, chez nous, « plumer la dinde » ?

— Non.

— Ben c'est à peu près comme peler les fèves, mais avec la petite-fille au lieu de la grand-mère, tu vois ?

Tout ce qu'Atticus voyait, c'est qu'il était à Grenade depuis deux mois, que juillet touchait à sa fin et qu'août s'annonçait particulièrement chaud. Que Soleá était de plus en plus belle, qu'ils sortaient se promener tous les soirs, qu'elle continuait à l'appeler *míster* et à le vouvoyer, et qu'il luttait jour après jour contre son désir animal de la dévorer avant que la lune ne se lève.

Les signaux que lui envoyait Soleá étaient confus. D'un côté, elle le traitait avec une familiarité déconcertante ; elle plaisantait et se chamaillait avec lui, se confiait à lui comme à ses cousins, mais en retour elle n'acceptait pas qu'il lui réponde sur le même ton. Le jour où il se risqua à lui pincer innocemment les fesses, comme le faisaient les hommes de la maison à toutes les femmes sans exception, grands-mères comprises, qui les repoussaient en riant, Atticus se prit une baffe retentissante. Soleá lui gifla les deux joues et attendit sa réaction, jaugeant sa mine de chien battu, ses excuses en anglais, le rétablissement maladroit de son équilibre perdu et sa supplication de ne rien dire à Tomás, qui le tuerait s'il l'apprenait – unique argument qui parvint à attendrir son cœur de pierre.

Par ailleurs, Atticus avait le plus grand mal à deviner les états d'âme de Soleá et à comprendre ce qu'elle attendait vraiment de lui. Si elle le surprenait à regarder une autre femme, elle faisait la tête, le plantait au milieu de la rue et ne lui adressait plus la parole pendant deux jours. Mais quand elle le trouvait trop collant, s'il lui donnait l'impression de la suivre comme une ombre dans les rues écrasées de soleil, ou si elle tombait sur lui dans un couloir et qu'il osait soutenir son regard, alors elle lui faisait comprendre que sa présence la dérangeait. Et si vous alliez prendre un peu l'air, *míster Crasman*? Il fait drôlement lourd ici. Et elle le fichait dehors comme un clochard envahissant.

Atticus prenait alors sa guitare, s'éloignait du *carmen* des Heredia au hasard des rues et s'asseyait dans un coin pour s'adonner à sa nouvelle passion solitaire. Parfois, les touristes déposaient quelques pièces dans son chapeau en voyant le mal qu'il se donnait pour arracher des plaintes à sa maîtresse de bois.

Ensuite, il y avait la question du logement. Soleá refusait toujours catégoriquement qu'Atticus s'installe à l'hôtel, mais lui considérait que si son séjour se prolongeait – ce qui était évidemment déjà le cas – il devrait s'acquitter d'une participation quelconque. Le problème était que personne ne voulait de son argent. Il s'en ouvrit à Manuela, la mère de Soleá, qui le prit très mal. Il posa la question à Tomás, son frère, qui cessa de lui adresser la parole. En fin de compte, Soleá le pria instamment d'arrêter de faire honte à sa famille avec l'enveloppe pleine de billets qu'il sortait à tout bout de champ. Il eut le plus grand mal à lui faire comprendre que son but n'était pas de leur en mettre plein la vue, bien au contraire, Soleá, comment peux-tu penser une chose pareille ?

Finalement, il décida que la seule façon de se débarrasser de cette insupportable sensation de vivre à leurs crochets était de se payer tous les soirs une entrée plein tarif à la grotte de Dolores, d'assister au spectacle et de laisser un pourboire.

— Une des filles vous a tapé dans l'œil ou quoi ? lui dit Soleá un soir, les yeux plissés.

— Moi ?

— Sinon qu'est-ce que vous ficheriez là-bas tous les soirs ?

— Eh bien, je viens pour te voir, Soleá.

— Très drôle, *míster Crasman*, mais je commence à vous connaître.

Grand-mère Remedios, qui n'était pas née de la dernière pluie, percevait cette situation de tension et de frustration, et sentait qu'un petit coup de pouce ne serait pas de trop pour aider Atticus à monter à l'assaut. La vieille femme savait bien que Soleá était prête à déposer les armes : il n'y avait qu'à la voir débarquer pomponnée, chaque matin, en demandant où était *míster Crasman*, s'il était déjà levé... Patiemment, elle guetta le moment opportun pour intervenir dans la destinée de sa petite-fille.

La première semaine d'août, Atticus reçut un appel d'Angleterre. Son père voulait savoir comment avançait la mission dont il l'avait chargé. Atticus n'eut d'autre choix que de mentir. Il inventa une histoire fastidieuse d'audit imaginaire et l'assura qu'il aurait bientôt de bonnes nouvelles à lui donner. Il lui demanda ensuite s'il savait où il pourrait se procurer de l'Earl Grey de la marque Twinings (sa préférée) en Espagne, sans quoi il devrait passer commande en Angleterre, ce qui risquait d'être compliqué. Son père lui promit de se pencher sur la question, puis ils raccrochèrent.

La conversation ayant eu lieu dans le patio de la maison, Manuela, Remedios et les filles entendirent tout par la fenêtre de la cuisine et demandèrent à Soleá de leur traduire ce que le *míster* avait raconté à son père.

— Il n'a pas parlé de nous, expliqua-t-elle. Apparemment, il n'a plus de thé et ne sait pas où en acheter.

— Dis-lui donc que sur la route d'Antequera, il y a une femme qui fait des infusions ! s'exclama aussitôt sa grand-mère.

— Mais mémé Remedios, s'étonna Soleá, son thé, on en trouve dans tous les supermarchés en ville.

— Dis-le-lui, insista la vieille femme, je vais t'expliquer comment on y va. Tico, mon garçon ! cria-t-elle par la fenêtre. Viens donc ici, je vais te dire où tu peux trouver du très bon thé !

Deux jours plus tard, le 10 août, précisément, à huit heures du soir, Atticus Craftsman s'embarqua dans l'aventure la plus pittoresque de son existence, au volant de la camionnette d'Arcángel, Soleá s'éventant à ses côtés, sous le regard surpris du portrait de Camarón dont la voix peinait à se faire entendre par-dessus le bruit du moteur. Avant de se mettre en route, Atticus sortit son portable, appela chez lui et, tombant sur le répondeur, décida de laisser un message à son père pour qu'il abandonne ses recherches sur la distribution du thé en Espagne : « Papa, laisse-moi faire. Je maîtrise la situation. »

38

La *seña* Candela avait découvert les vertus apaisantes de la valériane, les propriétés hallucinogènes de la stramoine, les bénéfices de la camomille sur la digestion et les pouvoirs thérapeutiques de la quinine bien avant que les herboristeries, les gélules d'artichaut et le Schweppes Indian tonic deviennent à la mode. La seule chose qui la prit au dépourvu fut le succès foudroyant du Coca-Cola, pourtant si semblable à la bonne vieille salsepareille. Après toutes ces années passées à étudier les propriétés thérapeutiques des plantes sauvages, elle n'aurait jamais cru que cela pourrait rapporter autant à la grande distribution. Elle-même, en échange de ses savantes décoctions, ne demandait rien d'autre qu'une participation symbolique, et la queue qui se formait devant chez elle faisait le tour du pâté de maisons. Son mari, Agustín, gardait l'œil sur cette foule disparate, souffrante ou déprimée. Contrairement à sa femme, il savait en tirer le meilleur parti et organisait la queue non pas en fonction de l'ordre d'arrivée des clients (ce qui aurait été le plus équitable), mais selon le pourboire qu'il empochait, de sorte que les riches passaient toujours avant les pauvres. La *seña* Candela fermait les yeux – pas question qu'Agustín se débine à quatre-vingts ans passés –, mais elle se vengeait en consacrant bien plus de temps et d'énergie aux derniers qu'aux premiers.

— Donne donc cinquante euros à Agustín et dis-lui de te faire passer en dernier, conseilla grand-mère Remedios à Soleá, sachant que beaucoup de gens étaient au courant de la combine et s'arrangeaient pour passer à la fin.

De fait, la queue avait une drôle d'allure. En tête, il y avait les riches étrangers inconscients de la logique absurde selon laquelle la dépense était inversement proportionnelle à la qualité de la prestation. Ensuite venaient les pauvres du village et d'ailleurs. Puis les riches du village, et enfin les quelques-uns qui savaient calculer précisément leur place dans la queue en fonction du montant de leur pot-de-vin.

Agustín empocha les cinquante euros que lui remit Soleá puis plaça devant eux les trois ou quatre clients arrivés après eux, malgré les protestations de ces derniers.

— Je n'y comprends rien, dit Atticus.

— C'est parce que vous êtes anglais, *míster Crasman*, ici, on fait la queue autrement.

La maison ressemblait à toutes les autres, blanchie à la chaux avec deux fenêtres à barreaux. La porte était ouverte, mais pour entrer, il fallait franchir un rideau de perles qui faisait un son musical. À l'intérieur, ça sentait les légumes bouillis.

— Qu'est-ce que vous cuisinez de bon, *seña* Candela ? demanda Soleá tandis que la vieille femme l'embrassait chaleureusement.

— Du chou pour le dîner, répondit l'autre avec un sourire, en regardant Atticus de haut en bas. Alors toi, tu es Soleá, la petite-fille de Remedios, et celui-là, c'est l'Anglais.

— *Míster Crasman*, dit Soleá, avant qu'il puisse ouvrir la bouche.

Atticus tendit la main à la vieille femme, qui en profita pour lui tordre le poignet.

— Doux Jésus, quelle ligne de chance ! s'exclama-t-elle. Elle traverse toute votre paume. La ligne d'amour, par contre, c'est une autre paire de manches, ajouta-t-elle avant de leur désigner une chaise : asseyez-vous donc.

Ils obéirent comme deux fantassins. Sans discuter.

Atticus avait pris avec lui l'un des derniers sachets de thé qui lui restaient. Il le sortit de sa poche et le tendit à la vieille femme.

— Je souhaiterais acheter une grande quantité de ce thé, dit-il.

— Faites-moi voir ça, répondit-elle.

Elle défit l'emballage, laissa tomber le contenu au creux de sa main, le goûta du bout de la langue et déclara :

— Earl Grey de Twinings.

— Incroyable ! s'exclama Atticus.

— C'est marqué sur le sachet, *míster*, expliqua la vieille femme. Je vais voir si j'en ai dans la réserve.

La *seña* Candela se leva et quitta de la pièce, laissant derrière elle un parfum étrange, comme celui d'un champ de blé au petit matin.

— C'est une sorcière ? demanda Atticus à voix basse.

— Je dirais plutôt une psychiatre à l'ancienne, sans diplôme mais aussi efficace, répondit Soleá, amusée. C'est la marraine de mon oncle Manolo, le patron du bar, elle connaît ma grand-mère depuis toujours. Elle l'a prévenue qu'on viendrait.

Atticus regarda autour de lui. La pièce était accueillante, sombre et fraîche, avec pour seule décoration la table ronde où ils étaient assis, un vieux meuble à épices bardé de tiroirs et trois ou quatre photos encadrées des processions de la Vierge de la Macarena et de la Légion du Christ pendant la Semaine sainte. Sur la table, il y avait une théière, quelques tasses, une balance et une boîte en métal fermée à clé, où la *seña* Candela mettait l'argent de ses clients.

Atticus et Soleá gardèrent le silence jusqu'à ce que la vieille femme revienne, portant un lourd paquet.

— Vous avez de la chance, dit-elle à Atticus. J'en ai deux kilos.

Le sac pouvait contenir du thé comme de la nourriture pour animaux, il n'avait aucune garantie de provenance ou d'hygiène.

— Goûtez-en donc un peu, dit-elle en mettant une pincée d'herbe dans la passoire posée sur une des tasses avant d'y verser de l'eau frémissante. Et toi aussi, ma petite, ajouta-t-elle en servant Soleá.

L'expression de la vieille femme les dissuada de refuser sa proposition. Ils burent tous deux le thé noir avec une certaine appréhension, puis, à la grande surprise de Soleá, Atticus s'exclama :

— Il est parfait ! C'est un authentique Earl Grey de Twinings !

Et sans crier gare, il posa sur la table un billet de cent euros en échange de cette merveille. Puis il prit Soleá par la main – elle sentit le contact rugueux de ses doigts –, remercia la *seña* Candela et, son paquet sous le bras, regagna la rue où Agustín attendait qu'ils s'en aillent pour finir sa journée et fermer la maison.

— La mer est à combien d'ici ? demanda Atticus, au volant de la camionnette.

— À une heure, *míster Crasman*, répondit Soleá.

— Eh bien on a encore le temps d'arriver avant le coucher du soleil, annonça Atticus avec un grand sourire.

39

La plage n'était rien d'autre qu'un petit bout de sable en forme de demi-lune, coincé entre un récif et un vieux fort en ruine. Une vraie salle de cinéma, avec pour écran l'horizon, où l'on voyait le soleil se cacher au loin : un point orange disparaissant dans le noir de l'océan. Le public était Soleá, avec la chair de poule, et Atticus, pieds nus, son pantalon retroussé au-dessus de la cheville, la peau pâle, la chemise ouverte, les yeux fermés.

Il approcha la main du bras de Soleá – qu'y avait-il dans le thé de la *seña* Candela ? – et remonta doucement, caressant sa peau de ses doigts blancs jusqu'à l'épaule, jusqu'au cou, jusqu'à la naissance de sa chevelure sur la face cachée de la lune. Il passa la main dans ses boucles, formant des spirales en l'air.

En sentant la main d'Atticus grimper sur elle comme une araignée, elle eut la tentation de le repousser, mais, voyant qu'il avait les yeux fermés, elle se radoucit soudain et lui permit de poursuivre en silence, dans le noir, juste pour voir ce qui arriverait ensuite, jusqu'où irait sa main. L'araignée velue descendit le long de son dos, jusqu'à sa taille, puis escalada sa hanche pour atteindre le creux de son nombril. Alors la main s'ouvrit sur son ventre, tiède, où elle se tint tranquille.

Puis vint la bouche – qu'y avait-il dans le thé de la *seña*

Candela? –, avide. Qui lui mordit les lèvres. Puis la langue goûta la sienne, et Soleá s'ouvrit entièrement – mais qu'y avait-il dans le thé de la *seña* Candela? –, comme une pastèque coupée en deux qui met à nu sa chair rouge, juteuse, sucrée, dissimulée sous l'écorce dure et insipide.

Atticus avait beaucoup d'expérience. Soleá, aucune. Elle n'avait pas compris jusque-là à quoi servaient ses cheveux, ni pourquoi ses seins tenaient dans la paume d'une main ou comment elle suivait d'instinct les pistes qu'il lui donnait. Rejette la tête en arrière, que je t'embrasse dans le cou, maintenant, là, sur le côté, que je mordille doucement le lobe de ton oreille; laisse-moi t'aider à t'allonger, à présent, sans précipitation, sans que tu te brises en mille morceaux et te transformes en éclats de verre qui se mêleraient au sable sous nos pieds.

Atticus éloigna ses lèvres de la bouche de Soleá pour lui avouer qu'il l'aimait depuis la seconde où il était tombé sous le charme de ses yeux bleus, qu'il suffoquait de chaleur lorsqu'il était près d'elle, qu'il ne pouvait la regarder sans avoir mal à l'âme et qu'il ne savait pas ce qu'elle ressentait, elle, si évasive, si fuyante, si mystérieuse. Il avait l'impression que Soleá ressentait aussi quelque chose pour lui et pourtant, elle cherchait à l'éviter à tout prix, comme s'il lui faisait peur. Que suis-je pour toi, Soleá? Un sans-cœur prêt à vous mettre à la rue, tes amies et toi, pour faire gagner trois sous à l'entreprise de mon père? C'est comme ça que tu me vois, Soleá? Ou bien est-ce simplement que je ne te plais pas, que tu n'aimes pas mes mains maladroites, mon affreux accent et ma façon de me mettre à nu devant toi? Parce que si quelque chose en moi te déplaît, Soleá, n'importe quoi, je ferai en sorte que ça change. J'apprendrai à jouer de la guitare, je mangerai du jambon et ferai semblant d'adorer ça, je partagerai mes secrets avec toute ta famille et je vivrai même dans une grotte, si c'est ce que tu veux. Je me saoulerai au vin citronné, j'assisterai à une corrida sans broncher – il suffira de penser à autre chose –, et je vieillirai à Grenade, assis sur un banc, à regarder passer les voitures, tant que toi, Soleá, tu voudras bien partager un thé avec moi.

Elle se redressa, porta la main à ses lèvres et frotta sa bouche rougie. Elle le regarda. Ses yeux bleus avaient foncé comme des olives noires, l'infusion de la *seña* Candela lui retournait le ventre, où la main d'Atticus était encore posée.

— Écoutez, monsieur *Crasman*, dit-elle. À quoi bon continuer à vous mentir ? Je vous ai attiré ici avec cette histoire de poèmes de Lorca pour vous éloigner de Madrid. Pour que vous ne fermiez pas la revue. Voilà tout.

» Tous les soirs, j'appelle Berta pour lui raconter ce qu'il s'est passé dans la journée. Je lui dis que vous n'avez rien demandé à propos des poèmes, qu'on dirait que vous les avez oubliés, et Berta respire, elle dit aux autres que pour l'instant, elles peuvent continuer à vivre leur vie. Elle me remercie, elle me dit : "Merci Soleá, pour le sacrifice que vous faites, ta grand-mère, ta mère et toi", et moi, je lui réponds que ça va, que vous êtes gentil et que ça me fait de la peine de vous mentir comme ça, mais moi, monsieur *Crasman*, j'ai vingt-cinq ans et toute la vie devant moi, je peux trouver un autre boulot ou rentrer chez moi, mais Berta et Asunción, les pauvres, qu'est-ce qu'elles vont devenir, à leur âge ? Ou bien María, avec ses trois enfants et son bon à rien de mari ? Ou ma Gaby, qui est mariée à un peintre qui ne vaut pas un clou, même si elle essaie de se convaincre du contraire ? C'est déjà un miracle qu'elles arrivent à survivre avec ce qu'elles sont payées.

» C'est moi qui ai eu l'idée des poèmes. Ils existent bel et bien, n'allez pas croire. Mais ils ne sont pas de Lorca, monsieur *Crasman*, ils sont de ma grand-mère Remedios, qui n'est jamais allée à l'école. Elle les garde au grenier, avec sa machine à coudre et tout son bric-à-brac, parce qu'ils n'ont aucune valeur. Ce sont juste des gribouillis, voilà tout. Maintenant que je vous l'ai dit, vous pouvez partir d'ici, vous pouvez fermer la revue et rentrer en Angleterre, et m'oublier, moi et le reste. Je suis vraiment désolée que vous vous soyez fait des illusions à mon sujet, pardon de vous décevoir ainsi, vous n'avez pas mérité ça. Je ne voulais pas vous faire souffrir, monsieur *Crasman*, c'est la vérité. C'est la seule vérité parmi tous ces mensonges.

Sur ces mots, elle se leva, secoua sa robe pour en ôter le sable et parcourut lentement les quelques mètres de plage qui la séparaient de la camionnette d'Arcángel. Puis elle démarra et disparut.

Atticus était gelé. Le froid lui parcourait l'épine dorsale. Il avait les pieds nus, la chemise ouverte et le cœur brisé.

L'obscurité s'abattit sur lui et il ne chercha pas à la chasser. L'unique chose sensée qu'il fit durant cette nuit blanche fut de sortir son portable – son dernier lien avec la planète Terre – de la poche arrière de son pantalon et de le lancer par-dessus les vagues, de toutes les forces de ses bras de rameur, jusqu'au plus profond de la mer.

40

Le 15 décembre tomba un vendredi froid et couvert – le genre de jour qu'on préférerait voir tomber un samedi pour pouvoir passer la matinée au lit. Asunción arriva au journal à neuf heures pile, avec une Thermos de chocolat chaud et deux cornets de *churros*. Elle accrocha son manteau à la patère, derrière la porte, et s'assit en attendant l'arrivée de Gaby, pour s'enivrer avec elle de gras et de sucre, son remède matinal contre la grisaille et les maux d'estomac.

Elle avait encore un peu de temps devant elle, pensa-t-elle. La veille, Gaby s'était réconciliée avec Livingstone et, d'après ce qu'elle lui avait raconté au téléphone, elle envisageait désormais l'avenir plus sereinement. Son désir de maternité s'était apaisé grâce aux baisers de Franklin, à son aveu qu'il n'avait aucune intention de retourner en Argentine, qu'il s'était mis en tête que cette idée stupide serait la solution à leurs problèmes de procréation. Il l'admit entre deux sanglots, et Gaby vit en son mari l'enfant le plus vulnérable qui soit. Dès lors, plus rien ne pourrait l'atteindre. Ni les problèmes de *Librarte* ni le retour implacable de ses règles tous les vingt-huit jours. Elle était la sérénité incarnée, lui dit-elle, souriant comme le chat du Cheshire.

Deux heures plus tôt, alors qu'il faisait encore nuit, Asunción avait été réveillée par la sonnerie du téléphone, qui lui causa une peur bleue, suivie d'une immense tristesse et de larmes qu'elle ne put contenir quand Berta la mit au courant de l'arnaque montée par Barbosa, dont María était la complice à son corps défendant, elles-mêmes, les victimes innocentes, et la ruine de *Librarte*, la conséquence inéluctable. Maintenant, en attendant que Gaby finisse de dire au revoir à Franklin, Asunción essayait de trouver les mots pour lui annoncer les mauvaises nouvelles aussi délicatement que possible.

Elle n'eut pas le temps de répéter son discours. À neuf heures et demie, Gaby pénétra dans l'immeuble en chantonnant, grimpa l'escalier quatre à quatre, déboutonna son imperméable coloré avant de partir à la recherche des clés du bureau dans le dédale de son sac, ôta son écharpe orange, son bonnet bleu, ses gants verts. Débarrassée de ses tonnes de laine bariolée, elle ouvrit la porte, entra et sursauta en tombant sur Asunción qui l'attendait, le petit déjeuner posé sur la photocopieuse. Calculant qu'il y avait une quinzaine de *churros* par personne, elle comprit que ce serait du lourd.

— Allez, Gaby, mange quelque chose, réchauffe-toi, assieds-toi là, dit Asunción en désignant le fauteuil à bascule qu'elle avait traîné depuis le bureau de Berta et qui occupait maintenant presque tout l'espace libre entre les bureaux et la bibliothèque.

— J'imagine que ce n'est pas pour fêter ma réconciliation avec Franklin… Il s'est passé quelque chose, pas vrai ?

— Oui, ma chérie, il s'est passé quelque chose. Quelque chose de très moche.

À nouveau, Asunción ne put retenir ses larmes. Elle but son chocolat d'un trait et posa la tasse vide sur son tapis de souris.

Gaby obéit. Elle s'assit et s'agrippa aux accoudoirs comme si le rocking-chair était un radeau au milieu de l'océan.

— Tu te souviens de César Barbosa ?

— Le Pirate.

— Lui-même. Eh bien figure-toi que María et lui ont une liaison depuis un an.

— Merde, alors c'est lui, le fameux amant de María !

— Tu vois, Gaby, si tu me demandais quel est le plus gros salaud sur cette planète, je ne pourrais pas trouver pire que Barbosa. Bref, il se trouve qu'en janvier dernier, on lui a payé deux fois une facture, par erreur, donc María l'a appelé pour lui demander de rembourser. Il a vite compris qu'elle était la seule à s'en être aperçue, ce petit malin. Il l'a invitée à dîner deux ou trois fois et a réussi à la baratiner avec sa barbe de trois jours, son tatouage, sa moto et sa gueule de voyou, tu vois le genre. Ensuite, petit à petit, il lui a extorqué des informations sur le fonctionnement de la compta du journal. María lui a expliqué que Berta signait les factures et les lui remettait, qu'elle en gardait une copie pour nos archives et envoyait l'original à la maison mère, en Angleterre, qui se chargeait des paiements. Je ne sais pas si tu sais, on a toujours fait comme ça : le compte en banque de *Librarte* règle les dépenses courantes et Londres paie tout le reste, y compris nos salaires.

— Oui, j'étais au courant.

— Bon, donc, sachant tout ça, le Pirate a eu une idée : il a demandé à María de contrefaire la signature de Berta et de lui facturer un boulot fictif, histoire de voir. Le mois suivant, le montant lui a été viré rubis sur l'ongle depuis Londres. María avait envoyé la facture directement là-bas sans en faire une copie, ce qui fait qu'on n'en a aucune trace dans nos archives.

— Parce qu'elle était bidon.

— C'est ça. Du coup, voyant que ça avait fonctionné, ils ont recommencé, mais cette fois avec un montant plus élevé. Et ainsi de suite, toute l'année. María et Barbosa ont déposé l'argent sur plusieurs comptes courants dans différentes banques.

— J'y crois pas ! C'est pour ça que le journal perdait autant d'argent ! Et la pauvre Berta qui s'est fait un sang d'encre en nous voyant ramer alors qu'elle faisait tout pour limiter les frais.

— Berta est dévastée. Elle n'arrête pas de pleurer. Mets-toi à sa place : elle a tout fait pour protéger María. Et voilà comment elle est récompensée.

— Pauvre Berta.

— Mais ce n'est pas tout. Il y a pire. Tu te rappelles les coquards et les bleus de María ? On croyait que c'était de la violence sexiste, qu'elle était tombée sur un sale macho qui lui tapait dessus. Eh bien non, ma petite, pas seulement : c'était aussi pour qu'elle la boucle. Quand Atticus Craftsman a débarqué à Madrid, María a voulu raconter à Berta ce qu'elle et Barbosa avaient fait. Elle comptait tout avouer, demander pardon et rendre l'argent qu'ils avaient détourné. Elle était même prête à vendre la petite maison qu'elle a héritée de son père, près de Valence, pour rembourser, mais quand elle a vu le montant total, elle a compris qu'ils étaient allés trop loin, que c'était un délit, un vrai. Elle a eu peur d'aller en prison, de perdre Bernabé et la garde des enfants. De foutre sa vie en l'air.

— Et elle a paniqué.

— Elle a raconté à Barbosa qu'Atticus Craftsman avait emporté les livres de comptes chez lui pour les éplucher tranquillement. Autrement dit, leur magouille aurait éclaté au grand jour dès que Craftsman aurait comparé les colonnes et découvert les fausses factures, les paiements à Barbosa, les comptes sous divers noms, les sociétés-écrans qui facturaient, etc.

— Et le Pirate a cambriolé l'appartement de la rue de l'Alamillo !

— Apparemment, il s'est débrouillé pour savoir le nom du policier chargé d'enquêter sur la disparition de Craftsman, parce qu'il a eu peur qu'une fois la police sur le coup, l'affaire soit résolue en moins de deux. Dans l'urgence, il a embobiné l'inspecteur Manchego en se faisant passer pour un serrurier et en lui proposant de l'aider à fouiller discrètement l'appartement. Résultat, il a pu faire d'une pierre deux coups.

— Entrer dans l'appartement, voler les livres de comptes et ressortir tranquillement par la porte sans risquer de se faire prendre.

— Parce qu'à ce moment-là, ils étaient complices. Si l'inspecteur l'arrêtait, il passait pour un flic véreux, et aussi pour un vrai con.

— C'est clair.

— D'abord il a prétendu s'appeler Lucas, ensuite il a effacé toutes les traces qui pouvaient le relier à l'affaire Craftsman. Manchego s'est dit que le Lucas en question était un toxico et qu'il voulait juste cambrioler l'appartement pour de l'argent. Et bien sûr, qu'il l'avait roulé dans la farine. Il s'est imaginé qu'il n'était sûrement pas le premier, que d'autres collègues avaient dû se faire avoir comme lui et avaient préféré la fermer pour éviter l'humiliation. Mais il n'a jamais envisagé que tout ce que voulait le « serrurier », c'était récupérer des livres de comptes.

— Donc César Barbosa a réussi à voler les documents et à faire taire María en la tabassant et en la menaçant.

— Ça a vraiment dégénéré. J'ai bien cru que María allait y passer. Tôt ou tard, Barbosa aurait commis le pire pour ne pas aller en prison.

— Hier, il a failli la tuer.

— Exact. Un peu plus, et c'était fini. María s'est réfugiée chez Berta et pendant qu'elle dormait sur le canapé, elle a reçu un texto de Barbosa. Il disait que si elle parlait, il les tuerait toutes les deux.

— Quelle horreur ! Berta a réagi comment ?

— Elle a appelé l'inspecteur Manchego. Si j'ai bien compris, il est venu avec quatre collègues, qui ont monté la garde toute la nuit au cas où Barbosa se montrerait.

— Et il s'est montré ?

— Et comment ! À trois heures du matin, prêt à les tuer, c'est sûr. Mais quand il a vu que la police était là, il est parti en courant et a réussi à s'échapper.

— Tu veux dire qu'il est dans la nature ? En liberté ?

À cet instant, des coups retentirent à la porte. Gaby et Asunción se jetèrent dans les bras l'une de l'autre comme des écolières effrayées. Elles voyaient déjà César Barbosa débarquer dans le bureau, fou furieux et armé jusqu'aux dents, pour les prendre en otage et les torturer jusqu'à ce que la police lui garantisse l'immunité et un billet d'avion pour une île perdue des Caraïbes.

La personne frappa à nouveau.

— Qui est-ce ? balbutia Asunción d'une voix blanche.

— *Open the door!* entendirent-elles de l'autre côté de la porte. *This is Marlow Craftsman.*

— *Míster* Craftsman ?

Asunción et Gaby se regardèrent, incrédules. Elles reprirent tant bien que mal une contenance et foncèrent ouvrir la porte à l'homme qui était le propriétaire, non seulement de ce bureau, mais aussi de la revue *Librarte* et surtout de la maison d'édition centenaire Craftsman&Co. Mr Marlow Craftsman, qu'elles n'avaient jamais vu qu'en photo, débarquait sans prévenir au pire moment de l'histoire de cette revue.

Asunción ouvrit la porte en tremblant.

Sur la photocopieuse, il y avait un napperon en crochet, sur le napperon, une Thermos de chocolat chaud, des *churros*, du sucre et deux tasses ; les ordinateurs étaient éteints, les téléphones décrochés, seules deux des cinq employées de la rédaction étaient présentes, le rocking-chair de Gaby se balançait encore, il était presque dix heures un vendredi ouvré, et – en plus d'être important – leur visiteur était anglais.

— *Welcome to* Librarte, parvint à articuler Asunción, lorsqu'elle fut nez à nez avec le visage stupéfait de leur patron.

À cet instant, des voix se firent entendre dans l'escalier. Les voix de trois petits enfants. Et des quintes de toux.

Derrière le dos de Craftsman apparut le visage fiévreux des enfants de María, que Bernabé avait déposés devant la porte – ils connaissaient parfaitement le chemin – et qui, aussitôt entrés dans le bureau, se jetèrent sur les *churros* et le chocolat chaud.

— *Want you breakfast, mister Craftsman ?* demanda Asunción dans son anglais rouillé.

41

Moira Craftsman ne pouvait se décider à défaire la valise où était rangé ce qu'elle considérait comme le strict nécessaire pour sa mission de sauvetage. Le contenu de sa malle Louis Vuitton était si parfaitement agencé qu'elle craignait d'être incapable de remettre chaque vêtement à sa place une fois qu'elle aurait tout déballé sur le lit de sa chambre du Ritz. C'était une femme prudente. Elle préféra donc attendre que Marlow ait revu l'inspecteur Manchego et interrogé une à une les employées de *Librarte* avant de faire quoi que ce soit. S'ils étaient amenés à séjourner à Madrid pour une longue durée, alors mieux vaudrait qu'elle range ses vêtements dans l'armoire, par couleur, comme toujours. Si, au contraire, leur voyage ne devait pas s'arrêter dans cette ville qui sentait l'ail (décidément, Victoria Beckham avait raison : Madrid sentait non seulement l'ail mais aussi l'oignon, le calamar frit et d'autres substances graisseuses impossibles à identifier), mais se poursuivait sur les routes tortueuses de l'Espagne profonde, alors il serait préférable de laisser chaque chose à sa place : les chaussures dans leur housse, les chapeaux dans leur boîte et les sous-vêtements bien pliés dans les petits sacs en Liberty qu'elle entretenait avec soin depuis des années.

Elle rangea donc la malle dans un coin et descendit prendre

le petit déjeuner. Elle s'assit à une table ronde, près de la baie vitrée donnant sur le jardin, saluée par les branches nues des châtaigniers. La nuit avait été humide et froide, et le fameux soleil espagnol brillait par son absence.

Bien entendu, prendre une chambre au Ritz était son idée. Marlow aurait été capable de dormir n'importe où ; il était insensible aux odeurs bizarres et aux bruits nocturnes. Moira, en revanche, ne jurait que par les établissements réputés, qui semblaient tous sortis du même moule. Le Mandarin oriental, par exemple, avec ses kimonos exposés dans de grandes vitrines près de l'ascenseur, ses couloirs tapissés de soie, ses fruits exotiques et son parfum inimitable, était exactement identique à Londres, New York ou Bangkok. Cela permettait au client de se sentir dans son élément, de retrouver un chez-soi au milieu du chaos. Quel dommage que le seul Mandarin oriental d'Espagne se trouve à Barcelone – ce qui n'avait rien d'étonnant au demeurant car c'était une ville bien plus moderne et cosmopolite que Madrid, à en croire ce film de Woody Allen qu'elle avait vu avec son ciné-club, où une Américaine frivole finit au lit avec un couple de cinglés espagnols.

À Madrid, il fallait se contenter du Ritz, avec son luxe suranné, son piano à queue et ses lustres en cristal, ses grooms en livrée, ses soubrettes en coiffe et tablier, et ses œufs Bénédicte au petit déjeuner. Au Ritz, même les Japonais commandaient des œufs Bénédicte. Moira le savait bien : avec la nourriture, mieux valait rester en terrain connu. Madame voudrait-elle goûter les *migas*? C'est un plat typique de la cuisine traditionnelle espagnole, composé de pain sec frotté à l'ail et frit dans l'huile d'olive, accompagné de morceaux de lard – et de ballonnements jusqu'à la fin de vos jours. Non, merci, donnez-moi plutôt des œufs Bénédicte, s'il vous plaît, et le *Times*, je vous prie.

La salle à manger se vida peu à peu de ses cadres en voyage d'affaires et se remplit de couples de jeunes mariés et de riches touristes désœuvrés comme Moira, qui avait toute la matinée devant elle et rien d'autre à faire que de ruminer la question qui l'avait menée jusque-là : où donc pouvait bien se trouver Atticus, disparu au combat, en territoire hostile, entouré de sauvages capables de manger des lardons à l'ail au petit déjeuner, aspiré par le cœur des ténèbres, comme Kurtz, qui finit dans le livre par couper des têtes et les mettre à sécher.

Elle songea que le prénom de son mari était sacrément prémonitoire. Après soixante ans d'une vie tranquille, l'heure avait peut-être sonné pour Marlow d'accomplir la mission que la vie lui réservait depuis le début : pénétrer dans la jungle et tirer son fils des griffes de ces primitifs prêts à le dévorer dans une marmite d'Earl Grey de Twinings.

Moira, pour sa part, se sentait comme Mary Livingstone : la compagne idéale de l'explorateur. Les pieds sur terre, elle serait son guide et sa boussole car elle savait que le pire des dangers dans une mission comme celle-ci, loin de toute civilisation, était de perdre son identité et de finir par adopter les coutumes barbares des indigènes : renoncer aux bonnes manières, aux impératifs moraux et aux différences de classe, s'abandonner aux plaisirs de la chair, se laisser envoûter par leurs rituels magiques et oublier, par exemple, de toujours demander de l'eau minérale sans glaçons.

Avec une telle responsabilité sur les épaules, Moira se sentit défaillir. Elle remonta dans sa chambre, ferma les rideaux, s'allongea tout habillée sur le lit, une serviette humide sur le front. Elle résolut de rester dans cette position jusqu'à ce que Marlow lui donne ses instructions concernant les bagages. L'incertitude la tuerait : devait-elle mettre les chemises sur des cintres, dans l'armoire, ou au contraire les laisser pliées dans le premier tiroir de la commode ?

42

Aux premières lueurs du jour, El Carretero, Macita, Míguel et Josi s'en furent de chez Berta sur la pointe des pieds rejoindre leur travail en banlieue. María, épuisée par les larmes et les remords, s'allongea dans le seul lit de l'appartement, avala un Valium et se jura de prendre le taureau par les cornes : dès le lendemain, elle porterait plainte contre Barbosa et avouerait la triste vérité à ses collègues.

Berta profita du sommeil artificiel de María pour appeler Asunción et tout lui raconter. « Mets Gaby au courant dès qu'elle sera là », lui dit-elle, sans soupçonner que M. Craftsman en personne se matérialiserait précisément ce jour-là, à cet endroit précis, sans leur laisser le temps d'inventer une histoire plus agréable à entendre que celle du voyage secret de son fils à Grenade à la recherche de poèmes bidons de Lorca, sur fond de détournement d'argent et de coucheries.

Restait aussi à trouver un prétexte justifiant d'avoir trahi la confiance de Manchego. Pour l'instant, l'inspecteur croyait dur comme fer à sa version : « Tant que nos salaires sont versés, nous préférons ne pas nous poser la question. M. Craftsman est majeur et libre de mener sa vie comme il l'entend. » Mais tôt ou tard, le moment viendrait de lui dire la vérité. Et ce serait douloureux.

Ensemble, elles trouveraient peut-être le moyen de lui faire comprendre qu'elles n'avaient jamais eu l'intention de nuire à quiconque, que le plan de Soleá était sans danger, qu'Atticus était sain et sauf à Grenade et qu'il n'y avait plus qu'à mettre Barbosa derrière les barreaux et le forcer à rendre l'argent volé. Après quoi, elles devraient appeler Marlow Craftsman pour lui expliquer clairement l'origine de la débâcle financière de *Librarte*, puis, le moment venu, rapatrier Atticus à Madrid et le supplier de leur donner une seconde chance, de leur faire à nouveau confiance – enfin, sauf à María ; malheureusement, María était bonne pour chercher du boulot, et de préférence sans accès au compte en banque de qui que ce soit. Par pitié, monsieur Craftsman, croyez-nous, on n'est pas coupables, on est des victimes, nous aussi.

Difficile de prévoir comment Manchego prendrait la révélation du mensonge de Berta. Il pourrait aussi bien se mettre en colère que pleurer toutes les larmes de son corps. « J'avais confiance en toi – sangloterait-il –, j'ai même cru que je ressentais quelque chose pour toi, malgré ton physique ingrat et tes idées d'intello. À mon âge, j'étais prêt à rencontrer l'âme sœur. » Désespérant.

Le cerveau de Berta flanchait dès qu'elle tentait d'échafauder un alibi qui ne constituerait pas un mensonge plus gros que le précédent. Car une chose était claire : lors de leur première rencontre, au bureau, en cette froide matinée de novembre, quand Manchego lui avait demandé si elle savait où se trouvait Atticus Craftsman, sa réponse avait été « non ». Un non catégorique, sans nuances ni excuses. Et pour aggraver le tout, alors que plus d'un mois avait passé depuis ce jour et que Soleá la tenait quotidiennement informée des faits et gestes du jeune Craftsman sur les flancs du Sacromonte, Berta n'avait toujours pas dit la vérité à Manchego.

Elle savait, par exemple, qu'Atticus Craftsman avait logé chez Soleá depuis son arrivée jusqu'au 10 août, jour où la jeune femme lui avait confessé, en larmes, que son séjour à Grenade obéissait à un plan tordu imaginé par les employées de *Librarte* dans le seul but de gagner du temps avant leur licenciement. Elle savait aussi que cette révélation avait été un coup de poignard dans le dos du pauvre *míster* Craftsman, qui, apparemment, s'était fait des illusions au sujet de Soleá et avait même réussi à l'embrasser sur une plage, au coucher du soleil. Elle savait qu'après cette déception, Atticus avait erré des jours durant comme une âme en peine dans les ruelles de l'Albaicín, seul avec sa guitare, qu'il dormait à la belle étoile, se saoulait, cherchait la bagarre et avait fini par trouver refuge dans un cabaret aménagé dans une grotte géré par un cousin de Soleá où, certains soirs, il remplaçait l'un ou l'autre des musiciens, pour le plus grand plaisir des touristes dont la connaissance du chant flamenco laissait largement à désirer.

Par ailleurs, Soleá avait appelé Berta deux jours après l'incident de la plage, se disant effrayée de sentir la mort rôder. C'est en tout cas ce qu'elle raconta à Berta : que la mort rôdait autour de sa maison, que sa grand-mère Remedios était tombée gravement malade, que toute la famille campait sur place et qu'on avait même descendu son lit dans le salon, près de la cheminée. Dans ces circonstances – tu comprends, Berta, n'est-ce pas ? –, avec dix-sept membres de sa famille à loger et à nourrir, qui avaient tout laissé en plan pour venir faire leurs adieux à Remedios comme il se doit, elle ne pouvait décemment pas rentrer à Madrid.

— Bon, ils ne restent pas tous les dix-sept à son chevet jour et nuit, expliqua-t-elle. Ils vont et ils viennent, mais il y en a toujours dix ou douze, ce qui fait autant de bouches à nourrir. Et pendant ce temps, ma grand-mère, qui est très vieille, dit qu'elle voit le Christ flou devant elle, comme s'il la guidait vers l'autre monde.

— Mais elle a vu un médecin ?

— Bien sûr. Mais il ne lui a rien trouvé de grave. Il dit que c'est plutôt dans la tête, mais que ça peut la tuer aussi bien.

Le problème était qu'après quatre mois au lit, grand-mère Remedios était toujours de ce monde – elle n'en avait même pas bougé d'un pouce –, et que l'absence de Soleá commençait à se faire sentir à la rédaction de *Librarte*.

— Je peux travailler de chez moi, Berta, ça t'irait ? Je couvrirai la vie culturelle andalouse. Je te ferai l'agenda des sorties, des dossiers, des portraits, tout ce que tu voudras, mais ne m'oblige pas à rentrer à Madrid. Je ne peux pas laisser ma grand-mère mourir sans moi comme ça.

— Et *míster* Craftsman ?

— *Míster* Craftsman vient la voir tous les matins. Il lui apporte des fleurs, des bonbons, ou ce qui lui passe par la tête. Moi, je m'arrange pour ne pas le croiser ; ça me fend le cœur de repenser à tout le mal que je lui ai fait. Je regarde par l'escalier et si je vois qu'il est là, je vais me cacher. L'autre jour, j'ai même sauté par la fenêtre pour l'éviter. Crois-moi, Berta, il vaudrait mieux qu'il retourne à Madrid, ou même en Angleterre, pour que je puisse l'oublier. Parce que là, à force de le voir tous les jours, de l'entendre bavarder avec ma grand-mère, lui jouer de la guitare et chanter avec son drôle d'accent, ça me fait rire, un Anglais qui chante du flamenco, et sa démarche, tu sais, comme s'il était tout le temps sur le point de tomber... Je le trouve attendrissant. Qu'est-ce que tu veux que je te dise, Berta ? Je crois que je l'aime bien.

Bref, vu la situation, le moment était sans doute venu de partager toutes ces informations avec Manchego. Aussi pénible que cela puisse être, il convenait à présent de coopérer avec la police ; de permettre à l'inspecteur de résoudre son enquête.

L'inverse reviendrait à se rendre coupable d'entrave à la justice, en plus de trahir l'homme qui était en train de voler son cœur.

Mais Manchego, assis face à elle à cette table de cuisine, ne quittait pas des yeux ses traits creusés. Il la regardait avec un mélange d'affection et de tendresse qui semblait incongru de la part d'un grand gaillard comme lui. En prime, il avait approché sa main par-dessus la table pour la poser sur celle, tremblante, de Berta, dans un geste protecteur. Maintenant, il la caressait dans l'intention évidente de la saisir avec fermeté, la porter à ses lèvres et l'embrasser. Ensuite, peut-être, profitant du sommeil profond de María dans l'autre pièce, Manchego se lèverait sans rien dire, viendrait se placer derrière Berta et l'entourerait de ses bras, caresserait ses cheveux, son cou, sa bouche, s'agenouillerait près d'elle, approcherait ses lèvres masculines de celles, si douces, de Berta, leurs bouches se frôleraient, leurs âmes se reconnaîtraient et alors...

La sonnerie du téléphone rompit soudain le charme. Berta constata que la main de l'inspecteur Manchego se trouvait là où elle avait toujours été. À quelques centimètres de sa tasse de café. Immobile.

Elle sursauta, se leva et répondit :

— Qui est-ce ?

À l'autre bout de la ligne, elle entendit la voix anxieuse d'Asunción.

— Berta, bon Dieu, viens tout de suite ! Craftsman père, le grand patron, a débarqué sans prévenir. Gaby et moi, on essaie de se faire comprendre en anglais, mais je n'ai pas parlé depuis l'école et Gaby ne connaît que le français. Sans compter que les gosses de María sont là, avec une angine. Ce monsieur est tellement anglais, il ne comprend rien à ce qui se passe. Il est en train de se congestionner, Berta, il est déjà tout rouge dans le cou et derrière les oreilles. Vite, dépêche-toi d'arriver avant qu'il nous fasse une syncope.

43

En effet, une demi-heure après l'appel au secours d'Asunción, la tension était devenue insoutenable entre les murs étroits des locaux de *Librarte*. Manchego avait insisté pour accompagner Berta – « tu ne voudrais quand même pas que je reste seul avec María, qui sait de quoi on pourrait m'accuser ? ». Il laissa à son équipier le soin de surveiller la porte et monta dans le taxi avec Berta, tout excité à l'idée de raconter à Marlow que l'enquête était en bonne voie, qu'il y avait de nouveaux éléments, de nouvelles pistes qui les mèneraient tôt ou tard à Atticus. Mais en arrivant à la rédaction, face à la colère noire de l'intéressé, Manchego préféra garder le silence, du moins jusqu'à ce que Berta, dans son magnifique anglais, parvienne à apaiser la tempête shakespearienne qui s'était déchaînée et menaçait de tout ravager. Les enfants jouaient avec l'ordinateur de Berta derrière la porte close de son petit bureau. Dans le grand bureau, Berta, Asunción, Gaby et Manchego retenaient leur respiration tandis que Marlow Craftsman tapait du poing sur la table.

— Et maintenant, brama *míster* Craftsman, soit vous me dites immédiatement où se trouve mon fils, soit je fais en sorte que toute la puissance du Commonwealth s'abatte sur vos têtes, et laissez-moi vous rappeler que, contrairement aux pays du sud de l'Europe, la Grande-Bretagne peut se targuer d'avoir un Parlement inflexible, une reine implacable, des alliés inconditionnels et une police incorruptible ! Un empire, voilà ce que nous sommes ! Nous avons aussi des prisons proprement cauchemardesques. Celle de l'île de Wight, par exemple, dont aucun être humain n'a jamais pu s'évader vivant. Et croyez-le ou non, il se trouve justement qu'il s'agit d'une prison pour femmes, réservée aux délinquantes, kidnappeuses, voleuses et violeuses.

— Il est à Grenade ! dit soudain Asunción.

Toutes les têtes se tournèrent vers elle.

Asunción était pâle et en sueur. Elle avait lâché son aveu en poussant un soupir déchirant. Manifestement, la tension avait eu raison d'elle. Depuis des années, son corps était comme une Cocotte-minute, toujours sur le point d'exploser. De temps à autre, elle devait soulever la soupape pour évacuer la pression, de la même façon que les bateaux ou les dirigeables jettent du lest pour avancer. À présent, elle se dégonflait à vue d'œil. Le corps d'abord, la tête ensuite. Elle s'effondra et resta par terre, à moitié recouverte par le matériel de bureau qu'elle avait entraîné avec elle dans sa chute.

Ses collègues se précipitèrent à son secours : elles l'allongèrent sur le dos, les pieds surélevés, l'éventèrent, la giflèrent et lui firent un massage cardiaque ; elles réclamèrent de l'eau, des secours – à l'aide, on est en train de la perdre, si ça se trouve, elle fait un infarctus, ce sera de votre faute si elle meurt, monsieur Craftsman, vous êtes un assassin en puissance de femmes sans défense comme cette pauvre Asunción, espèce de tyran, crapule, monstre sans cœur.

Mais Asunción revint à elle au bout de quelques minutes, avec un air illuminé parce que, leur expliqua-t-elle par la suite, elle était allée jusqu'aux portes du ciel ; elle avait vu le tunnel et suivi la lumière blanche.

Marlow Craftsman se sentit soulagé, sans cesser d'affecter l'indifférence d'une statue de sel. Il laissa passer quelques minutes, le temps que l'éventail, le verre d'eau, la valériane et l'air frais par la fenêtre ouverte fassent leur effet, puis, sur un ton nettement plus conciliant, il se risqua à demander :

— Mademoiselle Asunción, vous avez bien dit que mon fils se trouvait à Grenade ?

— Oui, monsieur Craftsman. À Grenade. Depuis le mois de mai. Sain et sauf.

Manchego planta son regard d'aigle dans les yeux myopes de Berta. Elle baissa la tête et il comprit que c'était la vérité. Que pendant toute la durée de sa prétendue disparition, Atticus Craftsman s'était en réalité trouvé dans un lieu connu – en tout cas des cinq sorcières de *Librarte*. Il se représenta une planque creusée dans les collines calcaires et le prisonnier ligoté et bâillonné derrière des barreaux, se nourrissant de ce qu'elles voulaient bien lui donner, pissant dans une bassine et perdant la raison.

— Où est-ce que vous le retenez ? hurla-t-il à pleins poumons. Avouez, bon sang !

Gaby, Berta et Asunción ouvrirent des yeux comme des soucoupes.

— Tu es en train de nous accuser d'enlèvement ? dit Berta, incrédule.

— D'enlèvement, d'entrave à la justice, de vol, d'évasion de capitaux, de fraude, de tout.

Ce fut au tour de Berta de voir rouge.

— Eh bien si c'est vraiment ce que tu penses de moi, espèce de flic à la gomme, je me moque que tu saches toute la vérité, quand bien même ça me ferait mal. Quand bien même je crèverais de te perdre. Abruti, goujat, péquenaud !

Marlow Craftsman frappa à nouveau du poing sur la table

pour interrompre ce qui, à tous égards et à sa grande surprise, ressemblait à une querelle d'amoureux.

— Dites-moi une fois pour toutes où se trouve mon fils !

Berta s'assit, vaincue. Elle s'exprima avec lenteur, dans un anglais compréhensible même par Manchego, avec force gestes, soupirs et kleenex. Elle parla des faux poèmes de Lorca, du séjour d'Atticus dans le *carmen* des Heredia, de la grotte du cousin de Soleá, de la guitare espagnole. Elle expliqua que le jeune Craftsman était resté libre de ses mouvements depuis le début : libre de revenir à Madrid, libre de se présenter à *Librarte* et de démanteler le magazine, libre de mettre les employées dehors, libre de rentrer chez lui, en Angleterre, et que s'il ne l'avait pas fait, il faudrait lui en demander la raison, parce que pour être honnête, monsieur Craftsman, je n'en vois aucune qui le retienne à Grenade, hormis peut-être un amour platonique qui le fait errer comme une âme en peine, mendiant au hasard des rues. Un amour non réciproque, cruel, implacable, de ceux qui vous consument, qui brisent vos espoirs, vos illusions. Le pire de tous.

Elle prononça ces mots en regardant Manchego, espérant qu'il comprendrait à demi-mot ce qu'elle voulait lui dire et qu'il accepterait de lui pardonner.

Mais Manchego avait déserté les lieux depuis un bon moment. Pas physiquement – son grand corps était toujours là, appuyé contre le mur, une main posée sur ses yeux comme un bandeau –, mais son esprit était ailleurs. Son âme avait trouvé une brèche mystique pour quitter son enveloppe physique et survoler la scène. L'inspecteur vivait une authentique expérience extracorporelle et pouvait observer sa propre désolation, à sa grande honte : des larmes roulant sur ses joues, Berta implorant son pardon, Craftsman abasourdi, Asunción à deux doigts de s'évanouir à nouveau et Gaby agitant un éventail comme si sa vie en dépendait.

L'âme de Manchego sortit par la fenêtre ouverte. Elle contempla les toits du vieux Madrid, le palais royal, le dôme de la cathédrale de la Almuneda et le Campo del Moro.

C'était un jour gris, froid et triste. Si seulement on était samedi, pensa-t-il, au moins j'aurais pu passer la journée au lit.

44

Les palaces et les hôpitaux de l'Assistance publique ont une chose en commun : la possibilité de voir débarquer dans sa chambre, au moment le plus inattendu, une personne déterminée à accomplir son travail coûte que coûte. Prendre la tension ou la température, donner un antibiotique, vérifier le contenu du minibar, faire le lit ou le ménage de la salle de bains sont des tâches prioritaires qui doivent être menées à bien malgré la fatigue du patient ou la nudité du client.

— Excusez-moi, madame, je viens changer les serviettes, dit une soubrette, plantée au milieu de la chambre, sans tenir compte du fait que Moira Craftsman était à l'agonie sur le lit, en sous-vêtements, une compresse d'eau froide sur le front. Ou bien vous préférez que je repasse plus tard ?

— Qui êtes-vous ? Que faites-vous dans ma chambre ? Où suis-je ? répondit Moira en anglais.

Elle s'était réveillée sonnée, après avoir rêvé que des œillets rouges fleurissaient sur ses rosiers au lieu des roses thé.

— Bon, je repasse plus tard, décida la femme de chambre, fuyant comme si elle avait le diable à ses trousses. C'est juste que comme vous n'aviez pas mis le panneau « ne pas déranger »...

Le téléphone sonna à cet instant.

— Madame Craftsman ? C'est la réception. Je souhaitais savoir si tout allait bien. Votre chambre vous convient ?

— Oui. Ça va. Merci.

On frappa à la porte.

— Service de minibar. Souhaitez-vous que je vous monte de la glace ?

— Je ne veux pas de glace !

— Votre chauffeur vous attend.

— Mon chauffeur ?

La femme de chambre refit son apparition.

— Puisque vous êtes réveillée, autant que j'en profite pour changer vos serviettes, d'accord ? Pendant que mon collègue vous monte de la glace.

— Service de blanchisserie, dit une autre voix. Je laisse vos chaussures sur le canapé, bonne journée.

— J'ai un message pour vous, entendit-elle dans le combiné avant que celui-ci tombe pesamment, coupant la communication.

— Hors d'ici, tout le monde ! cria-t-elle pour se faire entendre par-dessus le vacarme.

Moira interpréta cette invasion de son intimité comme un signe du ciel destiné à lui faire comprendre qu'elle ne pouvait passer la journée au lit à attendre Marlow. Le connaissant, il reviendrait certainement une fois de plus les mains vides. Son mari n'avait jamais été très audacieux. Au contraire, c'était un homme excessivement prudent, qui n'avait osé la demander en mariage qu'après qu'elle eut menacé de rompre s'il ne se décidait pas une fois pour toutes à s'engager. Ce fut elle qui acheta les alliances, organisa la cérémonie, éleva les enfants et elle aussi qui, à l'aide de son gros carnet noir, décidait de ce que son mari avait envie de faire à tout moment.

— Moira, chérie, est-ce que j'ai envie d'aller voir la finale de Wimbledon dimanche avec Charles Bestman ? pouvait-il par exemple demander, une main sur le combiné du téléphone de la maison du Kent.

— Non, chéri, tu as envie de prendre le thé avec ta mère, qui arrive de Londres.

— Je n'en ai pas envie, mais merci, Charles, c'est gentil d'y avoir pensé.

Problème réglé.

Le moment était venu de prendre les choses en main dans l'affaire de la mystérieuse disparition d'Atticus, pensa Moira, et, retrouvant ses forces, elle sauta du lit, enfila les premiers vêtements qu'elle sortit de sa valise – qui se trouvèrent être un tailleur en tweed et un chapeau en feutre –, et sortit dans le froid de Madrid. Ainsi que le lui avait annoncé le réceptionniste, un chauffeur en uniforme l'attendait devant l'hôtel, portière de la voiture ouverte.

— Ravi de faire votre connaissance, Madame Craftsman, dit-il dans un anglais parfait. Souhaitez-vous que je vous emmène rue Serrano ? Au Corte Inglés ? Au musée du Prado ? Ou ailleurs en particulier ?

Moira consulta son carnet noir.

— Emmenez-moi rue de l'Alamillo, au numéro 5, répondit-elle avec le plus grand sérieux.

Quelques minutes plus tard, alors qu'ils quittaient les larges avenues modernes pour gagner les ruelles du centre-ville, le cœur de Moira flancha. Elle ne pouvait croire que son fils ait dû survivre dans un quartier pareil, avec ses vieilles bicoques et ses trottoirs étroits. La porte en bois du n° 5 de la minuscule rue de l'Alamillo, en contreplaqué peint en vert, lui apparut comme l'entrée des Enfers, et l'odeur de la cage d'escalier – mélange de pet et de graillon – était plus pestilentielle que le soufre.

Elle monta laborieusement les deux étages et sonna à la

porte de droite sans le moindre espoir que quiconque viendrait ouvrir. Son plan consistait à sonner encore une fois puis à tenter sa chance auprès des voisins pour leur soutirer des informations sur les fréquentations et les habitudes d'Atticus, et tout ce qui pourrait la mener à lui.

À sa grande surprise, la porte de gauche s'ouvrit instantanément derrière elle.

— Vous cherchez qui ? demanda une vieille femme en robe de chambre bleu clair et chaussons.

Devant la stupeur de Moira, Susana se sentit obligée de lui fournir des explications.

— Je suis Mme Susana, la voisine, ma sonnette est reliée à celle de cet appartement, voyez ? C'est la police qui m'a installé ça après ce qui s'est passé l'autre soir. J'ai eu une de ces peurs ! Un voleur est entré ici et m'a poussée dans l'escalier, grand Dieu ! J'ai bien failli ne plus être là pour le raconter. En tout cas, si c'est M. *Crasman* que vous cherchez, madame, je dois vous informer qu'on ne l'a pas vu depuis six mois, malheureusement. On pense qu'il a été enlevé, quelle horreur, ou bien qu'il est mort, enfin qu'il s'est passé quelque chose, parce que c'est vraiment bizarre qu'un jeune homme aussi gentil que lui, aussi poli, disparaisse comme ça sans donner signe de vie. Il a même laissé son imperméable. Et moi, je voudrais bien relouer l'appartement, mais vous savez quoi ? Les gens, quand je leur raconte l'histoire de l'enlèvement et du cambriolage, ça leur fait peur. – Susana s'interrompit un instant et fronça les sourcils. – Dites voir, vous ne seriez pas là pour visiter l'appartement, par hasard ? Parce qu'il est formidable, avec toutes les commodités, impeccable, meublé et décoré avec beaucoup de goût...

— *No entiende*, répondit Moira avec un horrible accent.

— Vous ne comprenez pas ? répliqua Susana. Allez, entrez donc, je vous fais un café et je vous explique tout ça lentement.

Après, si vous voulez, je vous fais visiter. Vous allez adorer, c'est un petit bijou.

Susana poussa Moira Craftsman à l'intérieur et la força à s'asseoir sur le canapé de la salle de séjour. Pendant qu'elle faisait bouillir l'eau et le lait, son chat se frotta contre la jambe de l'Anglaise terrifiée. Jusque-là, celle-ci avait tenu pour acquis qu'en Espagne, comme dans les autres pays civilisés de l'Union européenne, tout le monde parlerait un anglais parfait, peut-être avec un léger accent sous l'influence du cinéma hollywoodien, mais très compréhensible au bout du compte. Elle avait également présumé que les différences culturelles ne seraient pas un obstacle majeur pour communiquer avec les locaux.

Elle se trompait.

Depuis la cuisine, la vieille femme continuait de s'époumoner – encore plus depuis qu'elle savait que son invitée était étrangère –, et Moira continuait de ne rien comprendre.

Quelques minutes plus tard, elle revint avec le café sur un petit plateau recouvert d'un napperon en crochet et s'assit en face d'elle sans cesser de parler.

— Il fait quatre-vingts mètres carrés, avec une grande chambre, une cuisine au gaz, une salle de bains et un petit séjour avec une télé couleur. Les charges sont faibles, chacun sort sa poubelle, vu que ça fait des années qu'on n'a plus de concierge, depuis ce qui est arrivé à cette pauvre Angelines. Elle avait quatre-vingts ans, d'accord, mais fraîche comme une rose. Eh bien, les services sociaux l'ont placée en maison de retraite, soi-disant qu'elle n'avait plus l'âge de travailler. Elle a tenu deux semaines. On n'a même pas eu le temps d'aller la voir là-bas, de lui apporter des chocolats ou quoi. Elle est morte de chagrin, vous savez.

Moira essayait d'intervenir dans la conversation pour demander à cette femme si elle savait où se trouvait son fils, mais chaque fois qu'elle prenait une inspiration pour prononcer son nom, l'autre avait déjà démarré la phrase suivante. Visiblement, elle avait la capacité de parler sans respirer, et d'inspirer et expirer sans interrompre son bavardage.

Enfin, après plus de dix minutes d'un discours inintelligible, Susana se leva, prit Moira par le bras comme si elles étaient de vieilles amies, et l'emmena visiter l'appartement à louer.

Les yeux de Moira s'emplirent de larmes quand elle vit où Atticus avait passé ses derniers jours. L'appartement sentait le renfermé et l'humidité, il y faisait froid et la façade de l'immeuble d'en face laissait à peine passer la lumière par les fenêtres.

— C'est quoi qui vous fait pleurer? L'émotion? Je vous avais bien dit que c'était joli comme tout.

Moira se désintéressa de la propriétaire et décida d'explorer le taudis sans l'aide de personne. Le salon était propre et vide, la cuisine déserte, la salle de bains fermée et la chambre plongée dans la pénombre. Avec un effort, elle parvint à remonter le store.

— Le petit jeune homme a dormi là trois nuits. Il n'a même pas eu le temps d'en profiter, dit Susana sans lâcher Moira d'une semelle. Le pire, c'est quand la police a mis de la poussière blanche partout pour trouver des empreintes et a fouillé tous les tiroirs. Mais comme vous le voyez, maintenant, c'est propre comme un sou neuf.

Moira ouvrit le placard. À sa grande surprise, elle découvrit, pendu à l'unique cintre, l'imperméable Burberry qu'elle avait offert à Atticus pour Noël l'année précédente. Elle s'empressa de le décrocher, le serra entre ses mains et le porta à son visage. Elle y enfouit son nez de fin limier, le flaira, l'embrassa, l'enfila par-dessus son tailleur en tweed et sécha ses larmes avec sa manche.

— Mais qu'est-ce que vous faites ? s'exclama Susana. Remettez immédiatement cet imperméable à sa place !

Moira ignora les protestations de la vieille femme. Elle introduisit les mains dans les poches du vêtement et y trouva un morceau de papier plié en quatre, où était inscrite au crayon une phrase sans queue ni tête : « Melons Arcángel, Grenade. 8 a.m. »

Il ne pouvait s'agir que d'une piste. Elle reconnut le mot « Grenade », s'étonna du fait que la police avait fouillé l'appartement en oubliant de regarder dans cette poche, et se disposa à quitter les lieux pour appeler Marlow et lui faire part de sa trouvaille. Mais c'était compter sans le petit corps fripé de Susana qui lui bloquait le passage et alertait les voisins d'une voix stridente – « Au voleur, une voleuse ! » –, lesquels s'étaient préparés à une nouvelle attaque – « Cette fois pas question de se laisser avoir par surprise » – en équipant la porte de l'immeuble d'un système de fermeture automatique et en gardant à portée de main seaux d'eau, tomates et œufs pourris, dans l'idée de les balancer depuis l'escalier sur le misérable qui aurait l'intention de revenir les cambrioler.

Moira se retrouva enfermée dans l'entrée, sous une pluie de projectiles dégoûtants, sept visages édentés contemplant sa lapidation depuis leur palier. Elle eut beau crier « *Stop, stop ! Help, help !* », le déluge ne cessa que quand le chauffeur, intrigué de ne pas la voir revenir, frappa vigoureusement à la porte et put enfin expliquer, en espagnol, la situation aux voisins effrayés.

— Ramenez-moi à l'hôtel, le supplia Moira, les cheveux gluants et l'imperméable couvert d'immondices.

Puis elle alluma son portable et appela son époux.

— Chéri, je crois que je sais où se trouve Atticus.

— À Grenade, répondit Marlow. J'ai laissé un message à la réception, ils te l'ont bien transmis ?

Moira se laissa tomber sur le siège de la voiture, sortit un mouchoir de sa poche et se mit à pleurer.

45

— Mme Craftsman ne comprend toujours pas pourquoi nous avons dû emmener María avec nous à Grenade, traduisit Berta sur le ton laconique qu'elle réservait à Manchego depuis la veille.

— Merde à Mme Craftsman. Traduis pas ça, Berta, c'est juste pour me soulager, dit Manchego. Cette femme va réussir à me faire sauter en marche de la voiture, crois-moi, si je ne la balance pas avant.

— Comme il vous l'a expliqué plusieurs fois, Mme Craftsman, l'inspecteur pense que la présence de María à Grenade est nécessaire à deux titres, expliqua Berta en anglais : un, pour la protéger de Barbosa, et deux, pour attirer Barbosa et nous permettre de l'arrêter.

— Et pourquoi vous ne l'arrêtez pas à Madrid ?

— Mme Craftsman voudrait savoir pourquoi tu ne l'arrêtes pas à Madrid.

— Nom d'un chien, j'en peux plus.

— Parce que, Mme Craftsman, répondit patiemment Berta, à moins de le prendre en flagrant délit, il nous sera impossible de l'inculper de quoi que ce soit. La seule preuve que nous ayons contre lui est la déposition de María. Elle est, comment dire ? Un « témoin protégé », vous comprenez ?

— Un appât, dit Moira Craftsman en regardant discrètement María dans le rétroviseur intérieur.

Marlow Craftsman avait loué un monospace noir Mercedes à huit places aux vitres teintées et s'était adjoint les services d'un chauffeur à cravate pour faire le voyage à Grenade avec le groupe hétéroclite que le hasard lui avait assigné ce jour-là. En d'autres circonstances, jamais il n'aurait entrepris un trajet de plus de quatre heures en pareille compagnie : il aurait préféré se jeter du haut des blanches falaises de Douvres plutôt que de partager l'habitacle réduit du véhicule avec eux.

Manchego occupait le siège avant, à côté du conducteur, habillé en civil pour ne rien arranger. Au moins, en uniforme, il imposait un certain respect, mais avec son pantalon de velours, son gilet en tricot et sa vieille veste de chasse, on aurait dit un berger du Suffolk. Puis venaient les Craftsman, chacun d'un côté du siège intermédiaire, la serviette de l'un et le sac à main de l'autre faisant office de frontière au centre du véhicule, et enfin, au fond, María et Berta, collées l'une à l'autre comme des petites filles ayant peur du noir.

Le plan consistait à arriver dès que possible à Grenade, parcourir à pied les derniers mètres jusque chez Soleá, l'attendre à la porte, monter avec elle jusqu'à la grotte de Dolores, cogner le marteau, demander à voir Atticus, le tirer de son profond sommeil, lui faire la peur de sa vie, tout lui raconter, le faire monter dans la voiture, l'avion, le train et le ramener à la maison du Kent pour le désintoxiquer petit à petit, à grand renfort de thé et de sagesse, des amours contrariées, du mauvais vin, du jambon cru et du thon aux oignons ; pour qu'il oublie tout ce gâchis et redevienne le jeune homme responsable et cultivé qu'il était, le dauphin de Craftsman&Co, la fierté de sa mère, l'espoir de son père, le successeur de Bestman, l'avenir de l'entreprise. Un garçon prometteur, ça oui, digne héritier de ses ancêtres, irréprochable, sérieux, respectable. Anglais. Anglais par-dessus tout.

La veille, Marlow Craftsman avait pris congé sans égards d'Asunción, Gaby, Berta et María, et avait fermé la porte de *Librarte* d'un claquement sec comme un coup de fusil. Il ne fut pas question d'indemnités et personne n'eut le courage d'en réclamer. Désemparées, les filles se partagèrent le peu qu'elles parvinrent à sauver du désastre : quelques livres, les tasses à café, en souvenir, les napperons en crochet – inutilisables hormis sur la photocopieuse –, le rocking-chair de Berta, les rosiers en pot et divers objets personnels qu'elles empilèrent dans de tristes cartons.

Asunción fut chargée de couper l'électricité et le gaz. Elle accomplit sa mission les larmes aux yeux. Gaby déconnecta les ordinateurs, qui seraient bientôt envoyés en Angleterre, et vida les disques durs. María s'occupa de classer les boîtes à chaussures pleines de factures et les dossiers inexploitables, mensongers, que la police utiliserait comme pièces à conviction dans le cadre de l'enquête. Berta n'eut pas le cœur d'assister à l'expulsion ; elle se contenta d'emmener les enfants de María dès qu'elle le put. Elle descendit l'escalier en tenant un jumeau dans ses bras et l'autre par la main, la petite Lucía bondissant devant eux, en leur chantant une vieille ballade nostalgique qui parlait de bergers partis dans les montagnes sans savoir quand ils reviendraient chez eux.

Elle avançait la tête basse, traînant tristement des pieds.

Manchego fut tenté de courir la rejoindre et de tout envoyer paître, mais finalement, il se rangea à la raison et se contenta de rester planté dans un coin, silencieux, pendant les deux heures que les filles passèrent à vider le bureau. Impassible, il surveilla l'opération posté près de son client, Marlow Craftsman, comme son devoir de policier l'exigeait.

Puis il escorta le gentleman jusqu'à son hôtel, le Ritz, et prit congé de lui jusqu'au lendemain matin, pour partir, comme prévu, à Grenade, dans une voiture de location, en compagnie de Berta, qui tiendrait lieu d'interprète, et de María, qui ferait office d'appât.

— Exactement, Madame Craftsman, répéta Berta pour la énième fois, María est l'appât, c'est cela, et elle doit nous accompagner pour nous permettre de prendre Barbosa la main dans le sac, vous comprenez ? Elle est la seule à pouvoir témoigner contre lui et il va vraisemblablement essayer de la retrouver pour la faire taire.

— La faire taire ? dit Moira, estomaquée.

— Lui faire du mal, oui, admit Berta. La menacer, la frapper, ou même la tuer.

— Donc vous nous mettez tous en danger en emmenant l'appât à Grenade, dans cette voiture ! s'indigna Moira. Bravo, très judicieux !

Marlow Craftsman remua sur son siège. Le raisonnement de son épouse se tenait. Emmener María dans leur monospace constituait un risque qu'il n'avait pas envisagé. Il regarda nerveusement dans le rétroviseur. La route était encombrée de voitures.

— César conduit une Harley Davidson, l'informa María, consciente de la soudaine inquiétude de Craftsman. Il est facile à reconnaître. D'habitude, il porte un blouson de cuir avec le logo orange et des bottes à bout ferré. Vous ne pouvez pas savoir ce que ça fait mal, quand on vous cogne avec ce genre de bottes. On a l'impression que vos côtes se brisent en mille morceaux.

— Quel salaud ! dit Manchego entre ses dents.

Berta serra María un peu plus fort dans ses bras. Moira baissa la vitre, sortit la tête et respira l'air glacial de décembre. Pour une étrange raison, au lieu du froid, elle sentit une chaleur étouffante. Les œufs Bénédicte lui retournaient l'estomac, lui causant une terrible nausée.

— Je ne me sens pas très bien, parvint-elle à articuler avant de sentir remonter son petit déjeuner dans sa bouche.

Comme la vitre était ouverte, le vomi atterrit directement sur María, et par extension sur Berta, qui la protégeait comme une mère poule.

Ils durent garer la voiture sur le bas-côté, au beau milieu des champs, avec pour seule compagnie quelques moutons et un moulin perché sur une colline, au loin, et tandis que Moira, confuse, s'excusait en anglais et sortait de sa valise un mouchoir en soie, une bouteille d'eau minérale et deux chemises propres – « ne regardez pas, messieurs, s'il vous plaît, fermez les yeux, nous allons nous changer dans le fossé » –, derrière eux, une Harley Davidson passa à la vitesse de l'éclair, conduite par un délinquant nommé César Barbosa, qui fonçait vers Grenade où il comptait parachever sa carrière criminelle en prenant María par les cheveux pour l'emmener dans une île du Pacifique où jamais personne ne les retrouverait. Il avait déjà les billets d'avion et l'argent dans son sac. « Dis adieu à tes enfants, lui dirait-il, parce que tu ne les reverras jamais. C'est ça ou je te tue. C'est toi qui décides. » Et elle prendrait forcément la bonne décision : s'enfuir avec lui, même si elle savait que cela ferait d'elle la propriété de son bourreau, l'objet de sa fureur, l'esclave de ses désirs. Une chose, une bête, un réceptacle.

Il n'avait eu aucun mal à suivre la piste de María. Il lui avait suffi de surprendre Susana sur son palier, dans le noir, et de lui causer une peur bleue, pour que celle-ci lui avoue que Berta lui avait confié les clés de son appartement afin qu'elle arrose ses plantes, parce qu'elle devait aller passer quelques jours à Grenade avec María et d'autres gens, Susana ne savait pas qui, ça, Berta ne le lui avait pas dit, et régler un problème, mais elle serait bientôt de retour.

— Manchego, avait prévenu Berta en raccrochant, après avoir écouté Susana lui raconter sa mésaventure d'une voix blanche. Barbosa est en route.

— Compris, avait-il répondu sans la regarder en face.

46

Berta appela Soleá dans la soirée et lui raconta en détail les événements des dernières heures. Que María avait tout avoué, que Barbosa était le pire salaud de l'histoire, que *míster* Craftsman en personne avait viré tout le monde, qu'elles avaient vidé le bureau – « Asunción a pris tes affaires, ne t'inquiète pas, elles sont entre de bonnes mains » –, et surtout, que le lendemain, à la première heure, María, Manchego, les Craftsman et elle-même partiraient pour Grenade dans le but de récupérer Atticus pour le ramener en Angleterre.

Les émotions mêlées qui agitèrent l'âme de Soleá se condensèrent inexplicablement en un seul syndrome : celui du cœur brisé. Comme un médecin palpe le corps de son patient en lui demandant « et là, ça vous fait mal ? » afin de découvrir le foyer infectieux, Soleá passa en revue l'origine de ses inquiétudes – la trahison de María, la perte de son travail, son avenir incertain –, et à sa grande surprise, elle s'aperçut que la véritable douleur, l'épicentre de son angoisse, le lieu où elle brûlait, palpitait, se tordait, hurlait et mourait, résidait précisément dans ce petit coin de son cœur qui appartenait à Atticus Craftsman. Elle remarqua comment ses autres craintes disparaissaient dans les limbes face à l'insupportable perspective de vivre sans lui.

Elle passa la nuit à se retourner sur le matelas à ressorts où Atticus avait dormi, se penchant parfois à la fenêtre pour essayer d'entendre au loin les notes de sa guitare, son accent étranger, son rire d'enfant, se remémorant leur baiser, la plage, la couleur de la mer, les odeurs, les saveurs, la douceur, la main ouverte sur son ventre. La chaleur.

Elle se leva en nage et descendit prendre son petit déjeuner alors qu'il faisait encore nuit.

Grand-mère Remedios, qui ne dormait jamais, l'attendait, adossée aux oreillers de son lit de mort. Pourtant, contrairement à ce qu'augurait son état physique jusque-là – les plaintes, les sanglots, les « que la Vierge ou l'Enfant Jésus m'emportent au Ciel, Dieu, que j'ai mal ! », les évanouissements et autres tourments, au point que Soleá avait prié pour que le Seigneur permette à sa grand-mère de quitter rapidement ce monde pour mettre fin à ses souffrances et qu'elle repose en paix –, Remedios semblait soudain solide comme un roc et arborait un sourire jusqu'aux oreilles.

— Soleá, viens donc ici, dit-elle à voix basse pour ne pas réveiller les enfants, neveux et petits-enfants qui se relayaient pour passer la nuit à son chevet.

Le feu brûlait dans la cheminée. Toute la maison était endormie, dans le silence le plus total.

— Fillette, tu m'as l'air d'une âme en peine, murmura-t-elle quand sa petite-fille vint s'allonger à ses côtés. Tu trembles, tu as les pieds glacés et le dos voûté. Est-ce que tu aurais enfin compris ?

— Compris quoi, mémé Remedios ?

— À ton avis, Soleá ? Que tu es amoureuse de Tico, pardi. Depuis le jour où tu l'as rencontré, depuis que tu l'as amené ici, depuis que vous avez ri ensemble, depuis que vous avez bu le thé de Candela, depuis que tu as sauté par la fenêtre pour ne pas le croiser. Si ça, ce n'est pas de l'amour, ma fille, alors Dieu sait ce que c'est.

Soleá baissa les yeux. Le feu donnait au drap des reflets roses et creusait de profonds sillons sur les mains de la vieille femme. Ses yeux étaient deux miroirs qui avaient vu tant de choses ; ses mots, des vérités qui se plantaient en elle comme des couteaux.

— Mais je ne...

— Tu savais pas, bien sûr. Des fois, la première concernée est la dernière à comprendre. Par contre, Tico, lui, il l'a su dès le premier instant. Il serait pas venu à Grenade avec toi s'il l'avait pas su, il aurait pas passé ses journées dans cette maison, à peler des fèves, il aurait pas appris à jouer de la guitare, il serait pas revenu à pied de la plage – trois jours et deux nuits, ça lui a pris, il me l'a dit – juste pour te voir. Lui, il le sait, Soleá, mais il est anglais, et il comprend pas qu'ici, on fait les choses autrement. Qu'un gars peut débarquer un soir chez le père de sa petite amie, l'emmener dans la grange et lui faire un enfant, comme a fait ton grand-père avec moi, et déchirer sa chemise, se frapper la poitrine, se battre pour elle si on lui refuse sa main parce qu'il est un pauvre marchand sans le sou, et l'entraîner loin du village, dans les collines, l'aimer avec rage, avec tendresse, avec passion. Notre Tico, il est pas comme ça. On dirait qu'il veut pas salir ses habits, Soleá, mais en réalité, il crève d'envie de te dévorer. Ça se voit dans ses yeux chaque fois que tu descends cet escalier et que tu passes devant lui. C'est comme si tout son corps s'allumait en te voyant arriver et qu'il s'éteignait quand tu t'en vas.

Soleá reçut ce flot de vérités de plein fouet, sans dire un mot, les yeux fixés sur les mains ridées de sa grand-mère, et elle sut que Remedios, passée maîtresse en matière de passions humaines, avait raison.

— Et maintenant, qu'est-ce que je fais ? Comment je lui dis que je l'aime, après m'être tellement mal comportée avec lui ?

— Tu ne lui dis rien du tout, ma fille. Tu le laisses venir et prendre l'avantage. Personne n'aime se sentir piégé, surtout pas les hommes. Laisse-moi faire. Dis-lui que je suis mourante, qu'il vienne me voir, que je passerai pas la nuit.

— Oh, mémé, tu me fais peur !

— Mais je fais semblant, ma petite fille, ne te fais donc pas plus bête que tu l'es. Quand est-ce que tu vas comprendre que j'ai passé tout ce temps au lit, fraîche comme un gardon, à attendre que tu te décides enfin à conquérir le cœur de Tico ?

Soleá n'en croyait pas ses oreilles. Mémé Remedios arborait un sourire béat, comme s'il était parfaitement normal d'avoir mobilisé toute la famille en faisant croire à sa mort imminente. D'avoir fait venir les cousins d'Antequera, qui dormaient à tour de rôle sans quitter son chevet, au cas où le Seigneur déciderait de venir la chercher en pleine nuit, sans prévenir.

La vieille femme bondit hors du lit, minuscule et toute ridée, ébouriffée, dans sa chemise de nuit froissée. Elle dit :

— Quel soulagement, Soleá, j'allais finir par attraper la mort pour de bon, coincée là-dedans ! Et ta mère, quelle cuisinière épouvantable ! Heureusement que je retourne aux fourneaux, ma Manuela aurait fini par nous faire crever de faim. »

Quelques-uns des cousins qui dormaient dans le salon s'agitèrent dans leur sommeil. Le feu crépitait dans la cheminée et Remedios faisait des étirements dignes d'une vraie yogi.

— Me regarde donc pas comme ça et ferme la bouche, ou tu vas avaler une mouche, dit-elle à sa petite-fille. Va plutôt chercher Tico et dis-lui que je suis mourante, allez. Et qu'avant de casser ma pipe, j'ai quelque chose de très important à lui dire. Un secret trop gros pour que je l'emporte avec moi dans la tombe.

Après s'être étirée, Remedios s'enfonça dans le matelas, remonta les draps jusqu'à son nez, roula des yeux et cria : « Emporte-moi au Ciel, Vierge du Carmen ! », ce qui tira de son profond sommeil une cousine éloignée, qui s'approcha du lit de mort, lui toucha le front, se dit qu'elle n'avait pas de fièvre et lui demanda si elle avait envie de quelque chose pour le petit déjeuner.

— Des *migas* avec du lard et des œufs au plat, répondit Remedios qui, même à l'article de la mort, n'avait pas perdu une once de son extraordinaire appétit.

47

Les seules prières que Soleá savait par cœur étaient le Notre Père et le Je vous salue Marie. Le reste, elle l'inventait au gré des circonstances : « Vierge du Carmen, sainte patronne des marins, sauvez-moi de ce naufrage », ou « Sacré-Cœur de Jésus, aie donc du cœur », prières qui, faute d'être bien liturgiques, étaient sincères, car elle n'était pas du genre à ne s'en remettre à sainte Barbe que sous l'orage. Non, Soleá rendait grâce à Dieu chaque jour pour ce qu'il lui offrait : sa mère, sa grand-mère, ses frères, les cinquante membres de sa famille élargie, ses collègues de *Librarte*, son travail, son appartement madrilène, et même les pommes de terre assaisonnées du bistrot du coin. Et depuis quelque temps, pour les yeux verts d'Atticus Craftsman lorsqu'il les posait sur son dos.

Elle avançait dans la ruelle escarpée qui menait chez Dolores en priant à voix basse, sans s'apercevoir qu'une pluie fine comme les larmes des anges faisait boucler ses cheveux, trempait l'ourlet de sa longue jupe et ses chevilles. Elle priait la Vierge Marie – toi qui es une femme, tu me comprends – de l'aider à sortir de l'impasse que constituait son amour pour Atticus Craftsman, cet Anglais pâlot, pataud et pas croyant pour un sou, le pauvre, vu l'endroit où il est né il n'y est pour rien, imagine-toi, Vierge

Marie, une famille de protestants agnostiques, même si mémé Remedios avait presque réussi à lui faire croire au Ciel en lui disant que c'était comme passer l'éternité à prendre le thé avec Soleá.

Jusque-là, elle avait tout fait pour ne pas lui ouvrir les portes de son cœur, claquemurée derrière des remparts entourés de douves remplies de crocodiles affamés, défendue par une armée de préjugés et de conventions dont elle aurait du mal à se débarrasser après les avoir alimentés avec tant de ferveur. Et pourtant, chacun de ses pas sous la pluie faisait tomber une tour, un créneau, descendre le pont-levis, lui ouvrant un passage pour pénétrer dans le château, au cœur de ces ténèbres où elle l'attendait endormie, ou plutôt inconsciente, incapable de comprendre qu'il n'y avait pas de salut sans un baiser de lui, pas de liberté sans son amour ni de paradis sans lui.

La porte de la grotte de Dolores était fermée à double tour. Les murs blanchis à la chaux, le chemin de pierres. Atticus Craftsman dormait sous l'unique fenêtre, près de la porte. Soleá frappa deux fois, trois fois, attendit et frappa encore.

Enfin une sorte de bruit de casseroles se fit entendre – bon Dieu, cette maladresse ! –, puis celui du verrou que l'on tourne, et la porte s'ouvrit enfin, laissant filtrer une chaude obscurité aux relents de tabac et de vin de la veille.

— Soleá, dit Atticus, surpris, les cheveux en bataille, en débardeur et caleçon Ralph Lauren.

— C'est mémé Remedios, elle va mourir ! lui lança-t-elle en pleine figure. Elle vous demande, elle dit qu'il faut que vous veniez, elle a un secret qu'elle veut vous raconter avant de s'en aller.

La réaction d'Atticus fut à mille lieues de la froideur à laquelle s'attendait Soleá. Sans crier gare, le jeune homme s'agrippa à elle comme à une planche de salut, pleurant comme un enfant, le corps secoué de sanglots, mouillant ses cheveux de ses larmes. Elle, la petite-fille, celle qui aurait dû être inconsolable, restait pourtant sereine, stupéfaite de se retrouver dans les bras de l'homme qu'elle aimait en secret, sans savoir que dire ni que faire face à ces effusions.

— Vous avez les mains glacées, *míster*, articula-t-elle dans un souffle. Mettez-vous donc quelque chose sur le dos, vous allez prendre froid.

Mais puisqu'il persistait à l'étreindre comme un ours, Soleá, embarrassée, les bras ballants, décida de lui rendre son étreinte, mais à la façon dont on embrasse un petit enfant plutôt qu'un amant, avec un peu de peine et de pitié, pour le consoler, avant de le mener en douceur vers le *carmen* des Heredia, où les attendait Remedios, en pleine forme, impatiente de déployer ses sortilèges pour mettre un terme aux déboires amoureux de sa petite-fille.

En réalité, il n'était besoin d'aucune intervention extérieure dans cette histoire d'illusions et de désillusions. Il aurait suffi que là-bas, en haut de la côte, sur le seuil de la grotte, Soleá avoue à Atticus Craftsman qu'elle l'aimait à la folie, malgré la peur que lui inspiraient son éducation britannique, son addiction à l'Earl Grey, sa manie de ne pas manger de viande, le boitillement qui l'accompagnait depuis cette funeste régate sur la Tamise, son père si sévère et sa mère si guindée, sa mentalité archaïque d'aristocrate anglais, son flegme et ses doigts glacés qui, à la plage, ce soir-là, avaient parcouru son dos, sa taille et son nombril pour trouver refuge dans le creux de son ventre.

— Allez, *míster Crasman*, faites vite, mémé Remedios vous attend.

Atticus sécha ses yeux sur le duvet blond de son avant-bras. Il renifla, baissa la tête et retourna dans la grotte. Deux minutes plus tard, il en sortit vêtu de noir : pantalon noir, chemise noire ouverte sur la poitrine, ceinture noire et parapluie noir, avec lequel il protégea Soleá de la pluie qui tombait toujours sur ses cheveux mouillés.

Sans ses boucles blondes comme les blés et la pâleur de sa peau, n'importe qui l'aurait pris pour un vrai gitan. Parce que c'était bel et bien ce qu'était en train de devenir Atticus Craftsman : le Tico de la grotte de Dolores, celui qui grattait la guitare de toute son âme et chantait les *soleáres* les plus tristes de l'Albaicín.

Ainsi, lentement mais sûrement, sous la pluie de décembre, ils arrivèrent au *carmen* et pénétrèrent dans la pièce où l'on veillait Remedios jour et nuit, pour qu'elle ne soit pas seule quand Dieu viendrait la chercher.

— Grand-mère, dit Atticus.

— Tico, mon petit, répondit-elle depuis son lit de mort. Viens-là, approche. Les autres, fichez le camp, ordonna-t-elle, et, reprenant les mots de Lola Flores : Si vous m'aimez, allez-vous-en.

Petits-enfants et neveux s'éclipsèrent pour aller déguster des *molletes* à l'huile au bistrot de Manolo, laissant Remedios, *míster* Craftsman et Soleá seuls avec leurs secrets.

— Dis-moi, Tico, commença la vieille femme. Voyons voir, qu'est-ce que tu es venu faire à Grenade ?

Atticus s'agita sur son siège, mal à l'aise.

— J'étais venu vous acheter des poèmes, avoua-t-il. Je ne vous connaissais pas, grand-mère, je croyais que vous aviez des textes inédits de Lorca dans un coffre et que vous les cachiez par honte que ça se sache.

— Honte de quoi, Tico ?

À présent, c'était Soleá qui s'agitait sur son siège. Elle se rappelait parfaitement ce matin-là, dans les locaux de *Librarte*, où elle avait failli tuer Atticus de ses mains pour avoir insinué que son grand-père était peut-être homosexuel.

— Que les gens puissent penser que votre mari…

— Que Lorca lui ait refilé son truc ? interrogea ironiquement Remedios. Qu'ils aient été amants ? Mais mon garçon, il m'a fait un enfant avant le mariage et trois autres après… Comment veux-tu qu'il ait été homosexuel, mon mari, dis-moi ?

— En effet, reconnut-il.

Le regard d'Atticus restait fixé sur le visage souriant de la grand-mère, ignorant l'expression crispée de la petite-fille, qui aurait préféré se cacher sous terre plutôt que d'assister à cette conversation.

— La vérité, poursuivit Remedios, c'est qu'on avait besoin d'un prétexte pour t'attirer à Grenade. D'où cette histoire de poèmes. Ensuite, on est tombées amoureuses de toi et on a plus voulu que tu partes. C'est pour ça qu'on a continué à te mentir.

Soleá sentit l'air lui manquer. Sa grand-mère venait manifestement de faire une déclaration d'amour à sa place. Elle avait dit « on est tombées amoureuses de toi » en la désignant de la tête.

— Sauf que cette fois, c'est moi qui t'ai menti, avoua-t-elle. Parce que j'avais peur que ma Soleá rentre à Madrid, que toi tu repartes en Angleterre, et que vos chemins se séparent. Donc je me suis mise au lit et j'ai dit à tout le monde que j'étais mourante.

— Et vous n'êtes pas mourante, grand-mère ?

— Et puis quoi encore, mon petit ? Je suis plus en forme que toi !

En disant cela, elle ne put retenir un petit rire. Atticus se précipita pour embrasser ses mains ridées.

— Remedios, vous m'avez fait la peur de ma vie ! J'y ai cru dur comme fer.

— Pardonne-moi, mon petit chéri, répondit-elle, flattée. Je croyais pas que tu m'aimais tant.

Le visage de l'Anglais était encore sillonné de larmes et ses mains restaient froides comme de la glace.

— Mais je vois bien que tu es sincère, poursuivit-elle. Et je me suis dit que tu étais la personne la mieux placée pour connaître mon secret. Parce que c'est vrai, j'ai un secret, et c'est vrai aussi que je veux pas l'emporter dans la tombe.

— Mémé! protesta Soleá, postée au pied du lit. Arrête de baratiner *míster Crasman*. On l'a assez roulé dans la farine comme ça.

— Tais-toi plutôt et écoute, ma fille! Ce secret-là, il te concerne aussi; il concerne la couleur de tes yeux, de ta peau.

Effrayée, Soleá se tourna vers Atticus, qui lui adressa un regard plein de curiosité. Les yeux de Soleá étaient deux lanternes bleues; sa peau, couleur du sable, était hâlée, mais plus claire que celle de ses sœurs et cousines.

— Tu tiens de ton arrière-grand-père, Soleá. Voilà pourquoi tu es si blonde.

« Blonde » n'était pas précisément l'adjectif qu'Atticus aurait choisi pour qualifier la jeune femme qui l'avait ensorcelé. Il aurait plutôt dit « exotique » ou « métissée ». Des cheveux bruns et des yeux bleus, une peau bronzée qui prenait parfois des nuances pêche. Mais c'est vrai, en comparaison des autres femmes de son entourage, peut-être pouvait-on la qualifier de « blonde ». Pas un blond du genre scandinave, bien sûr, mais un blond différent, un blond de la sierra Nevada.

— Vois-tu, Tico, mon garçon, commença Remedios, allongée dans son lit, quand ma mère a épousé mon père, elle était enceinte d'un autre homme. À part papa, personne l'a su. Il l'aimait depuis tout gosse. Quand elle s'est fait embaucher comme bonne par des riches, en ville, il a pleuré comme une madeleine. Il avait peur que les fils à papa la lui prennent. « T'en va pas, Macarena, t'en va pas », il lui répétait, « je veux pas te perdre », mais elle y est allée quand même. Elle avait un sacré caractère, ma Macarena, elle n'en faisait qu'à sa tête. Bref, elle est partie travailler dans cette maison. Un beau jour, un copain du fils du patron a débarqué, un petit jeune, anglais, même pas vingt ans et déjà mal en point, parce qu'il revenait de je sais plus quelle guerre et qu'il était traumatisé par tout ce qu'il avait vu. Toutes les nuits, il hurlait, et le matin, il se réveillait en sueur et en larmes. Alors ma Macarena, qu'elle repose en paix, elle s'est laissée convaincre de dormir avec lui. Il avait peur des fantômes de tous ces soldats morts, il disait. Donc elle a soigné ses tourments et ensuite, quand elle a su qu'elle était grosse, elle l'a dit à personne, sauf à mon père. Elle est revenue au Camino del Monte, elle s'est mariée en blanc, s'est installée dans la grotte de Dolores, qui s'appelait avant la grotte de Macarena, et mon père lui a fait quatorze enfants, donc quinze au total.

— Mais alors, mémé, dit Soleá, mon arrière-grand-père était anglais ?

— Comme je te le dis. Anglais. Mais pas d'Angleterre, d'Amérique. Et il est devenu sacrément célèbre, ton arrière-grand-père.

— Célèbre ?

— C'est là que ça devient intéressant. Crois-moi que s'il était pas aussi célèbre, je t'aurais jamais raconté tout ça. À part moi, personne n'est au courant, et avant de connaître Tico, je comptais bien emporter cette histoire-là dans la tombe.

Atticus gardait le silence, estomaqué. Les dates, les lieux, la description de l'homme en question : il n'y avait aucun doute.

— Toi, tu sais de qui je parle, devina Remedios.

— Hemingway.

— Lui-même.

À cet instant, on frappa à la porte. Manuela, qui était dans la cuisine, traversa le salon en courant. Elle leur marmonna un bonjour au passage et tourna la poignée pour ouvrir à la personne, quelle qu'elle fût, venue présenter ses respects à la mourante.

Quand elle revint vers eux, elle était pâle comme un linge.

— Soleá, ma petite fille, à la porte, il y a Berta, ta patronne, et ton amie María, avec un couple d'Anglais et un type avec une tête de flic. Tu as fait quelque chose de mal, ma chérie ?

48

Le destin n'aurait pu choisir pire moment pour une première rencontre entre Soleá Abad Heredia et Moira Craftsman, sa future belle-mère. Peut-être est-ce pour cela qu'il fut si difficile ensuite de briser la couche de glace arctique qui les sépara des années durant, malgré les efforts du pauvre Atticus pour réchauffer les pôles et rapprocher ces deux continents si opposés. La hache de guerre resta déterrée depuis cet instant précis jusqu'au jour béni où vinrent au monde les jumeaux Tom et Huckleberry, l'un blond, l'autre brun, qui furent inexplicablement surnommés « Zipi et Zape[1] » par le clan maternel, au grand trouble des Craftsman, qui n'avaient jamais entendu parler de ce José Escobar et ne se montrèrent pas désireux d'approfondir leur connaissance de ce maître de l'humour ibérique. « Mes petits-fils, déclara Marlow, porteront les prénoms de héros d'un chef-d'œuvre de la littérature, comme c'est la tradition dans la famille Craftsman depuis la nuit des temps, et non ceux de vulgaires personnages d'une obscure bande dessinée. » Et Atticus ajouta : « Parbleu ! », provoquant l'éclat de

1. Bande dessinée mythique espagnole des années 1950 mettant en scène une paire de jumeaux espiègles, blond et brun.

rire de Manuela, Remedios, Consuelos et des dix-sept cousins venus soutenir Soleá à la maternité pendant les douleurs de l'accouchement.

Le jour de leur rencontre, Soleá avait les cheveux trempés, la jupe couverte de boue, les yeux pleins de larmes, et elle était assise près du lit de mort d'une vieille femme édentée et mal peignée qui, pour une mystérieuse raison, agrippait les mains d'Atticus.

Bien sûr, dans la pénombre de cette pièce éclairée seulement par le feu de cheminée, les Craftsman furent incapables d'identifier le jeune gitan aux boucles blondes comme leur fils disparu. Ce fut Atticus qui les reconnut, malgré l'état lamentable où se trouvait sa mère, pâle, nauséeuse, enveloppée dans un imperméable trop grand.

— Maman, papa ! s'exclama-t-il en se levant d'un bond.

— Atticus ?

Moira Craftsman fit une syncope. Paralysée, elle se mit à trembler et s'effondra face contre terre sur les dalles en terre cuite.

— Faites venir Consuelos ! cria la grand-mère, se rappelant les facultés thérapeutiques de sa sœur cadette, mais oubliant qu'à trois rues de là le conseil régional d'Andalousie venait d'ouvrir un dispensaire ultramoderne prenant en charge toutes les urgences.

Consuelos, qui dormait dans l'une des chambres du haut, descendit en courant et se jeta sur Moira Craftsman, qu'elle saisit à bras-le-corps comme si elle la sauvait de la noyade et la ramenait à la nage au rivage.

Marlow Craftsman n'appréciait guère les méthodes de bonnes femmes et encore moins l'attitude de son fils qui, au lieu de tirer sa mère évanouie des pattes de cette sorcière, essayait d'empêcher le reste du groupe d'intervenir dans le sauvetage.

La frénésie cessa rapidement : sitôt le cœur de Moira au diapason de celui de Consuelos, Manuela alla chercher un torchon humide dans la cuisine et nettoya le sang du nez de la mère de son futur gendre. À eux tous, ils parvinrent à l'installer sur le lit laissé vacant par Remedios qui, à la grande surprise de sa fille et de sa sœur, venait de bondir comme un chat par-dessus le matelas et se tenait maintenant dans un coin de la scène, en chemise de nuit froissée.

Consuelos dut s'allonger près de Moira, car, dès que celle-ci ouvrait les yeux, elle s'évanouissait à nouveau, le corps secoué de spasmes. Soleá se rangea sur le côté, protégée par sa mère et sa grand-mère, tandis qu'Atticus et Marlow prenaient place près de la tête du lit, au pied duquel se tenaient Berta, María et l'inspecteur Manchego. Ils restèrent là, sans bouger, dans un silence épais, jusqu'au retour des dix-sept cousins.

Dans l'obscurité, il était facile de confondre les uns et les autres. Moira et Remedios, les Anglais et les curés, les étrangers et les parents éloignés.

— Oh Sainte Vierge, notre Remedios nous a quittés! cria l'une des tantes d'Antequera à pleins poumons.

— Oh non, ma Remedios, ma chair et mon sang! reprirent en chœur six ou sept cousins.

Marlow Craftsman, dans l'unique intention de dissiper le malentendu, avança d'un pas et tenta de leur expliquer que la femme allongée sur le lit n'était pas leur Remedios mais sa Moira du comté du Kent, et qu'elle n'était pas morte mais victime d'un simple malaise sans gravité.

Comme personne ne comprenait ce que racontait cet homme, et avant que Berta ait le temps de traduire ses paroles, un murmure indigné s'éleva contre les curés, l'Église, et cette façon d'entrer chez les gens comme dans un moulin, poussez-vous de là que j'embrasse une dernière fois ma tante, vieux schnock aigri.

« Vieux schnock aigri. » Ce manque de respect envers la personne de son père alluma en Atticus Craftsman le même feu qui avait embrasé Soleá dans le bureau de *Librarte* le jour où il avait qualifié d'homosexuel son défunt grand-père. Stupéfait, Marlow vit son fils se métamorphoser en fauve – prêt à bondir, toutes griffes dehors, les yeux plissés, la voix rauque, la bouche crachant crapauds et couleuvres.

— Mange tes morts ! rugit-il. Tico de chez Dolores ne laissera personne manquer de respect à son père, parbleu !

Atticus, chemise ouverte jusqu'au nombril, se jeta sur le cousin d'Antequera, et ils roulèrent sur le sol, torse contre torse, comme dans un combat de coqs.

On entendit soudain un coup de feu et un morceau de plâtre tomba sur la tête de Marlow, épouvanté. Tous les regards se tournèrent alors vers le coin de la pièce où un grand gaillard habillé en berger venait de tirer dans le plafond avec un revolver sorti d'un film de gangsters.

— Mais vous êtes dingues ou quoi ? s'exclama Soleá. Y a des enfants qui dorment en haut, la balle aurait pu traverser le plafond et en tuer un.

Ces sages paroles suffirent pour que le gros de la troupe se mette à galoper bruyamment vers l'escalier. En tête, Manuela, hurlant comme une possédée, au bout, Remedios en chemise de nuit, et dans le peloton, les cousins et les oncles Heredia, Berta, María et Consuelos, qui avait réussi à sauter du lit dès que le silence avait été brisé.

À l'étage, dans les larmes et les cris, ils comptèrent les enfants pour constater qu'il y en avait autant tranquillement endormis dans leur lit que la veille au moment du coucher. Tous sains et saufs, grâce à Dieu.

Ils redescendirent – trente personnes au total, vieillards et enfants, gitans et gadjos, parents et amis – et entourèrent le lit, sidérés d'y découvrir une Britannique en lieu et place de Remedios.

— Hé, je suis guérie! cria cette dernière à mi-hauteur de l'escalier. Maintenant, tout le monde chez soi, Manuela vous préviendra pour la noce.

— Quelle noce, grand-mère? s'étonna l'une des sœurs de Soleá.

— Comment ça quelle noce? Eh bien celle de ta sœur et de Tico, pardi.

Moira Craftsman, qui avait réussi à rester consciente presque deux minutes d'affilée, perdit à nouveau connaissance. Pourtant, elle n'avait pas compris un mot de ce qu'avait dit Remedios. Mais il lui avait suffi d'observer le grand sourire sur le visage d'Atticus et le rouge sur celui de Soleá pour comprendre que cette brune avec des yeux de sorcière, une grande bouche, une peau bronzée et des cheveux bouclés était – à moins que Freud n'y remédiât – la probable mère de ses futurs petits-enfants.

Cette fois, elle resta si longtemps dans les pommes qu'ils résolurent de l'emmener en urgence au dispensaire du conseil régional d'Andalousie, à trois rues de là, au cas où la médecine moderne serait capable de la ressusciter.

49

Grenade n'avait jamais tant resplendi que cet après-midi ensoleillé, après la pluie : les orangers étaient d'un vert éclatant, les géraniums, touffus comme des buissons, et la neige fraîchement tombée sur les sommets de la sierra les faisait ressembler à des gâteaux couverts de sucre glace.

Atticus et Soleá montèrent au mirador de San Miguel, d'où l'on pouvait voir l'Alhambra s'éveiller, s'étirer, illuminer Grenade comme un second soleil.

Dans ce décor magique, Soleá découvrit qu'Atticus possédait le cœur le plus chaud d'Angleterre. Après toutes ces émotions, le pauvre avait toujours les mains glacées, mais dans ses veines coulait un sang brûlant. Aussi ardent que ses baisers, ses mots enflammés, sa peau couverte de duvet blond et ses yeux, même lorsqu'il les gardait clos.

S'il n'y eut qu'un baiser, il fut le plus long de l'histoire de l'humanité. S'il y en eut plusieurs, Soleá ne sut les distinguer les uns des autres ; tous coulaient de la même source. Ce fut un déluge de baisers qui démolit les ponts, submergea les récoltes, emporta le bétail et inonda les maisons, avec boue jusqu'aux genoux, chien sur le toit, hélicoptères de secours et arbres déracinés.

Atticus reçut le baiser de Soleá comme un triomphe mérité ;

la récompense de ses efforts, le championnat d'aviron, le trophée pour Oxford, enfin, le goût de la victoire après sept ans de vaches maigres. En lui mordant les lèvres, il se remémora une à une les scènes de sa bibliothèque érotique, abandonnée dans l'appartement de la rue de l'Alamillo – quel manque d'égards ! –, avec l'espoir de pouvoir les mettre en pratique dès que sa dame de fer lui permettrait de déboutonner sa chemise et d'enlever sa jupe, ce qui s'annonçait difficile puisqu'au beau milieu du baiser Soleá prit une seconde pour le gifler en sentant sa main se glisser dans son décolleté.

— Pourquoi pas ? demanda-t-il, la joue écarlate.

— Parce que je ne veux pas, na ! répliqua-t-elle.

Et ainsi, pour ne pas prolonger inutilement son supplice, Atticus la pria sur place de l'épouser dès que possible, le jour même, ou le lendemain, à la cathédrale, dans un ermitage, au milieu des champs, juste elle et lui ou avec les cinquante cousins d'Antequera. En guise de bague de fiançailles, il lui offrit le crucifix en or qu'il portait à son cou, le Christ des gitans bénissant leur union. Il passa la chaîne par-dessus sa tête et posa le bijou brûlant sur la poitrine de Soleá où il laissa une marque, comme un tatouage en forme de croix. Pour la guérir, il l'embrassa. Puis l'embrassa encore.

D'après ce que Soleá raconta par la suite à sa mère et à sa grand-mère, il procéda dans les règles de l'art : un genou à terre, il prononça la formule consacrée d'abord en espagnol – « *¿te quieres casar conmigo ?* » –, puis en anglais – « *will you marry me ?* » –, car il rêvait depuis toujours de demander la main de la femme de ses rêves dans la langue de Shakespeare. Et Soleá répondit d'abord « *sí* » puis « *yes* », avant de le laisser enfin lui embrasser un sein, un seul, le droit, non par plaisir, mais parce que le crucifix avait brûlé celui-là.

50

Moira Craftsman se remit aussitôt de sa soudaine « poussée de tension émotionnelle », selon le diagnostic d'un médecin diplômé par la Faculté qui vérifia trois fois que son tensiomètre digital – qui afficha trois fois le chiffre dix-neuf – n'était pas défectueux, avant de lui prescrire, devant l'insistance d'Atticus, deux tasses de thé Earl Grey de Twinings, concédant que « ça ne pourra pas lui faire de mal, après tout elle est anglaise ».

Vers sept heures du soir, les Craftsman, Berta, María et l'inspecteur Manchego purent enfin s'installer dans leur hôtel de charme, une belle demeure avec patio fleuri, épuisés par le voyage, l'émotion et leur passage à l'hôpital.

La question de savoir si Moira remarqua ou non la présence du crucifix au cou de Soleá restera à jamais sans réponse. Quoi qu'il en soit, elle n'en dit pas un mot ; il lui suffit de constater combien les mains de son fils étaient froides pour comprendre que quelque chose de terrible se préparait et pour craindre le pire. Elle commanda un potage, une omelette française et une tasse de thé ; elle se plaignit à cause des pois chiches qui flottaient dans la soupe et parce que l'omelette avait moins la consistance d'un soufflé que d'une semelle. Elle passa un moment à pleurer et, vers vingt et une heures, s'endormit comme une souche.

Marlow lut jusqu'à ce que les lettres deviennent floues. Puis il éteignit la lampe de chevet et sombra à son tour dans un sommeil profond, ronflant et sifflant.

L'oreille collée à la porte, l'inspecteur Manchego prit bonne note de tout cela, car son devoir était de protéger ces gens jour et nuit et de les ramener sains et saufs au bureau de Scotland Yard avec leur fils Atticus, la personne disparue, qui, tenez-vous bien, a été retrouvée en parfaite santé grâce aux talents d'enquêteur de l'inspecteur Manchego, qui mériterait d'ailleurs d'être nommé commissaire et décoré de la médaille d'honneur.

Berta, pour sa part, après s'être assurée que le Valium avait enfin eu raison de l'insomnie tenace de María, sortit prendre l'air et tomba sur Manchego, l'oreille plaquée contre la porte des Craftsman, le dos en tension et le pistolet à la ceinture.

Elle fut tentée de regagner sa chambre sans un bruit pour éviter une nouvelle confrontation avec lui. Elle ne lui avait pas encore pardonné les accusations injustes lancées à l'encontre de sa personne et de ses amies. Enlèvement, entrave à la justice, vol, évasion de capitaux, arnaque... Manchego l'avait gravement offensée, terriblement déçue et, malgré les excuses qu'il lui avait présentées depuis – « pardonne-moi, Berta, tu sais que je ne le pensais pas, j'ai dit ça sous le coup de la pression, mais je t'aime, tu m'entends ? Hé, si tu veux savoir, je t'aime comme je n'ai aimé personne avant » –, l'humiliation qu'il lui avait infligée faisait toujours pencher la balance du côté de la rancune plutôt que de la compassion.

Pourtant, le voyage à Grenade, la pluie persistante de la matinée et cette attitude désarmante de petit garçon demandant pardon après avoir fait une bêtise commençaient à adoucir encore son cœur d'artichaut.

— Une cigarette ? dit-elle derrière lui.

Manchego se retourna brusquement et porta la main à son pistolet.

— Bon Dieu, Berta, quelle frousse ! protesta-t-il. Ne refais jamais ça. C'est dangereux de surprendre un policier en service. Je suis armé, bon sang, et sous pression.

— OK. Tu es tendu, ça se voit. Tu devrais fumer une cigarette et te reposer un peu. Ils dorment ?

— Comme des bébés.

— María a enfin réussi à s'endormir aussi.

— Alors toi et moi on est les seuls debout. À part nous, l'hôtel est vide, tu as remarqué ?

C'était exact. Ce vendredi 15 décembre, veille de week-end, aurait dû être un jour parfait pour le tourisme, et pourtant, l'hôtel leur appartenait tout entier, avec son patio andalou, ses balcons en bois et ses géraniums.

— Les gens gardent leur argent pour Noël.

— Probablement.

En pensant à Noël, Berta eut le cœur gros. En temps normal, elle ne manquait jamais de décorer les bureaux du journal. Elle achetait un sapin, qui croulait sous les décorations, et disposait des poinsettias sur les tables. Elle installait une petite crèche sur la photocopieuse – juste l'essentiel : les bergers et le reste, c'est bon pour les enfants –, préalablement recouverte d'un morceau de velours rouge, et mettait une bouteille de cidre au frais pour trinquer avec ses collègues le matin du 24 : Dieu vous bénisse, mes amies, que les rois mages vous couvrent de cadeaux, que l'année qui vient soit encore plus belle et vous apporte le bonheur.

Mais cette fois, les choses se présentaient moins bien : le bureau n'existait plus, elles étaient toutes au chômage et, en prime, María s'était révélée être une voleuse, une traîtresse et une menteuse – contrainte et forcée par les circonstances, certes, battue et menacée de mort par la pire des ordures, c'est vrai, mais une délinquante quand même, qui avait causé la perte du journal et de ses collègues avec.

— Tu as des projets, pour Noël ? lui demanda Manchego.

— Eh bien, à part apporter des oranges à María en prison, pas grand-chose, répondit-elle, résignée.

— Exact, soupira Manchego.

— Et toi ?

— Je pensais aller à Nieva. Ça fait trois ans que je n'ai pas passé Noël avec mes parents, tu sais ?

— Ah bon ?

— À vrai dire, chaque fois que j'y vais, ils me demandent si j'ai eu une promotion, si j'ai une copine, si j'ai résolu une grosse affaire. Et tous les ans, j'ai l'impression de les décevoir.

— Cette année, c'est différent.

— Côté boulot, oui, répondit-il. Pour ce qui est de la copine, non.

Berta sentit une étrange chaleur envahir tout son corps. Comme quand elle était petite et buvait du vin chaud sur la place du village, et que le sang se mettait à battre dans ses oreilles, que ses jambes tremblaient et ses yeux s'emplissaient de larmes.

Manchego n'avait pas allumé la cigarette. Il la tenait entre ses doigts, qui tremblaient autant que les jambes de Berta. Il se tut soudain, laissant parler ses yeux. La colère faisait place à un autre sentiment. Où donc étaient passés leur fierté et leur assurance, leurs petites manies de célibataires, leur besoin de solitude ? Ils ne purent éviter de se retrouver à mi-chemin entre l'espoir et la crainte.

— On peut peut-être résoudre le problème de la copine, dit Berta en se rapprochant un peu de Manchego.

Il jeta sa cigarette dans la cour et prit Berta dans ses bras de berger du Suffolk. Elle eut l'impression d'étreindre un chêne, un hêtre aux feuilles jaunies par l'automne, et respira l'odeur de terre humide, de champignons sauvages, de troupeau et de feu de bois.

Leur baiser eut un goût de noix et de châtaignes, de vin chaud et de braises dans la cheminée. Manchego et Berta, comme les deux faces d'une même pièce, se rappelèrent alors le son des cloches de San Martín un jour de noces, leur écho qui descendait jusqu'au ruisseau où les enfants se trempaient les pieds. Et la saveur du ragoût, tout le village invité à la fête, notre Berta se marie enfin, à son âge, avec un gars sensationnel, non mais regardez ce qu'il est beau, on dirait George Clooney en plus grand. Et le bruit des pétards, le bouquet final, quelqu'un au milieu du pont qui lance des feux d'artifice vers le ciel étoilé. Voilà ce que fut leur baiser.

51

L'hôtel, avant de devenir un hôtel, avait été une demeure familiale cossue. Il était plein de recoins, de couloirs et de marches, avec un ascenseur creusé dans le mur porteur, pas pratique, et un escalier de secours en acajou donnant sur un garage au plafond à caissons.

César Barbosa pénétra par la porte de derrière, traversa le garage sans un bruit et se glissa dans l'obscurité du patio. Tout était silencieux, hormis deux voix, celles d'un homme et d'une femme qui se murmuraient des mots doux à l'étage.

Il fit le tour sur la pointe des pieds et, en passant sous les voix, reçut une cigarette sur la tête. Puis il entendit le son caractéristique d'un baiser, comme des bulles de savon qui éclatent, et décida que c'était le meilleur moment pour se fondre parmi les ombres, raser les murs jusqu'à la porte derrière laquelle dormait María, crocheter la serrure avec un passe-partout artisanal et lui causer la peur de sa vie.

María avait sombré dans un sommeil profond sous Valium, ce qui compliqua quelque peu l'agression. Barbosa la secoua, la gifla, renversa un verre d'eau sur sa tête, la tira du lit comme une somnambule, lui fit prendre une douche froide, la frappa avec une serviette mouillée et parvint enfin à lui faire recouvrer l'angoisse que le médicament avait apaisée.

— Habille-toi, sale pute, on se tire, dit-il à voix basse.

— On va où ?

— Aux Caraïbes, qu'est-ce que tu crois ?...

Comme il l'avait vu faire dans les films, Barbosa noua un coin du drap au couvre-lit, et attacha la corde ainsi formée à la rambarde du balcon. Il n'y avait pas plus de quatre ou cinq mètres de hauteur jusqu'à la petite rue où il avait garé sa Harley Davidson, si bien qu'en tombant le bout du drap atterrit dans une flaque.

— Descends ! ordonna-t-il à María. Et pas de bêtise ou tu es morte.

María obéit. Elle l'attendit au pied de la corde, monta sans broncher sur la moto, s'accrocha de toutes ses forces au blouson de cuir et se laissa porter vers l'inconnu comme une plume poussée par le vent, privée de sa volonté depuis le premier jour où elle avait été infidèle à Bernabé.

Peut-être eut-elle conscience qu'elle ne reverrait jamais plus ses enfants ni l'homme qu'elle avait juré d'aimer pour le meilleur et pour le pire, dans la santé et dans la maladie, dans le bonheur et dans la peine, chaque jour de sa vie. Alors sans doute ne pensa-t-elle qu'aux bons côtés de ce mariage si plein d'espoir, consolidé par l'arrivée de beaux enfants, nourri aux joies simples du chocolat chaud et des après-midi à la campagne, alimenté par le rêve de prospérer petit à petit, de se baigner un jour dans les mers du Sud, de voyager, de voir les enfants fréquenter une prestigieuse université et de retrouver, après toutes ces années, l'émotion du premier baiser avec Bernabé.

Dans la ruelle étroite, la Harley démarra en produisant un raffut de tous les diables qui fit sursauter Marlow et Moira Craftsman dans leur lit et tira Manchego et Berta de leur extase pour les ramener brutalement à la réalité. En entendant la pétarade suivie du bruit de l'accélérateur, ils coururent vers la chambre de María, conscients qu'ils ne l'y trouveraient pas.

Devant la fenêtre ouverte et les draps suspendus au balcon, le sang de Manchego ne fit qu'un tour : il se suspendit à la corde improvisée, sauta dans la rue, sortit son pistolet et visa la moto qui disparaissait déjà.

— Ne tire pas! s'exclama Berta, penchée au balcon. Tu pourrais toucher María!

— Nom d'un chien! cria Manchego, frustré.

L'inspecteur chercha son portable à tâtons dans la poche de son pantalon. Son unique coup de fil fut pour ses collègues de la garde civile de Grenade, à qui il exposa la situation et décrivit le ravisseur et sa victime.

Berta sortit elle aussi son portable. Les doigts tremblants, elle appela Soleá.

— Soleá, fais quelque chose, Barbosa vient d'enlever María sur sa moto.

— Ils sont partis par où?

— La rue derrière l'hôtel, celle qui monte.

Soleá raccrocha sans un mot. Elle venait d'arriver chez elle après avoir passé la meilleure soirée de sa vie dans les bras d'Atticus. Il l'avait laissée à la grille, comme si c'était un effort insurmontable de la quitter même pour quelques heures, le temps que le jour se lève et qu'il puisse revenir frapper à la porte, dire bonjour et l'emmener prendre le petit déjeuner, la voir au saut du lit et s'assurer qu'il ne rêvait pas, que Soleá existait et lui appartenait bien.

— Arcángel? Cousin?

— Qu'est-ce qui se passe, cousine?

Les explications de Soleá furent probablement très confuses. Mais trois ou quatre mots à peu près cohérents suffirent pour qu'Arcángel comprenne qu'il devait se lancer à la poursuite d'une Harley Davidson sur le Camino del Monte et casser la gueule au fils de pute qui venait d'enlever une amie de sa cousine, car aucun Heredia, Amaya, ni un seul cousin – au sens large du terme en usage dans cette famille – de l'Albaicín ne tolérerait un tel affront.

Résultat, en moins de deux minutes, le coup de fil avait provoqué une vendetta impliquant deux cents hommes sans pitié prêts à mettre en pièces Barbosa. En voiture, à pied, à moto ou (surtout) en camionnette, ils encerclèrent le Sacromonte, bloquèrent les rues adjacentes, le périmètre de la vieille ville, les nouvelles sorties d'autoroute et, en un point indéterminé, se mêlèrent à la police nationale et à la garde civile. Déconcertés de se retrouver pour la première fois dans le même camp, ils formaient une armée bigarrée d'uniformes, voitures officielles, Seat Laguna, chemises noires, armes réglementaires et baïonnettes improvisées, alliés contre un ennemi commun.

César Barbosa n'en croyait pas ses yeux. Pas moyen d'échapper à la foule : à chaque coin de rue brillaient couteaux, dents en or, crucifix et insignes des hommes à l'affût. Tous d'accord sur une seule chose, l'espace d'une seule nuit : en finir avec lui.

En désespoir de cause, il gara la moto dans une rue plus large, saisit María par les cheveux et cria :

— Je vais la buter ! Soit vous me laissez partir d'ici, soit je vous jure que je la bute sur place !

La lame de son couteau frôlait la gorge de María.

— Tout le monde se calme ! ordonna un gradé, prenant les choses en main. Il nous faut un négociateur.

Mais une autre voix s'éleva, plus puissante et plus autoritaire.

— On va rien négocier du tout, bordel ! brama Manchego, fendant la foule pour se ruer sur Barbosa.

L'impact de leurs corps fit valser María, la Harley Davidson, une poubelle pleine et un panneau annonçant un spectacle de flamenco. Les deux hommes roulèrent par terre, luttant comme des gladiateurs, cognant, hurlant, saignant. Un vrai massacre, sous les yeux ébahis des autres, qui ne firent pas un geste pour les séparer, allez savoir pourquoi, jusqu'à ce que la voix stridente de Berta se fasse entendre par-dessus le tumulte :

— Putain mais aidez-le !

« Putain. » Pour la première fois de sa vie, Berta Quiñones employa un gros mot, sans doute le seul qu'elle connaissait, jugeant que l'autre option – « Aidez-le, s'il vous plaît » – ne produirait pas l'effet escompté sur son auditoire. Ce fut un acte conscient, planifié et efficace, dont Manchego et ses amis rigoleraient toute leur vie à la moindre occasion. Il n'oublierait pas de sitôt sa voix aiguë ni la couleur de son visage congestionné.

— Ça n'a rien de drôle, se plaindrait-elle, vexée.

Et Manchego l'entourerait de ses bras pour la faire taire d'un baiser.

Quoi qu'il en soit, le cri de Berta parvint à briser le maléfice qui avait pétrifié l'assistance et la fit revenir à la vie. Il fallut plus de vingt hommes, policiers et cousins confondus, pour maîtriser Barbosa et libérer María. Mais le plus délicat fut ensuite de décider du sort du prisonnier, que se disputaient les représentants des lois civiles d'une part et les tenants des lois gitanes de l'autre. Les premiers gagnèrent, bien sûr, en échange de quoi et pour le remercier d'avoir prêté main-forte dans l'arrestation de Barbosa, ils offrirent à Tomás, en tant que chef de famille, un portrait grandeur nature de la Vierge du Pilar symbolisant l'amitié et la coopération entre les deux parties.

Cette nuit-là, les seuls qui dormirent à poings fermés, grâce à une infusion *made in Candela*, furent Marlow et Moira Craftsman. Mais pour une étrange raison, en plus de leur apporter le sommeil du juste, la nuit raviva le feu de leur relation assoupie – qu'y avait-il dans le thé de la *seña* Candela ? –, et au matin, ils firent l'amour passionnément, comme des bêtes sauvages, toutes griffes dehors, jetant leurs forces dans une bataille qui les laissa pantelants jusqu'à l'heure du petit déjeuner.

Le reste de la population du Sacromonte se réunit avant l'aube dans la grotte de Dolores pour fêter la capture de Barbosa. Le son des guitares et des bouteilles s'abattit sur Grenade comme une tempête tropicale. Cette nuit-là, plus de mille plaintes furent ignorées par la police municipale, sur ordre du chef régional de la garde civile qui, avec une dizaine de ses collègues, participait à la bringue.

Ils chantèrent et dansèrent jusqu'à ce qu'ils n'en puissent plus de taper dans leurs mains, de gratter la guitare et frapper le *cajón* flamenco, car, comme le rappela Dolores à hauts cris, il y avait bien des choses à fêter cette nuit-là. D'une part, Barbosa croupirait pour longtemps derrière les barreaux, et surtout, Soleá avait trouvé l'homme de sa vie : Tico de chez Dolores, gitan de cœur, aux coutumes gitanes déjà bien ancrées. Il n'était pas né celui qui lui ferait quitter sa terre d'adoption, à Tico. Sa nouvelle famille. Sa nouvelle identité.

— Qu'est-ce que je te sers, Tico ? lui demanda sa future belle-mère.

— Jambon ! répondit-il avant d'ajouter : parbleu !

52

Ce matin-là, après sa partie de jambes en l'air inopinée, Marlow Craftsman prenait le petit déjeuner – *molletes* à l'huile, tomate et jambon – dans la cour carrelée de son hôtel de charme, quand il vit arriver Atticus, qui n'avait pas fermé l'œil de la nuit, le bout des doigts à vif et la voix cassée, les cheveux en bataille, dans ses vêtements de la veille. Il commanda un verre d'eau et s'assit de l'autre côté de la petite table pour deux où était installé son père.

Ils s'étaient toujours bien entendus. Par contraste avec son frère Holden, le rebelle, qui ne s'était jamais plié à l'autorité paternelle et avait toujours fait ce qui lui chantait, la complicité entre Marlow et Atticus était telle qu'en un regard, ils savaient ce que l'autre pensait.

— Les affaires sont les affaires, dit Marlow. Nous ne sommes pas une ONG.

— Mais, papa...

— *Librarte* nous a fait perdre suffisamment d'argent.

— Sans les détournements de fonds, on n'aurait pas perdu tant que ça, protesta Atticus. Accorde-nous un prêt, le supplia-t-il à la première personne, comme s'il s'incluait dans le naufrage.

— Avec quelles garanties, Atticus ? répliqua Marlow. *Librarte* n'a pas de lecteurs, pas d'annonceurs, pas de nom, rien.

— Mais ça va changer. Tu verras.

Marlow fit non de la tête et engloutit la moitié d'un petit pain. L'huile glissa le long de ses lèvres. Après quelques secondes de silence, Atticus eut une idée. Pendant que son père dévorait son petit déjeuner, il élabora mentalement un plan qui lui permettrait de sauver l'entreprise et toutes ses employées. S'il le fallait, il prendrait lui-même la tête du projet. Tel le phénix, *Librarte* renaîtrait de ses cendres grâce à Remedios Heredia, sa petite-fille Soleá et Ernest Hemingway en personne.

— Très bien ! claironna-t-il. Tu veux des garanties ? Eh bien je vais t'en donner.

Alors, il se leva en tirant sa chaise, prit son père par le bras et, le sang chaud, l'entraîna hors de l'hôtel, par les ruelles, jusqu'au *carmen* des Heredia.

Il cogna à la porte ; ils attendirent.

La famille était répartie dans diverses maisons du Sacromonte. La plupart avaient trouvé un canapé, un tapis, un hamac ou un coin de lit où dormir, certains étaient toujours dans la grotte de Dolores, au bord de l'inconscience, et les autres ronflaient paisiblement à l'arrière de leur camionnette. La seule déjà debout à près de midi était Remedios, tablier taché de sauce tomate pardessus sa robe, cheveux gris relevés en chignon, débarbouillée, alerte et souriant de toutes ses dents en or, prête à affronter la gueule de bois générale et les vieilles histoires jusqu'au soir.

En revanche, ce qu'elle n'avait pas prévu, c'est de se retrouver face au visage impénétrable de Marlow et à Atticus, surexcité, qui se jeta sur elle et la couvrit de baisers sonores.

— Mémé Remedios, va réveiller Soleá, c'est important.

La vieille femme partit comme une fusée, persuadée que ces deux Anglais si courtois étaient venus demander la main de sa petite-fille. Faute d'un père encore en vie pour donner sa bénédiction, il faudrait faire venir aussi Tomás et Manuela pour qu'ils assistent à l'événement.

— Soleá, Soleá, Manuela, Tomás ! Tous dans la cour, descendez !

— Qu'est-ce qui se passe, mémé ? demandèrent plusieurs voix ensommeillées.

— C'est Tico, il est venu faire sa demande officielle !

Atticus entendit les cris de Remedios et se mit à paniquer. Il n'avait pas l'intention de déclarer publiquement sa flamme à Soleá, en tout cas pas ce matin-là. La véritable raison de sa visite (qui à présent lui paraissait mesquine) était que face au refus de son père d'éponger les pertes de *Librarte*, il n'avait rien trouvé de mieux que de lui raconter l'histoire d'Hemingway.

Atticus pensait avoir trouvé la solution à tous les problèmes du journal dans ce vieux secret de famille qu'il suffirait de répandre aux quatre vents, sur les cinq continents, pour assurer l'avenir de *Librarte*. « On a retrouvé la fille illégitime d'Hemingway », dirait le gros titre. « La vieille femme, prénommée Remedios, vit dans une maison andalouse de l'Albaicín de Grenade, entourée de sa nombreuse famille, en grande partie constituée des petits-enfants et arrière-petits-enfants du célèbre écrivain américain. »

Il y avait un gouffre entre ce plan minable et le projet glorieux de s'agenouiller devant Soleá pour la demander en mariage devant son propre père et l'ensemble de la famille Heredia. Mais lorsqu'il vit Soleá, pantoise, les cheveux défaits et les yeux brillants, le reste du clan derrière elle, il ne douta plus un instant que Remedios avait raison : l'unique motif de sa visite était Soleá et son désir de vivre à jamais à ses côtés.

Atticus déboutonna sa chemise. Il mit un genou à terre, baissa la tête, prit la main de la jeune femme dans les siennes et dit, dans un espagnol teinté d'un fort accent londonien :

— Soleá, je suis venu chez toi avec mon père pour témoin. Veux-tu être ma femme ?

— C'est pas comme ça qu'on fait, Tico, dit-elle. C'est ton père qui doit faire la demande à mon frère.

Tomás apparut derrière un groupe de cousins, les bras ouverts, un large sourire aux lèvres. Marlow Craftsman étant incapable de prononcer un seul mot en espagnol, il fut décidé à l'unanimité qu'on se passerait des formalités. Marlow reçut l'accolade, surpris, sans bien comprendre à quoi rimait tout ça.

Puis les sœurs et les cousines de Soleá commencèrent à taper dans leurs mains et à improviser une chanson qui faisait : « Ali ali he ! Ali ali he ! Ils vont se marier », en dansant autour des fiancés.

Arcángel, remarquant la pâleur de Marlow, s'approcha de lui par-derrière et, dans un anglais rudimentaire, lui souffla à l'oreille : « Ma cousine, femme, votre fils, homme », pour qu'il puisse au moins participer à la fête en connaissance de cause.

Les yeux exorbités, Marlow s'assit sur une marche près d'une très vieille jarre. Il sortit un mouchoir en soie de sa poche pour éponger la sueur qui recouvrait son front et réfléchit à la manière dont il raconterait tout ça à Moira sans la faire mourir de peur.

C'est alors que grand-mère Remedios vint s'asseoir à ses côtés.

53

— Écoutez voir, *míster Crasman*, dit Remedios, sachant parfaitement que Marlow ne comprenait pas un mot. Ma Soleá, elle a pas de dot. Tout ce que les filles ont à se partager, c'est cette maison et les trois sous qu'il reste de la vente des terres de ma Manuela. Mais moi, ça me fait de la peine de vous la donner comme ça, les poches vides, alors il m'est venu une idée. Votre métier, c'est éditeur, pas vrai ? Vous aimez les livres, les écrivains et tout le tintouin ? Alors venez donc avec moi là-haut, j'ai quelque chose à vous montrer.

La vieille femme prit Marlow Craftsman par la main et tira de toutes ses forces pour l'obliger à se lever. Puis elle le poussa à l'intérieur, lui fit traverser le salon, monter les trois volées de marches étroites jusqu'à la porte du grenier, qu'elle ouvrit avec une clé qui pendait à son cou, parmi une dizaine de médailles de la Vierge.

La pièce était mansardée et la lumière pénétrait par une petite fenêtre, au niveau du sol. Il y avait des meubles, des matelas, des lampes, des livres et des toiles d'araignées. Visiblement, quelqu'un venait souvent là-haut mais on n'y faisait jamais le ménage.

Remedios se pencha vers un coffre, qu'elle ouvrit à l'aide d'une autre clé accrochée à son cou.

À ce stade, Marlow Craftsman ne savait que penser. Les murs laissaient filtrer le brouhaha du rez-de-chaussée, les claquements de mains et de talons, les chants joyeux, alors qu'il était seul ici, en compagnie de cette vieille dame religieusement occupée à faire tourner la clé dans la serrure de ce qui ressemblait à un sarcophage. Le coffre pouvait aussi bien contenir un trésor que le squelette d'un parent privé de sépulture. Une momie, si ça se trouvait, avec dents, cheveux et guenilles.

La serrure céda, le couvercle s'ouvrit avec une plainte aiguë et Remedios s'écarta pour que Marlow puisse contempler son plus précieux secret.

— Tout ce bric-à-brac appartenait à mon père, le gars Hemingway, dit-elle. Ma mère l'a gardé en souvenir. C'est pas du vol, précisa-t-elle, il le lui a donné pour qu'elle le mette à nettoyer, et quand elle a voulu lui rendre, il a dit qu'il voulait plus en entendre parler, que ça lui rappelait la guerre, qu'elle n'avait qu'à tout brûler. Mais elle l'a pas brûlé, parce qu'elle était un peu amoureuse de lui, au fond. Ensuite, quand elle a su qu'elle était enceinte et qu'elle a quitté la maison, elle a rapporté ça ici. Elle a mis le tout dans ce coffre sans jamais rien dire à personne.

Marlow se baissa près de Remedios. Deux grosses larmes coulaient sur les joues de la vieille femme. Cérémonieusement, elle lui montra la capote de soldat de la Première Guerre mondiale, sur le revers de laquelle était cousu le nom d'Ernest Hemingway. Devant le visage incrédule de Craftsman, Remedios trouva les deux mots qu'elle cherchait :

— *My father*, dit-elle.

Puis elle sortit le reste de l'uniforme : pantalon, chaussettes, bottes et même un pistolet rouillé. Enfin, elle lui tendit un très vieux carnet, portant une reliure de cuir et l'écriture du célèbre écrivain.

Marlow tourna les pages une à une ; plus de cent au total.

Abasourdi, il comprit que ce qu'il tenait entre les mains n'était autre que le journal intime, secret et inédit d'Hemingway, comprenant notes, dessins, pensées, récits et même poèmes d'amour. Sur la dernière page, il découvrit la clé du mystère : un nom de femme au centre d'un cœur. Macarena.

— *My mother*, expliqua Remedios.

Au fond du coffre se trouvait la petite photo en noir et blanc d'une très belle jeune femme aux yeux de biche, aux cheveux noirs et au sang gitan. Elle portait une jupe longue, une mantille noire et un petit tablier blanc, et levait l'ourlet de son jupon au-dessus de sa cheville avec un air coquin. « C'est lui qui l'a prise, pensa Marlow. C'est Ernest Hemingway en personne qui l'a photographiée pendant son premier séjour à Grenade. Il l'a mentionnée dans je ne sais combien de textes, et personne n'a jamais su à qui il pensait quand il décrivait l'Espagne avec des attributs de femme. »

— Ma mère me l'a dit quand j'ai eu l'âge de comprendre, après la mort de mon pauvre père, parce qu'elle voulait surtout pas que je le regarde différemment si je savais la vérité, que j'étais pas sa fille mais celle d'un autre monsieur, ce gars Hemingway que j'avais jamais vu de ma vie. Elle m'a dit qu'elle l'avait aimé pour de vrai, comme un premier amour qu'on n'oublie jamais même si le temps passe. Souvent, elle me regardait la figure en secret pour essayer d'y retrouver un peu de lui. Son menton carré, son regard fier. Et voilà tout. En fin de compte, c'est ma Soleá qui a hérité du plus gros, à la grande surprise de son père. Pedro Abad, il ne voyait pas de qui la petite pouvait bien tenir des yeux bleus pareils dans une famille où on les a tous noirs comme de la suie. Alors il a bien fallu que je lui raconte, à lui aussi, et puis à ma Manuela. Je lui ai dit : « Ma fille, ton grand-père, c'était pas ton grand-père, mais le gars Hemingway, mais ne le dis à personne, pour l'honneur de ma mère. » Un jour, ma Soleá s'est retrouvée punie au grenier pour une bêtise. Elle a ouvert le coffre et est tombée sur tout ça. Elle n'y comprenait rien, la pauvre. Elle me demandait : « Il est à qui, l'uniforme, mémé ? » Et moi, je lui répondais : « À ton grand-père. » « Qui est-ce qui les a écrits, les poèmes, mémé ? » Et moi, je lui disais : « C'est moi. » Elle était toute petite, elle savait ni lire ni écrire, alors elle me croyait.

Marlow ne comprenait pas un traître mot du bavardage de Remedios. Il savait en revanche qu'il avait sous les yeux un trésor d'une valeur inestimable, d'un intérêt colossal, aux conséquences inimaginables.

L'histoire des amours d'Hemingway et de Macarena devait être racontée. Il faudrait que quelqu'un mène l'enquête, analyse un à un les mots de l'écrivain, le contexte et la situation dans lesquels ils avaient été écrits, les conséquences de cette passion sur l'œuvre littéraire ultérieure de leur auteur et son esprit indomptable. Il faudrait réévaluer toute son œuvre à la lumière de ces nouvelles informations et, naturellement, publier un fac-similé du journal, avec appareil critique et notes de bas de page. Il faudrait aussi s'arranger pour qu'un grand musée expose la trouvaille derrière une vitrine, rééditer l'œuvre complète de l'auteur, présenter Remedios au monde en tant que fille illégitime d'un des plus grands génies de la littérature universelle et, par extension, la famille entière, y compris Arcángel, El Potaje, la tante Consuelos et les dix-sept cousins d'Antequera. Il faudrait retrouver la famille de Grenade chez qui l'écrivain avait logé et la maison où Remedios avait été conçue. Il y avait tant à faire que cela nécessiterait probablement l'intervention d'une équipe complète à temps plein pendant plusieurs mois, voire plusieurs années.

L'équipe en question devrait être composée d'Espagnols, bien sûr, pour pallier les difficultés liées au piètre maniement de la langue anglaise par les membres de la famille Heredia. Des personnes de confiance, capables de garder un secret aussi énorme, compétentes, dotées de solides connaissances littéraires, discrètes et personnellement impliquées auprès de Craftsman&Co au point de se considérer comme partie prenante du succès ou de l'échec de l'entreprise.

Des personnes telles que Berta Quiñones, Asunción Contreras, Gabriela Fernández et Soleá Abad Heredia. L'équipe de *Librarte*.

Et aussi, bien entendu, à la tête des opérations, un homme fort de Craftsman&Co. Un homme jeune, avec tout l'avenir devant lui, désireux de démontrer sa valeur. Quelqu'un qui ne pouvait décemment pas rester assis à attendre que Bestman prenne sa retraite pour se bâtir une carrière dans le monde des livres : son fils Atticus, évidemment, que Marlow nomma mentalement, à cet instant précis, chef de la nouvelle équipe d'opérations spéciales et secrète Craftsman.

Qui d'autre que lui connaissait sur le bout des doigts l'âme de la famille Heredia et savait la caresser avec douceur et tendresse ? Qui était capable de toucher le cœur de Remedios ? Qui, en définitive, allait être le père des arrière-arrière-petits-enfants d'Ernest Hemingway ?

— Eh bien la voilà, la dot de ma Soleá, conclut Remedios. Maintenant, faites donc ce que vous voudrez de tout ça. Emmenez-les en Angleterre, si ça vous chante.

Marlow aurait voulu expliquer à la vieille femme qu'il s'agissait là d'un trésor littéraire dont la valeur dépassait toutes ses espérances. Qu'il n'existait pas suffisamment d'argent dans le monde entier pour en payer le prix, qu'il lui ferait parvenir régulièrement ses *royalties* pour la propriété intellectuelle, qu'elle serait riche, qu'elle serait célèbre, qu'on exalterait la mémoire de sa mère et que le nom d'Heredia entrerait dans l'histoire, uni à tout jamais à celui d'Hemingway.

Mais, à ce discours qui aurait été incompréhensible pour la vieille femme, il préféra le langage universel des larmes partagées.

Marlow Craftsman et Remedios Heredia tombèrent dans les bras l'un de l'autre, en une étreinte à même d'abolir les frontières, les cultures, les distances, les explications et les conventions. C'est ainsi qu'Atticus et Soleá finirent par les retrouver, après les avoir cherchés un bon moment dans toute la maison : enlacés sur le plancher du grenier.

54

Lorsque Moira Craftsman fut remise de son épisode érotique et que son apparence immaculée eut recouvré sa dignité, elle se rappela avoir à nouveau rêvé d'Atticus. Cette fois, il ne s'agissait pas d'une marmite d'eau bouillante, mais d'une sorte de brancard de fortune sur lequel des indigènes charriaient son fils hors de la jungle, lequel, malade, fiévreux, les yeux exorbités, couvert de sueur, criait : « L'amour, l'amour ! »

Ses talents analytiques ainsi que la lecture compulsive de *L'Interprétation des rêves* l'amenèrent à la seule conclusion possible : cette année-là, Atticus ne passerait pas les fêtes dans la maison du Kent mais au cœur des ténèbres grenadines, adopté par la tribu exotique des cousins Heredia, avec ses tambours, ses chants de Noël, ses processions et ses veillées. Il ne mangerait pas de roast-beef ni de *Christmas pudding*, mais de la soupe et de la pâte d'amandes. Il ne passerait pas la matinée à écouter le concert de l'orchestre philharmonique de Berlin, mais à se remettre de sa cuite de la veille, et au lieu d'une nouvelle gabardine Burberry, il recevrait en cadeau la discographie intégrale de Camarón de la Isla.

Elle alluma son portable et composa un numéro. Elle attendit.

— Holden, mon chéri ?

— Maman ?

— Je t'appelle parce que je sais enfin quels sont les projets de ton frère pour Noël. Je suis vraiment désolée de t'avoir fait attendre si longtemps. Enfin, quoi qu'il en soit, nous pourrons loger tes beaux-parents dans la chambre d'Atticus.

— Vous l'avez retrouvé ?

— Oui.

— Il va bien ?

— Parfaitement bien, prononça-t-elle d'une voix tremblante.

Elle raccrocha rapidement, sans laisser le loisir à Holden de poser d'autres questions embarrassantes.

En effet, cette année-là, chacun passa des fêtes un peu particulières. Marlow et Moira Craftsman regagnèrent l'Angleterre par un vol d'Iberia et goûtèrent, pour la première fois de leur vie, au poulpe à la galicienne, mets que les autres passagers (espagnols) dévorèrent goulûment, et qu'eux mâchèrent avec méfiance avant de le recracher dans leur serviette.

Manchego invita Berta à Nieva de Cameros et la présenta en qualité de petite amie officielle. Ses parents en furent déboussolés : soit cette femme avait des atouts cachés, soit la soudaine passion de leur fils pour cette quinquagénaire quelconque était le résultat d'un mauvais sort. Mieux valait ne pas penser aux atouts cachés, ni à la sorcière responsable du sort.

Asunción se chargea de rendre au bureau toute sa splendeur perdue. Par chance, les ordinateurs étaient toujours là, la photocopieuse fonctionnait encore et elle serait dans les temps pour payer le loyer. Elle n'eut qu'une seule chose à changer : la plaque de l'entrée. L'endroit n'abriterait plus les bureaux de *Librarte*, mais le quartier général d'H&H, nom de code – associant les patronymes d'Hemingway et d'Heredia – de l'organisation secrète dirigée par Atticus Craftsman, appelée à étudier la découverte littéraire du siècle. Atticus et Soleá réaliseraient, à Grenade, l'enquête de terrain. Berta, Asunción et Gaby se chargeraient du reste du travail de documentation et d'édition.

Après avoir été jugé coupable d'enlèvement, de délit de fuite, de tentative d'assassinat et d'une foule d'autres infractions par un tribunal de Grenade, Barbosa fut condamné à dix ans d'incarcération et envoyé à la prison d'El Puerto, aussi loin que possible de María, sur la recommandation de l'inspecteur Manchego, élément clé mais aussi partie prenante de l'instruction, ainsi qu'en témoignait la blessure par arme blanche qu'il avait reçue à l'épaule droite.

María rentra à Madrid en mille morceaux, les nerfs à vif et le cœur brisé. Elle se présenta devant Bernabé la tête basse, honteuse et affligée. Elle lui raconta que pendant près d'un an, elle avait volé dans la caisse de *Librarte*. Qu'au début, c'était de petites sommes, mais qu'elles avaient augmenté peu à peu, d'où les sacs de luxe et les manteaux de fourrure, les cadeaux aux enfants, les baskets de marque et l'écran plasma. Que contrairement à ce qu'elle avait prétendu, elle n'avait pas vendu la maison de Valence – mais quelle importance, maintenant, le juge ordonnerait probablement la saisie de tous ses biens et le terrain appartenait donc déjà pratiquement à la banque, de même que l'argent qu'elle parviendrait à réunir dans les années à venir, jusqu'à ce qu'elle ait pu restituer à *Librarte* ce qui appartenait à *Librarte*. Elle lui apprit aussi qu'elle risquait de purger trois à six mois de prison, à la maison d'arrêt de Yeserías, et qu'elle préférait ne pas voir les enfants du tout plutôt que de les voir au parloir. Il n'avait qu'à leur dire qu'elle était en voyage, ce qui n'était qu'un demi-mensonge, parce qu'il y avait une trotte, jusqu'à Yeserías, et qu'elle les aimait beaucoup, et qu'ils lui manquaient.

Elle lui parla aussi de Barbosa, mais seulement en tant que complice, sans lui avouer qu'ils avaient été amants. Elle lui expliqua que ç'avait été son idée à lui, un jour où elle lui avait réglé deux fois la même facture par erreur, que tout était parti de là. Qu'ils partageaient les bénéfices, comme Bonnie et Clyde, le sexe en moins. Pas de sexe, ça non. Elle lui dit aussi qu'elle avait fini par prendre peur, qu'elle avait voulu tout arrêter mais qu'il l'avait forcée à continuer en menaçant de s'en prendre aux enfants si elle le balançait. Alors, elle n'avait pas eu le choix. À la fin, il gardait tout l'argent pour lui. Elle, elle n'avait plus que sa peur.

Et c'était la vérité. C'était presque entièrement vrai.

Étrangement, la flamme de leur amour se raviva en prison. Aussi curieux que ça puisse paraître, les trois ou quatre fois où Bernabé et María demandèrent l'autorisation d'avoir des relations sexuelles dans l'étroite cellule de Yeserías, leur passion fit tomber les murs de béton, révélant derrière eux une plage de sable blanc et une mer chaude, sous la pleine lune et le ciel étoilé.

Si bien que quand, au début du mois de mai, quatre mois et demi après son incarcération, après avoir enfin purgé sa peine et respiré à pleins poumons l'air de la liberté, María découvrit Berta, Asunción, Soleá et Gaby qui l'attendaient à la porte de la prison, les bras chargés de fleurs, de baisers et de pardon, la première chose qu'elle leur apprit fut sa grossesse surprise – un enfant conçu en prison, le pauvre, bon, on lui dira que c'était sur une plage.

— Eh bien on ira ensemble s'acheter une robe pour le mariage de Berta, déclara soudain Gaby, les prenant toutes au dépourvu.

— Toi aussi, ma belle ?

— Oui ! Moi aussi, María, pile comme toi ! C'est pour décembre.

Elles s'embrassèrent en sautillant avec de petits rires hystériques.

Faute d'avoir sous la main un beau jardin fleuri où commenter la nouvelle, les cinq ex-employées de *Librarte* s'installèrent à l'ombre d'un érable dans le premier parc venu, au croisement de deux routes secondaires.

— C'était il y a quelques mois, c'est ça, Asunción ? Franklin m'a dit qu'il voulait retourner en Argentine, raconta Gaby. Que ce serait mieux pour nous deux. Il avait même pris son billet, vous voyez le tableau.

— Mais, chérie, dit Berta, choquée, vous êtes le couple le plus amoureux que je connaisse. Quelle mouche l'a piqué ?

— La mouche, c'était moi, avoua Gaby. Je lui mettais sans arrêt la pression avec mes histoires d'enfants. Je ne parlais que de ça. Je le forçais à lire des livres sur la grossesse, à prendre des vitamines, à faire l'amour dans des positions pas possibles, à passer des tonnes d'examens médicaux. J'étais tellement obsédée par l'idée d'avoir un bébé que je n'étais plus capable de profiter du reste. Le pauvre Franklin en est venu à se persuader qu'on ne pourrait jamais avoir d'enfant.

— Et il s'est dit qu'il fallait qu'il parte pour te laisser aller de l'avant, comprit María.

— Alors j'en ai parlé à Asunción, dit Gaby en désignant son amie de la tête, et elle m'a donné la solution. Je suis rentrée à la maison, je l'ai trouvé en pleurs, je l'ai allongé sur le lit et...

— OK, c'est bon, l'interrompit Berta un peu brutalement. Pas besoin de donner tous les détails, on voit très bien comme ça.

— Ça va pas, non ? Moi je ne vois rien du tout ! lança Soleá. Raconte, on veut tous les détails !

— Eh bien, reprit Gaby, je l'ai embrassé partout et je lui ai fait comprendre que la seule chose qui pouvait me rendre heureuse, c'était d'être avec lui. À ce moment-là, je me suis rendu compte que c'était la vérité. Lui et moi, on forme la plus belle famille du monde, avec ou sans enfants. Alors j'ai arrêté de me focaliser sur l'idée d'avoir un bébé. J'ai complètement oublié tout ça, et quand je suis allée chez ma gynéco, la semaine dernière, elle m'a dit que j'étais enceinte de deux mois.

— Rien de mieux que de penser à autre chose pour tomber enceinte, dit María. Moi, dès que j'y pense pas, bim !

55

Chacune se fit faire une robe à la mesure de son ventre – celui de María étant deux fois plus gros que celui de Gaby car elle attendait son quatrième enfant tandis que son amie attendait son premier –, mais de la même couleur cerise assortie au bouquet de la mariée.

Berta opta pour un tailleur blanc, considérant qu'à son âge et avec ses kilos en trop, il était plus sage d'éviter les robes longues en soie et organdi ou les tiares avec voile en tulle façon mariage princier. Elle se contenta de quelques fleurs blanches piquées dans ses cheveux. Au doigt, elle portait la bague de fiançailles que lui avait offerte Manchego à leur retour de Grenade et au cou, un collier de perles, cadeau de ses quatre meilleures amies. Elle tenait à la main un bouquet de pivoines sauvages.

La cérémonie eut lieu le matin, avant la messe solennelle pour la Vierge du Carmen, sainte patronne d'Ortigosa de Cameros, de manière à satisfaire la moitié du village, qui n'aurait raté sous aucun prétexte le mariage de la petite Berta, la fillette à lunettes aux longues nattes, devenue une radieuse mariée.

Le marié arriva de Nieva dans une voiture pleine à craquer. Il y avait les parents, toujours pas remis de leur surprise, et les témoins, Macita, Josi, El Carretero et Míguel, engoncés dans de splendides costumes du même gris que la queue-de-pie que portait le prince Charles au mariage du prince Felipe, le jour où la moitié de l'Espagne découvrit que pour ce genre de cérémonie, c'était la couleur consacrée.

Manchego, quant à lui, avait tenu à porter le grand uniforme du corps national de police – casquette militaire, veste bleue à boutons dorés, cravate et gants blancs –, malgré l'objection de sa mère selon laquelle il ne ressemblerait à rien sans médailles et surtout sans un sabre, qu'il aurait tout de même pu se faire prêter pour l'occasion. La plupart de ses collègues arboraient eux aussi l'uniforme, ce qui effraya un peu les enfants et les vieux – les seules catégories à redouter encore l'autorité – mais fit la joie des femmes, indépendamment de leur âge et de leur situation maritale, celles-ci restant notoirement sensibles au charme de l'uniforme et à l'autorité qu'il incarne, du moins jusqu'au petit matin, quand l'homme s'éveille, nu comme un ver, sa tenue chiffonnée au pied du lit, et qu'elles s'interrogent sur ce qui a bien pu changer leur beau prince en crapaud poilu en si peu de temps.

En cette chaude matinée du 16 juillet, à onze heures pile, Macita gara la voiture face au portail de l'église San Martín, devant le groupe qui s'était formé sous le portique. Manchego fut poussé hors de la voiture, suivi par son cortège de parents et de témoins, et entra dans l'église à grandes enjambées, sous les applaudissements, au bras de sa mère, boudinée dans un tailleur bleu ciel avec galons de dentelle, éventail à l'ancienne et petits talons.

Sous son dais doré, entourée de lys, l'Enfant Jésus dans les bras, la Vierge du Carmen attendait déjà d'être portée en procession. Dans l'église, les premiers bancs s'étaient remplis d'invités et de curieux, les femmes et les petites filles en tenue traditionnelle – jupe en drap, châle brodé, broche en argent et chignon sur le sommet du crâne –, les hommes portant foulard, béret, large ceinture et gilet. C'était un grand jour, il fallait ouvrir les malles, aérer les châles, vérifier qu'ils n'avaient pas bougé depuis l'année précédente, rebroder les manches, amidonner les chemises, renforcer les boutons, essayer les jupes – qu'est-ce que tu as grandi, ma fille ! –, faire des ourlets, nouer les petits tabliers et faire briller les souliers.

Berta arriva avec un quart d'heure de retard soigneusement calculé, de manière à ne paraître ni trop nerveuse ni trop décontractée, dans la Rodius de Bernabé préalablement débarrassée des trois sièges enfant, des papiers de bonbons et du sable du parc. Il gara lui aussi la voiture devant le portail de l'église et attendit patiemment que ses onze passagères en descendent : la mariée, María et ses trois enfants, Asunción, Gaby et Soleá, les deux fils d'Asunción et Atticus Craftsman, qui ressemblait à un dandy dans sa jaquette de couleur claire avec gilet croisé, cravate jaune, chemise bleue, les cheveux en bataille et les mains froides.

Son allure d'aristocrate anglais, sa claudication et son demi-sourire attirèrent tous les regards, faisant oublier aux jeunes filles le charme de l'uniforme. Mais la présence de Soleá à ses côtés, beauté sombre aux cheveux lâchés sur sa robe à dos nu, les dissuada de s'approcher. Qui sait si la tigresse n'était pas prête à mordre ?

En l'absence de son père, Berta entra dans l'église au bras du maire, un ancien camarade de classe dont, jusqu'à la veille, elle ne se rappelait que les bêtises, le prénom – Anselmo –, et combien il dansait mal le paso doble. Sous le portique, les femmes lui lancèrent des compliments, l'enfant de chœur fit sonner les cloches et les habitants des villages alentour s'étonnèrent de les entendre si tôt alors que depuis toujours, c'était à midi qu'avait lieu la grand-messe.

Manchego attendait à l'autel, tourné vers la porte pour la voir arriver. Il la regarda avec les yeux de l'âme, qui ne voient ni l'âge ni les kilos en trop, mais seulement le bonheur de ne faire qu'un seul cœur, et la vit sous les traits d'une belle fille de vingt ans, la chair ferme et la bouche appétissante, radieuse en blanc – sa femme.

Elle lui tendit les mains, lui dit « je t'aime » sans la permission du curé et ils restèrent ainsi durant toute la cérémonie, les doigts entrelacés, jusqu'à ce que vienne le moment des alliances, des larmes, des soupirs, des rires et du baiser final, avec la bénédiction du prêtre, cette fois, qui venait de prononcer les mots magiques – « je vous déclare mari et femme » –, en s'efforçant de dissimuler son émotion pour éviter de créer un précédent gênant et ne pas se faire accuser de favoritisme par la suite.

Ils sortirent sous une pluie de pétales de fleurs et les grains de riz, reçurent mille baisers et retournèrent à l'intérieur assister, pour la première fois de leur vie, à une cérémonie publique en tant que mari et femme.

Les musiciens prirent la tête de la procession solennelle, avec leurs flûtes et leurs tambours, suivis des danseurs, en espadrilles et larges ceintures colorées, puis des porteurs et enfin des villageois, derrière la Vierge du Carmen qui protège les champs et les familles, unit les amoureux et les amis, veille sur les dormeurs et guérit les malades, assiste en secret aux naissances et aux morts, et donne son nom à la moitié des fillettes d'Ortigosa.

Avec précaution, la foule descendit les ruelles pavées jusqu'à la place du village où trônait un grand chêne sous lequel on plaça la Vierge qui s'y reposa un moment, afin que les femmes puissent lui porter des fleurs et les danseurs lui dédier leurs heures d'entraînement, leurs rubans et leurs bâtons, et leurs espérances. Puis elle fut à nouveau hissée sur les épaules des porteurs, direction l'église San Miguel pour la grand-messe puis un petit vermouth sur la place, avec orchestre et paso doble, jusqu'à l'heure du dîner.

Après l'apéritif, les mariés et leurs invités montèrent à pied jusqu'au verger du grand-père de Berta, sur le trottoir d'en face, près de l'ancien bureau du télégraphe. Ce même verger où les sales gosses de son enfance, qui étaient probablement de la fête, se cachaient pour jouer de vilains tours à la fillette rêveuse du grenier.

L'inclinaison naturelle du terrain faisait un peu pencher la table, dressée pour cinquante personnes et très belle malgré tout, avec ses bouquets de fleurs des champs, ses vieilles assiettes en porcelaine, ses pichets de vin de Rioja, sous une immense treille couverte de raisin nouveau.

Manchego leva son verre.

— Merci à tous d'être venus, d'être les témoins de notre amour et de faire partie de notre histoire. Sans vous, on n'aurait jamais pu arrêter Barbosa, mais sans lui, on ne se serait jamais rencontrés non plus. Alors je trinque au Pirate, pour qu'à sa sortie de prison, il soit devenu un homme, un vrai, et que ça lui fasse passer l'envie de s'en prendre aux dames, nom d'un chien, quel enfant de salaud...

— Hé, Manchego, Mancheguito, le coupa Berta, c'est fini !

— À Barbosa, cet enfant de salaud ! cria Manchego.

Et il but son vin cul sec.

Il y eut aussi un bal sur la place, à neuf heures, où on dansa sur les paso dobles et les reprises de Lady Gaga – un mélange détonnant de tradition et de modernité – du groupe Starlight, engagé par le village pour les fêtes patronales. Puis à dix heures et demie, le silence se fit pour laisser place au taureau de feu.

Berta avait conseillé à ses amis de se mettre à l'aise, parce que le taureau, c'était du sérieux, d'ailleurs elle crevait de trouille rien que d'y penser. Mais personne ne l'écouta. Ils attendirent fébrilement l'entrée en scène du jeune Adalberto, son faux taureau bardé de feux de Bengale sur le dos, et en furent pour une belle frayeur, car celui-ci, n'y voyant pas grand-chose sous son armure qui lui chauffait les bras, se mit à cavaler sans tenir compte du fait que ces gens-là étaient des étrangers, des snobinards de Madrid, qui ne savaient pas que le public était censé s'écarter quand le taureau chargeait et restaient plantés là, comme des poteaux. Il dut brailler « poussez-vous de là ! » pour ne pas renverser cinq flics et leurs épouses, Bon Dieu de merde, les uniformes sentaient le roussi.

Depuis le balcon de l'auberge, Berta hurlait, paniquée, en voyant Manchego courir après le taureau pour le balancer dans l'abreuvoir – « fais pas ça, tu vas te brûler ! » –, tandis qu'Adalberto galopait pour lui échapper.

Les gars du village parvinrent finalement à maîtriser Manchego, et ce fut lui qui termina dans l'abreuvoir. Rien de bien méchant, juste un petit plongeon dans un mélange d'eau froide et de salive de bovins.

— Laisse-moi te déshabiller, dit Berta, plus calme, maintenant, en se retenant de rire lorsqu'ils furent dans la grande chambre de la maison familiale. Allez, mets-toi au lit, ou tu vas attraper froid et adieu le voyage de noces.

— Pas besoin de me réchauffer, répondit-il en se laissant faire. Crois-moi ou pas, à l'intérieur, je suis brûlant.

Berta déboutonna sa veste d'uniforme, ôta sa chemise, défit sa ceinture.

Manchego l'embrassa comme si c'était la première fois, avec un mélange de crainte et de curiosité, les yeux fermés, les mains ouvertes.

Ils s'aimèrent cinquante ans en une nuit, crépitant, flamboyant comme deux torches qui ne s'éteindraient jamais plus.

56

Moira Craftsman refusa catégoriquement de retourner à Grenade pour assister à « cette absurdité », ainsi qu'elle qualifia le mariage espagnol de son fils. Trois jours et trois nuits de fête, durant lesquels, apprit-elle, on put voir des choses stupéfiantes : des hommes arrachèrent leur chemise pour danser le ventre à l'air, les époux furent soulevés de terre et portés sous une pluie de dragées, et on découpa même la cravate d'Atticus avec des ciseaux de cuisine pour en distribuer les morceaux aux invités.

Elle préféra ignorer les échos de la musique qui résonnèrent dans sa tête pendant ces trois jours et se consacrer corps et âme aux préparatifs du vrai mariage, celui qui aurait lieu le premier samedi de septembre dans sa maison du Kent.

Par bonheur, la mariée n'avait pas manifesté la moindre intention d'intervenir dans l'organisation de l'événement car, comme le lui expliqua Atticus un peu brutalement au téléphone, Soleá considérait qu'ils étaient déjà mariés selon les rites catholique et gitan, et avait préféré partir en voyage de noces à Ibiza, où les couchers de soleil avaient des couleurs inimaginables.

Après cela, Moira ne put s'enlever de la tête le grincement des ressorts du vieux sommier d'Ibiza, qui l'empêcha de dormir dix nuits d'affilée, ni le bruit de la tête du lit tambourinant contre le mur. Quand elle fermait les yeux, elle voyait distinctement une petite maison blanchie à la chaux entourée de pins et de pots de fleurs, avec des fauteuils en rotin, des tissus mexicains et un tas d'objets extravagants aux murs. Au fond, sous des paréos colorés en guise de baldaquin, elle voyait un lit couvert de coussins où Soleá, nue et échevelée, embrassait Atticus comme pour l'étouffer. Il lui faisait l'amour douloureusement, fiévreusement, car il avait découvert une façon de respirer sans air et s'était rendu compte qu'il ne pourrait plus vivre sans Soleá.

La scène était si violente qu'on voyait voler le duvet des oreillers, les draps se déchirer et le lit s'effondrer. Mais ils continuaient de faire l'amour par terre, sans remarquer que les murs tremblaient sur leurs fondations.

Les invitations avaient été envoyées en mai, dans de grandes enveloppes doublées de papier de soie orné de roses, accompagnées de bristols indiquant, en élégants caractères d'imprimerie, le lieu, l'horaire, le code vestimentaire, la liste de mariage, les hôtels de la région, le plan d'accès à la propriété, sans oublier l'avertissement signalant qu'il y aurait un menu spécial pour les végétariens, intolérants au gluten, au lactose et allergiques aux fruits à coque.

Naturellement, le code vestimentaire exigeait une jaquette de couleur claire pour les hommes et une robe de cocktail avec petit chapeau ou capeline pour les femmes. Il était également précisé que la mère du marié porterait du lilas, afin d'éviter que d'autres invitées ne choisissent cette couleur et ne fassent de l'ombre à la véritable protagoniste de l'événement.

Car une chose était claire : vu le choix désastreux de son fils en matière d'épouse, Moira se devait de prendre les choses en main et de faire ce qu'on aurait attendu d'une fiancée plus présentable, quoi que lui en coûte cette nouvelle mission que lui avait assignée la vie.

Premièrement, il fallait choisir la robe – Alexander McQueen ou Stella McCartney, rien de moins – puis faire sertir les diamants du bracelet de grand-maman Craftsman dans une tiare de soie blanche assortie au voile de dentelle.

Elle commanda les chaussures chez Stuart Weitzman, même si elle aurait préféré quelque chose de plus traditionnel, mais voilà, en passant devant la vitrine, elle avait vu des escarpins si scandaleusement raffinés qu'elle n'avait pu s'empêcher d'entrer les essayer. Comme elle faisait la même pointure que Soleá, Moira put en vérifier elle-même le confort et la douceur, et se promit secrètement de passer les récupérer dans la chambre de sa belle-fille après le mariage, avec la tiare, le voile et la robe, car ces merveilles n'étaient pas destinées à finir dans le grenier de grand-mère Remedios mais dans le dressing de Moira Craftsman et pourraient peut-être, le moment venu, être réutilisées, quand Atticus aurait retrouvé la raison et se remarierait comme il se doit, dans cette hypothèse, avec une jeune Anglaise digne de son rang.

Les cadeaux de mariage commencèrent à arriver au début du mois de juin. L'appartement d'Atticus étant inoccupé depuis plusieurs mois et celui de la mariée se trouvant hors des radars, la maison du Kent fit office de centre de réception d'objets variés. De cette façon, Moira Craftsman put en tenir la comptabilité et en tirer de précieuses informations pour placer ensuite les invités à table, en fonction de la valeur de leurs cadeaux respectifs. Le salon abrita bientôt tout une collection d'œuvres d'art, de vaisselle, porcelaine, verrerie et autres objets de belle facture.

Dans son gros carnet noir, Moira dressa une liste de noms, suivis de la description du cadeau et du montant dépensé à vue de nez, avec un commentaire estimant l'effort consenti par chacun en fonction de sa situation financière. Autrement dit, la carafe en argent des Cromwell avait moins de valeur symbolique que le plateau des Snowdon, dont les affaires avaient beaucoup souffert de la crise de l'immobilier.

Victoria Bestman, comme toujours, se vit décerner le prix de la générosité, pour avoir envoyé dans un écrin Cartier une paire de boucles d'oreilles en diamant ayant appartenu à sa mère, accompagnée d'un petit mot précisant qu'il s'agissait là d'un présent héréditaire destiné aux futures filles d'Atticus, sans passer par Soleá qui, après tout, n'était pas de la famille.

Grand-maman Craftsman, en revanche, remporta la médaille du manque de sens commun. Elle débarqua à l'improviste un dimanche, à l'heure du thé, au volant d'une Bentley décapotable, son chauffeur à la place du passager, et annonça d'une voix forte que le bolide en question serait le cadeau idéal pour son petit-fils. Elle avait fait le chemin depuis Londres, risquant sa vie sur les petites routes de campagne, l'*Adagio* d'Albinoni à fond sur l'autoradio, fume-cigarette à la main. Elles prirent le thé dans la bibliothèque, dans un silence épais comme de la purée de pois après que la vieille femme eut déclaré en passant « toi non plus, tu ne m'as pas plu, quand tu es arrivée dans cette maison », ce que Moira prit pour elle, malgré les efforts de son mari pour la convaincre du contraire.

— Mais comment veux-tu que je le prenne, Marlow ?

— De manière abstraite, Moira. De manière abstraite.

L'un des pires écueils dans l'organisation du mariage se révéla être l'église. La famille Craftsman n'avait pas l'habitude d'assister aux services religieux de la paroisse de Seven Oaks, bien qu'elle en fût l'un des généreux bienfaiteurs et possédât un caveau dans la partie arrière du cimetière. Ils étaient cependant respectés par la communauté et entretenaient de bonnes relations avec le révérend Fellow, si bien qu'une fois la date du mariage fixée, ils l'invitèrent à déjeuner pour lui apprendre la nouvelle et lui confier la célébration du service religieux.

— Impossible, s'excusa-t-il. Ils se sont déjà mariés selon le rite catholique.

— Eh bien alors qu'ils le fassent selon le nôtre, maintenant, répliqua Moira.

— Le problème, Mme Craftsman, c'est que d'après ce que je sais, votre fils Atticus a reçu le baptême et les sacrements de l'Église catholique avant son mariage. En d'autres termes, il a changé de religion.

Après l'évanouissement consécutif à cette révélation, Moira congédia proprement le pasteur, lui jetant au visage son manque d'autorité sur ses ouailles. Puis elle éclata en sanglots en songeant à son infortune à l'heure de marier ses fils : d'abord Holden, avec sa fiancée enceinte de six mois, et maintenant Atticus, avec une Espagnole catholique apostolique romaine.

Il n'y aurait donc pas d'église, quelle honte, mais un autel fleuri dans la petite chapelle de la propriété, quelqu'un qui dirait des poèmes de Keats et un chœur de voix pures. La fiancée entrerait au bras de Marlow et le fiancé au sien, enveloppé de mousseline lilas. Moira avancerait avec dignité, faisant contre mauvaise fortune bon cœur, et dans ses larmes contenues, les invités verraient de l'émotion et non de la rage. Un tapis rouge traverserait le salon jusqu'au hall d'entrée. Soleá descendrait par l'escalier, puis Atticus sortirait de la bibliothèque et la retrouverait à la chapelle. Ce serait un peu étrange, mais ça passerait.

Dans le jardin, entre la roseraie et l'étang, un chapiteau blanc fut dressé, éclairé par huit lustres et décoré de quelques-uns des portraits de famille de la maison. À l'intérieur, on planta de vrais arbres, et la composition des centres de tables fut confiée à une célèbre fleuriste londonienne, celle-là même qu'avaient choisie les Middleton pour le mariage de leur fille.

Quant au menu, il fut le résultat d'habiles manœuvres diplomatiques de Marlow qui, en 1979, avant même la naissance de ses fils, avait promis à son grand ami, le comte de Bradford, que Porters, son restaurant, serait le traiteur exclusif de toutes leurs fêtes de famille. Il en avait été ainsi jusque-là, au grand dam de Moira, qui préférait la cuisine française aux classiques anglais, et aurait donné n'importe quoi pour servir *soufflés* et sole *meunière* au lieu des sempiternels soupe de tomate rôtie au basilic, terrine de saumon fumé et bœuf Wellington aux champignons et au brandy. Mais quand elle s'avisa de suggérer à son époux de changer leurs habitudes, celui-ci se lança dans un discours sans précédent sur la parole donnée par un gentleman et son imprescriptibilité, la loyauté comme principe, l'honneur comme valeur et la haine viscérale du peuple britannique à l'égard des fils de France comme incontournable héritage. Puis il tapa du poing sur la table, ce qui acheva de convaincre Moira qu'il était inutile d'insister. Finalement, sa victoire se résuma à faire remplacer la *jelly* aux airelles par une crème brûlée, et à pouvoir proposer des menus adaptés aux restrictions alimentaires particulières de certains invités. De sorte qu'en se retranchant derrière les allergies, intolérances, interdits religieux, orthorexies, végétarismes ou difficultés à mâcher, elle parvint à élaborer un menu parallèle et quasi clandestin, qu'elle recommanda secrètement à tous les convives sans exception.

Coup de grâce, elle découvrit au dernier moment qu'au sommet de la pièce montée se trouvait une reproduction comestible d'Atticus et Soleá, à califourchon sur un canot – une contribution d'Holden qui, pour son propre gâteau de mariage, avait commandé une figurine représentant sa femme enceinte le traînant de force à l'autel.

Ainsi, de victoire en échec, Moira survécut tant bien que mal jusqu'au premier samedi de septembre, et apparut élégante, tout sourire, plus que parfaite devant ses invités, qui n'auraient raté pour rien au monde l'intrigant mariage de l'héritier et de la gitane.

57

Les événements survenus ce jour-là dans la vieille maison du Kent n'ont pas plus de fondement scientifique que l'esprit du *duende* ou la sorcellerie. Sinon, comment expliquer le rayon de soleil qui troua soudainement le ciel gris, ou les milliers d'oiseaux migrateurs qui survolèrent à l'unisson le jardin, ou les regards happés par le bleu des yeux d'Hemingway quand Soleá descendit l'escalier, ou le sortilège, celui-là même qui avait envoûté Atticus, si puissant qu'il contraignit tous les hommes à s'agripper à leur femme pour ne pas perdre la tête, tandis que toutes les femmes acceptaient avec joie de les retenir à la réalité.

Soleá, vestale aux longs cheveux aussi noirs que la crinière d'un pur-sang, descendit comme un rêve d'un temple antique et avança jusqu'à Atticus en flottant dans sa robe de soie blanche, sans toucher le sol, sans regarder personne, car pour elle il n'existait rien d'autre que ce soldat blond qui l'attendait devant l'autel, les bras ouverts.

Personne n'écouta la musique ni les poèmes qui ponctuèrent la cérémonie. Le seul bruit que l'on entendit ce jour-là, aussi net qu'un silence brisé, fut le battement rythmique et constant de deux cœurs au galop. Personne ne goûta aux mets qui furent déposés sur les tables, ni n'écouta les discours ou n'apprécia la qualité du champagne et la douceur de la meringue, car les sens de chacun gravitaient dans la seule orbite de Soleá et Atticus ; une force d'attraction surnaturelle, une véritable décharge électrique qui libéra toute son énergie autour de minuit sous la forme d'une orogenèse explosive, d'un séisme de neuf degrés sur l'échelle de Richter, d'un effrayant tsunami qui emporta tout le monde sans qu'on puisse expliquer pourquoi ni comment.

La seule personne qui sut exactement ce qui s'était passé fut Moira, qui, malgré les aléas que lui réserverait la vie, en garda le secret jusqu'au jour de sa mort et feignait de ne pas comprendre quand on lui demandait, à voix basse, bien sûr, ce qu'elle avait bien pu mettre dans la nourriture pour que tout le monde ressente le même orgasme au même moment – expérience particulièrement choquante, notamment pour des couples qui faisaient chambre à part depuis des années.

— C'était sûrement une hallucination collective, répondait-elle, troublée, essayant d'effacer de son esprit la scène qu'elle avait surprise ce soir-là et que toutes les psychothérapies du monde furent impuissantes à lui faire oublier.

Sur le coup de minuit, ivres de champagne et de danse, Atticus et Soleá s'éclipsèrent ensemble de la fête et, protégés par l'obscurité, allèrent trouver refuge dans la bibliothèque. Ils étaient arrivés juste à l'heure le matin même, décoiffés et en sueur, au volant de la décapotable de grand-maman Craftsman, et n'avaient pas eu le temps d'explorer tranquillement la maison. Moira les attendaient dans la rotonde, les nerfs à vif, avec la coiffeuse, l'habilleuse, le décorateur, le photographe, le petit Oliver déguisé en soldat de plomb, les hôtesses vêtues comme des bonnes du XIXe siècle et un désespoir qu'elle ne parvenait pas à dissimuler derrière ses sourires forcés. Elle séquestra Soleá dès qu'elle fut descendue de voiture et l'entraîna dans la chambre d'Atticus, au premier étage, où sa robe blanche l'attendait, suspendue au plafonnier pour ne pas se froisser, ainsi que ses chaussures, sa tiare et même ses sous-vêtements en dentelle fine, achetés dans une boutique renommée de Regent Street. Au début, Moira refusa que la mariée arbore l'affreux crucifix en or qu'elle répugnait inexplicablement à ôter de son cou, mais quand Soleá menaça de s'enfuir en courant pieds nus dans les champs, elle dut se résoudre à céder à l'unique exigence de la jeune femme, par ailleurs docile et résignée.

— Tout ça, c'est la preuve de mon amour pour toi, Tico chéri, avait-elle déclaré à celui qui était déjà son mari quand ils empruntèrent l'allée bordée de châtaigniers qui menait à la maison. Je ferai tout ce que ta mère voudra, comme un brave petit agneau, mais promets-moi que dès qu'on pourra, on repartira d'où on vient avant que je devienne dingue.

— Promis, répondit Atticus. Sur ma vie, ajouta-t-il en embrassant le bout de ses doigts comme il avait vu les gitans de l'Albaicín le faire.

Ainsi, le cœur littéraire de cette maison – la bibliothèque de huit mille livres, avec sa cheminée, son canapé en velours et le fauteuil où Atticus s'était remis de son accident d'aviron, celui-là même où il apprit l'amour dans les pages de Duras, Lawrence, Miller, Nabokov et Sade – était resté fermé, tenu dans une mystérieuse obscurité jusqu'à cet instant.

En toute hâte, Atticus entraîna son épouse dans le couloir, sous les portraits de ses ancêtres, jusqu'à la bibliothèque. Il ouvrit la porte, installa Soleá sur le canapé, la couvrit de baisers et alluma le feu où s'élevèrent aussitôt des flammes dorées.

Elle se leva silencieusement pour aller caresser les volumes reliés de cuir. Comme toutes ses collègues de *Librarte*, elle avait toujours rêvé de vivre entourée de livres comme ceux-là, dont certains étaient des incunables vieux de plusieurs centaines d'années.

— Un jour, se plaisait à répéter Berta, on se fera une magnifique bibliothèque. On y mettra tous les livres de notre vie. Elle sera comme celle de Borges, une métaphore de l'univers : circulaire, avec des murs hexagonaux, et infinie. Et quand bien même le monde et l'espèce humaine seraient près de s'éteindre, notre bibliothèque se perpétuera « éclairée, solitaire, parfaitement immobile, armée de volumes précieux, inutile, incorruptible, secrète ».

Les autres fermaient les yeux et imaginaient un lieu différent pour chacune et identique pour toutes : une réplique exacte de la bibliothèque de la maison du Kent.

Pendant qu'Atticus allumait le feu, Soleá errait dans la pièce, frôlant du bout des doigts le dos de ces volumes, jusqu'à ce que l'un d'entre eux, dont la reliure de cuir rouge était chaude, attire son attention.

— Ce livre est brûlant, s'étonna-t-elle.

Atticus posa le tisonnier par terre et s'approcha de sa femme.

— Laisse-moi voir ça, dit-il d'une voix tremblante.

Entre deux innocents romans de Jack London palpitait un petit volume anonyme, aussi rouge et discret que ses cinq frères érotiques.

— Je ne t'ai jamais parlé de ma bibliothèque intime, n'est-ce pas ?

— Les cinq livres empilés sur la table de chevet ?

— Ceux-là, reconnut Atticus. Eh bien, on dirait que tu viens de trouver le sixième.

Ils l'ouvrirent ensemble, s'y brûlant les doigts, et découvrirent sans surprise qu'il s'agissait ni plus ni moins de la traduction du *Kama Sutra* par Richard Francis Burton, avec des illustrations dessinées à la main sur de petites cartes insérées entre les pages.

— En plus d'être un grand lecteur, le propriétaire de cette collection était un artiste, parvint à articuler Atticus.

— Ou la propriétaire, répondit Soleá dans un murmure.

Mais Atticus avait déjà arraché sa robe et l'avait laissée tomber sur le tapis, où Soleá s'allongea, face au feu, les cheveux lâchés, pieds et jambes nus, dans l'une des positions répertoriées par l'Indien Vâtsyâyana aux alentours de l'an 300 de l'ère chrétienne. Atticus s'efforçait de suivre ses mouvements quand, inopinément, la porte de la bibliothèque s'ouvrit sur le visage de statue grecque de Moira Craftsman, cariatide marmoréenne à la raideur immuable. Indignée par leur absence auprès des invités, celle-ci les avait cherchés dans toute la maison et pistés jusque-là, mue par son instinct de gardienne de prison.

Soleá et Atticus ne surent jamais que cette nuit-là, Moira avait contemplé, pour la première fois de sa vie, deux corps si enchevêtrés qu'il aurait été impossible de les séparer l'un de l'autre ou de distinguer leurs deux peaux. Si, à cet instant, la pièce s'était embrasée et qu'ils avaient péri brûlés, on n'aurait pu les identifier autrement que par prélèvement d'ADN sur la chair calcinée, tâche si délicate qu'il aurait mieux valu mettre leurs cendres dans une même urne et les pleurer ensemble – la vie est décidément pleine d'ironie.

Moira Craftsman, pétrifiée, la main sur la poignée de la porte, remarqua alors dans un coin de la pièce un homme d'environ quatre-vingts ans, l'air d'un vieux sage, qui fumait la pipe en compagnie d'un minuscule hobbit et lui adressait un salut aimable en levant son chapeau : « Comme le temps passe, ma chère Moira, lui dit-il silencieusement. Comme nous avons changé depuis l'époque lointaine où Marlow et toi partagiez des amours clandestines dans sa chambre d'Exeter College et que vous pouviez atteindre l'extase en précisément dix minutes, en lisant simplement à voix haute certains passages des six livres qu'il t'avait offerts quand il avait compris que ton imagination de jeune oie blanche n'était pas à la hauteur de tes désirs. Nous avons bien profité tous les trois de ces jeux interdits,

Moira Craftsman, quel dommage d'oublier si vite à quel point l'amour peut être excitant, sitôt sorti de la clandestinité ! Pauvre Marlow, pauvre de toi. Ça fait bien longtemps que je ne vous rends plus visite, parce que tu m'ennuies à mourir. Désormais, mon hobbit et moi, on préfère ces deux-là. Eux, ce sont des pur-sang, des Formule 1, des Cocottes-minute. »

Moira ne voulut pas assister à la scène jusqu'au bout. Tolkien avait perdu tout intérêt pour elle et se concentrait maintenant sur les amants qui se contorsionnaient sur le tapis. Elle referma doucement la porte de la bibliothèque et, le souffle coupé, ressentit au beau milieu du couloir l'extase qui surprit l'ensemble des invités sous le ciel étoilé d'une nuit qu'aucun d'entre eux n'oublierait jamais malgré les années, malgré les amours et les plaisirs qu'ils connaîtraient le temps qu'il leur restait à vivre.

Atticus et Soleá, épuisés et imbriqués, soudés l'un à l'autre dans le béton armé, vécurent cent ans dans un seul corps, une seule chair, unis pour toujours tels que Dieu les avait imaginés, façonnés avant de leur insuffler la vie : à son image et à sa ressemblance.

DANS LA MÊME COLLECTION

FRED D'AGUIAR, *Les cris de l'océan*
SAMINA ALI, *Jours de pluie à Madras*
CHLOE ARIDJIS, *Le livre des nuages*
CHLOE ARIDJIS, *Déchirures*
CHLOE ARIDJIS, *Fugue mexicaine*
HOMERO ARIDJIS, *La zone du silence*
SAWAKO ARIYOSHI, *Kaé ou les deux rivales*
SAWAKO ARIYOSHI, *Les dames de Kimoto*
SAWAKO ARIYOSHI, *Le crépuscule de Shigezo*
ELIZABETH VON ARNIM, *Mr. Skeffington*
LUKAS BÄRFUSS, *Les hommes morts*
JULIAN BARNES, *La seule histoire*
JULIAN BARNES, *Un homme dans sa cuisine*
JULIAN BARNES, *La table citron*
JULIAN BARNES, *England, England*
JULIAN BARNES, *Dix ans après*
JULIAN BARNES, *Quelque chose à déclarer*
JULIAN BARNES, *Arthur et George*
JULIAN BARNES, *Rien à craindre*
JULIAN BARNES, *Pulsations*
JULIAN BARNES, *Une histoire du monde en dix chapitres ½*
JULIAN BARNES, *Une fille, qui danse*
JULIAN BARNES, *Quand tout est déjà arrivé*
JULIAN BARNES, *Par la fenêtre*
JULIAN BARNES, *Le fracas du temps*
JULIAN BARNES, *Ouvrez l'œil!*
DIKSHA BASU, *Pauvres millionnaires*
LOUIS DE BERNIÈRES, *Des oiseaux sans ailes*
LOUIS DE BERNIÈRES, *La fille du partisan*
LOUIS DE BERNIÈRES, *Un immense asile de fous*
TONY BIRCH, *Du même sang*
MARLENA DE BLASI, *Mille jours à Venise*
MARLENA DE BLASI, *Mille jours en Toscane*
MARLENA DE BLASI, *Un palais à Orvieto*
DENNIS BOCK, *Le docteur rouge*
ANIRBAN BOSE, *La Mort de Mitali Dotto*
ALAIN DE BOTTON, *Les Consolations de la philosophie*
ALAIN DE BOTTON, *L'Art du voyage*
ALAIN DE BOTTON, *Du statut social*
ALAIN DE BOTTON, *L'architecture du bonheur*
ALAIN DE BOTTON, *Splendeurs et misères du travail*
IVAN BOUNINE, *L'amour de Mitia*
SYLVIA BROWNRIGG, *Quelques pages pour toi*
SYLVIA BROWNRIGG, *Un amour de plus*
THOMAS BUERGENTHAL, *L'enfant de la chance*
DOROTHY BUSSY, *Olivia*
BELLA CHAGALL, *Lumières allumées*
JEROME CHARYN, *Mort d'un roi du tango*
JEROME CHARYN, *Rue du Petit-Ange*
JEROME CHARYN, *La lanterne verte*
JEROME CHARYN, *Dans la tête du frelon*
JEROME CHARYN, *Sténo sauvage, la vie et la mort d'Isaac Babel*
JEROME CHARYN, *El Bronx*
JEROME CHARYN, *Citizen Sidel*
JEROME CHARYN, *Sous l'œil de Dieu*
JEROME CHARYN, *Bronx amer*
JEROME CHARYN, *Cris de guerre avenue C*

TERRENCE CHENG, *L'étudiant chinois*
ANNE CHERIAN, *Une bonne épouse indienne*
JULIE COHEN, *Les inséparables*
JUSTIN CRONIN, *Huit saisons*
JUSTIN CRONIN, *Quand revient l'été*
JOSE DALISAY, *La sœur de Soledad*
ACHMAT DANGOR, *La malédiction de Kafka*
ACHMAT DANGOR *Fruit amer*
ANITA DESAI, *Le jeûne et le festin*
ANITA DESAI, *Poussière de diamant*
ANITA DESAI, *Un parcours en zigzag*
ANITA DESAI, *L'art de l'effacement*
ROBERT DESSAIX, *L'amour de toute une vie*
ROBERT DESSAIX, *Arabesques*
ELLEN DOUGLAS, *Le brasier d'une vie*
HELEN DUNMORE,
Le mensonge de Daniel Branwell
HELEN DUNMORE, *Trahir*
MIRCEA ELIADE, *Minuit à Serampore*
STANLEY ELKIN, *Mrs. Ted Bliss*
ASHOK FERREY,
L'incessant bavardage des démons
ANA GARCIA BERGUA, *L'île aux fous*
MAXIME GORKI, *Veilleur de nuit*
ELIZABETH GOUDGE, *Le domaine enchanté*
ELIZABETH GOUDGE, *L'auberge du pèlerin*
ELIZABETH GOUDGE, *La maison des sources*
SHILPI SOMAYA GOWDA, *La fille secrète*
SHILPI SOMAYA GOWDA, *Un fils en or*
HAN SUYIN, *Multiple splendeur*
ASHLEY HAY, *La femme du chef de train*
CRAIG HIGGINSON, *Maison de rêve*
CRAIG HIGGINSON, *L'été de « La Tempête »*
ANDREA HIRATA,
Les Guerriers de l'arc-en-ciel
A. E. HOTCHNER,
Les étonnantes aventures d'Aaron Broom
SUE HUBBARD, *Le chant de la pluie*
GAIL JONES, *Pardon*
GAIL JONES, *Cinq carillons*
MIREILLE JUCHAU, *Le révélateur*
MARGARET KENNEDY, *Tessa*
JHUMPA LAHIRI, *L'interprète des maladi*
PENELOPE LIVELY, *Un paquet de cartes*
PENELOPE LIVELY, *Le tissu du temps*
PENELOPE LIVELY, *La photographie*
PENELOPE LIVELY, *Des vies multiples*
AMANDA LOHREY, *Un certain vertige*
JOAN LONDON, *Elsa et Frank*
PING LU, *Le dernier amour de Sun Yat-Se*
DAVID MICHAEL LUKAS,
Le dernier veilleur du vieux Caire
HEMA MACHERLA,
La brise qui monte du fleuve
MIRA MAGUEN, *Des papillons sous la plu*
MIRA MAGUEN, *L'avenir nous le dira, An*
MIRA MAGUEN, *La sœur du menuisier*
AMULYA MALLADI, *Une bouffée d'air pu*
AMULYA MALLADI, *Le foyer des mères heur*
MARGARET MASCARENHAS,
La couleur de la peau
ELLEN MATTSON, *Le rivage de la joie*
SUSAN MINOT, *Trente filles*
LUANA MONTEIRO, *L'extase de São Merc*
TIMERI N. MURARI,
Les arrangements de l'amour

TIMERI N. MURARI,
Le Cricket Club des talibans
SHOBA NARAYAN, *La laitière de Bangalore*
CHRIS OFFUTT,
Les hommes ne sont pas des héros
EDITH OLIVIER, *Une enfant de l'amour*
KÁROLY PAP, *Azarel*
JILL PATON WALSH, *La grotte serpentine*
I. L. PERETZ, *Contes hassidiques*
MEHER PESTONJI, *Dans les rues de Bombay*
CARYL PHILLIPS, *La nature humaine*
SOLEDAD PUERTOLAS, *Une vie inattendue*
SOLEDAD PUERTOLAS,
Ils étaient tous à mon mariage
SOLEDAD PUERTOLAS,
Adieu aux petites fiancées
MICHAEL PYE, *L'antiquaire de Zurich*
SARAH QUIGLEY, *La symphonie de Leningrad*
REBECCA RASMUSSEN, *Evergreen*
TORE RENBERG, *Charlotte Isabel Hansen*
TORE RENBERG, *Pixley Mapogo*
JOSÉ MIGUEL ROIG,
Souviens-toi, Schopenhauer
JOSÉ MIGUEL ROIG, *Le rendez-vous de Berlin*
JOSÉ MIGUEL ROIG,
Le voyage qui ne finit jamais
JOSÉ MIGUEL ROIG, *Soleil coupable*
ADINA ROSETTI, *Deadline*
ELIZABETH ROSNER,
Des démons sur les épaules
MADELEINE ST JOHN,
Rupture et conséquences
AROLA SAAVEDRA, *Paysage avec dromadaires*

DAVID SANDES,
La méthode miraculeuse de Félix Bubka
LAVANYA SANKARAN, *Le tapis rouge*
CATHLEEN SCHINE, *Rencontres à Manhattan*
MIHAIL SEBASTIAN, *L'accident*
ISAAC BASHEVIS SINGER,
Ombres sur l'Hudson
ISAAC BASHEVIS SINGER,
Au tribunal de mon père
ISAAC BASHEVIS SINGER,
De nouveau au tribunal de mon père
JOSEPH SKIBELL, *Bénédiction sur la lune*
SIMONE SOMEKH, *Grand angle*
MARISSA STAPLEY,
Choses à faire un jour de pluie
VIDOSAV STEVANOVIC, *La même chose*
JAN STRUTHER, *Mrs. Miniver*
LARS SUND, *Une petite île heureuse*
MADELEINE THIEN, *Une recette toute simple*
MADELEINE THIEN, *Lâcher les chiens*
HITONARI TSUJI, *Le bouddha blanc*
HITONARI TSUJI, *La lumière du détroit*
HITONARI TSUJI, *L'arbre du voyageur*
SAMRAT UPADHYAY,
Dieu en prison à Katmandou
SAMRAT UPADHYAY, *Le maître de l'amour*
ANNELIES VERBEKE, *Dors!*
PALOMA VIDAL, *Mar azul*
DAVID VOGEL, *Le sanatorium*
EDITH WHARTON, *La France en automobile*
ZOË WICOMB, *Octobre*
VIGINIA WOOLF, *Les années*
VIRGINIA WOOLF, *La maison de Carlyle*
VIRGINIA WOOLF, *Journal de Hyde Park Gate*

Composition : PCA/CMB Graphic
Achevé d'imprimer
par CPI Firmin-Didot
à Mesnil-sur-l'Estrée, en février 2020
Dépôt légal : février 2020
Numéro d'imprimeur : 157585

ISBN : 978-2-7152-5353-7/Imprimé en France

357901